Les loups de Sherwood

Nicolas Digard

Les loups de Sherwood

roman

PLON
www.plon.fr

12, avenue d'Italie
75013 Paris
Tél. : 01 44 16 09 00
Fax : 01 44 16 09 01
www.plon.fr

ISBN : 978-2-259-23005-6

Personnages

Robin de Loxley: seigneur de Loxley, Warwickshire.

LES NOBLES :

Henri II Plantagenêt: roi des Anglais.
Le prince Richard: fils d'Henri, et fils préféré d'Aliénor d'Aquitaine, héritier légitime depuis la mort de Geoffroy, son frère.
Jean sans Terre: dernier fils d'Henri et fils préféré du roi.
Waleran de Beaumont: quatrième comte de Warwick.
Margery d'Oily: épouse de Waleran de Beaumont.
Marianne de Beaumont: fille de Waleran de Beaumont, issue d'une première union.
Gundred de Beaumont: fille de Waleran et Margery, demi-sœur de Marianne.
Beth: nourrice de Marianne, herboriste.
Amaury de Montfort: jeune comte d'Évreux.
William de Wendeval: chevalier messager du prince Richard.
Huon d'Oisy: vicomte de Meaux et célèbre trouvère français.
Hubert Walter: archevêque de Cantorbéry.
Guillaume le Maréchal: comte de Pembroke.

Les loups :

Will l'Écarlate : ancien mercenaire du Brabant à la solde de Philippe Auguste.

Petit Jean : chevalier normand ruiné par la guerre.

Alan-a-Dale : trouvère vagabond et brigand.

Lambert Stafford : prêtre vagabond, un temps moine à l'abbaye de Fountains. Surnommé Frère Tuck.

PARTIE I

PRINTEMPS 1189

Waleran de Beaumont, comte de Warwick, à sa chère fille Marianne de Beaumont.

J'ai bien peur, ma très chère fille, de ne pouvoir tenir ma promesse de te serrer dans mes bras pour la Noël. En Normandie les choses s'enveniment. Hier, à Bonsmoulins, notre roi Henri II a rencontré Philippe Auguste, le roi des Français, dans l'espoir de mettre fin à ses attaques en Vexin. C'était un bien triste spectacle. Le prince Richard s'est laissé aveugler par la danse du Français, et la famille royale a rompu sa lance. Tu n'es pas sans savoir que, depuis quelques mois, Richard s'est lié d'amitié avec Philippe Auguste. Les jours fastes qu'ils ont passés ensemble à Paris l'ont enivré d'orgueil. Le Français l'a couvert de cadeaux comme il l'avait fait jadis avec Geoffroy, son frère. Mais le prince est trop obsédé par la couronne pour voir que Philippe Auguste est un serpent qui se sert de lui pour faire main basse sur les terres continentales d'Henri. Alors, quand hier notre roi a refusé une nouvelle fois de célébrer les épousailles entre Richard et Alix de France, la sœur de Philippe Auguste, le prince s'est fâché. Il a mis genou en terre devant le roi des Français et prêté hommage pour la Normandie, l'Anjou, le Maine, l'Aquitaine et le Berry. Il a même ajouté le Toulousain qui appartient encore à son père. La guerre est déclarée, et les trompettes sont encore loin de se taire.

Voilà pourquoi, ma fille bien-aimée, je crains de rester encore un temps au côté de notre roi pour défendre le trône d'Angleterre.

Donné à Bonsmoulins le dix-neuf de novembre d'avril mille cent quatre-vingt-huit.

Château-du-Loir est tombé avec le soleil. Durant les trois bougies que durent les ténèbres, Robin de Loxley a guetté le jour, ses yeux bruns, presque jaunes, ourlés d'inquiétude. Puis l'aube a déposé son linceul de rosée sur le champ de bataille. Seul debout parmi les mourants et les morts, il cherche son ami d'enfance.

— Owain ! crie-t-il en passant sa main dans ses épais cheveux noirs.

Et il retient son souffle, espérant surprendre la voix rieuse du Gallois parmi celles des corbeaux. À chaque pas de plus dans l'herbe piétinée de la colline, il se maudit davantage.

— Owain ! crie-t-il encore, furieux d'avoir perdu son ami dans la cohue finale, furieux contre les soldats d'Henri II qui ont détalé à la vue des prisonniers pendus par cet orgueilleux de Richard, prince cruel qui se prétend poète, furieux contre le monde.

— Loxley ! répond une main qui se lève près d'un tronc et effraie les oiseaux noirs.

Contre l'écorce déjà rose d'aurore, le fier archer tient son épaule rougie par la flèche d'un autre.

— Alors ? J'te cherchais, Loxley ! rit-il.

Mais sa voix ment mieux que son sourire.

Par-delà les vignes, la cathédrale Saint-Julien apparaît enfin, dominant la Sarthe et les toits d'ardoise du Mans. Les bécassines paradent au-dessus de la rivière. Elles piquent vers l'onde, et les plumes rigides de leurs queues vrombissent comme l'orage.

Robin se frotte les paupières. Après cette longue journée à avaler la poussière des chemins dans le sillage éteint de l'armée d'Henri II, Owain peine à tenir en selle. Le sang a coagulé entre ses doigts posés depuis la veille sur son épaule droite. Marchant au pas de son vieux cheval, Robin retient son ami d'une poigne inquiète. L'assise incertaine du Gallois aggrave le boitement du sommier qui lance bravement sa tête vers l'avant pour transférer le poids du blessé dans la foulée suivante.

Les faubourgs du Mans. Ils ouvrent devant Robin et Owain leurs ruelles vides, que seules quelques fumées grises habitent. Depuis le début du conflit, dans chaque place forte, cette même impression de silence épaissi. La ville attend le siège. Partout, une odeur blanche plane dans les venelles. C'est une odeur morte, où tout manque. Les derniers effluves de pain ont disparu sous la cendre âcre des foyers éteints à la hâte. Les écuries, les tanneries, les teintureries ont l'odeur des fantômes. La ville se recroqueville.

Robin cherche des yeux la bannière échiquetée d'or et d'azur de Waleran de Beaumont, comte de Warwick, son suzerain.

Elle flotte sur la maison de pierre d'un boulanger en bordure des remparts. Dans la ruelle, écuyers anglais, archers gallois, mercenaires brabançons, piétons normands se sont agglutinés selon leur origine autour de petites écuelles chauffées du bois des façades et des charpentes. D'imposants Shire de bataille attachés ensemble couchent leurs oreilles, se mordent l'échine, hennissent pour quelques écorces de saule glanées sur la route. Robin se souvient qu'il a faim, lui aussi. Frustration du mois de juin. Elle ronge les hommes comme les bêtes en ce mois critique de l'année : les moissons de juillet sont encore à venir alors que les réserves de foin et de farine s'épuisent, les unes dévorées par le bétail et l'humidité, les autres par les rats et les hannetons.

La nuit s'est abattue sur la ville comme un mauvais présage. Les mendiants surgissent de la pénombre grandissante, nuée de sauterelles attirées par la lumière, attisant la charité coupable des soldats les plus superstitieux, sapant le moral des plus affamés. Alors les prostituées qui suivent l'armée en convoi depuis Barfleur sourient plus large, de peur de devoir jeûner.

Owain, appuyé contre la cloison de torchis d'une étable, gémit. Sa blessure se réveille. Robin pose sa main sur l'arc long d'orme blanc que son ami porte en travers du torse. Mais le Gallois lui saisit le poignet, le regard noir.

— Laisse, Loxley.

— Il te fait mal dans le dos.

— T' trouille pas pour ça. Le *longbow* reste avec moi.

Robin lui confie sa gourde, puis s'occupe brièvement du cheval. Alors qu'il le desselle, une terrible angoisse lui écrase la poitrine. Il sait comme la nuit est cruelle : ses yeux sombres fouillent les blessures, attisent le feu de la fièvre. Tant de soldats blessés meurent quand ses ténèbres couvrent le monde. Il attrape le briquet, le silex, l'amadou et les bûchettes ensoufrées reposant au fond de ses fontes. Frottant l'amadou et le silex avec le briquet, il désigne du menton le carreau fiché dans l'épaule d'Owain.

— Je vais aller chercher le barbier.

Une braise tombe sur la mousse.

Robin approche une bûchette. Le feu s'éveille et s'étire. Le Gallois regarde les nuages filer dans le ciel presque noir. Il a vieilli en un jour autant qu'en dix ans.

Robin s'avance dans le camp à la recherche du barbier. Ses yeux d'ambre balaient les visages qui se tournent vers lui, animés par les flammes. Il méprise leurs sourires entendus, leurs clins d'œil et leurs hochements de tête. Camaraderie factice. Ces paysans, ces nobliaux, ces brigands de grand chemin sont venus des quatre coins du royaume gonfler les rangs de l'ost d'Angleterre pour satisfaire leurs petits intérêts égoïstes. La finalité de cette guerre ne les intéresse pas. Ils n'ont aucun idéal. Ils le savent, s'en réjouissent et s'en effraient. Chaque soldat craint que demain sa propre survie ne dépende de la vigilance de son voisin. Alors on repousse la mort d'une tape dans le dos, d'un morceau de pain qu'on partage avec une bonté feinte, on lance une plaisanterie comme un appel au secours.

Lorsque Robin observe cette fraternité hypocrite oubliée au moindre rire de femme, il en a le cœur au bord des lèvres. Il se sent comme un loup dans une meute de chiens.

Autour d'un foyer allumé au centre de la ruelle, quelques soldats anglais se partagent des pinsons en riant. À l'approche du seigneur de Loxley, ils baissent respectueusement la tête et se taisent. Qui sait lire les visages verrait sur celui de Robin la barbe trop soignée de celui dont l'enfance fut brève, l'air impassible du solitaire qui dissimule sa méfiance sauvage, le nez droit du juste qui exige loyauté. Il verrait aussi une tristesse muée en colère et un amour-propre blessé tirant la susceptibilité vers la tyrannie.

Mais personne ici ne sait lire.

— Je cherche le barbier.

Un fantassin au sourire édenté se lève. Il prétend l'avoir aperçu à l'angle de la rue, s'empresse de partir à sa recherche.

L'homme se faufile adroitement parmi les petits groupes de soldats assis dans la ruelle. Robin a trop hésité à le suivre. Debout, les yeux perdus dans les flammes, il ressasse son angoisse. *Owain va s'en sortir,* se dit-il. Il est solide comme un chêne et il a connu bien pire.

Alerté par la fraîcheur du vent, le plus imposant des soldats lève des yeux anxieux vers les nuages et essuie sa longue moustache du revers de la main.

— Il va pleuvoir.

Son compère crache dans le feu. Il regarde Robin avec ses petits yeux brillants de rongeur.

— Qu'est-ce qu'vous en pensez, messire ?

Robin, l'esprit ailleurs, répond d'un haussement d'épaules.

— Je crois que ton ami a raison. L'air s'est refroidi, le vent se lève. Il va pleuvoir.

— Non, pas d'la pluie. D'cette guerre, j'veux dire.

— J'ai confiance dans le roi d'Angleterre. Il connaît bien la ville, il y est né.

Le soldat se tait et suce bruyamment le minuscule fémur de l'oiseau. Il hoche la tête en se léchant les doigts.

— Et Dieu ?

Robin lève un sourcil interrogateur.

— Pensez qu'le roi a toujours Sa faveur ?

Le moustachu se retourne vers son ami, froissé par ce qu'il vient d'entendre.

— Hé, c'est d'notre roi qu'tu causes, Colin ! Bien sûr, qu'Dieu est d'son côté.

— Fais travailler un peu ta tête, hé, coquebert ! Il a fait assassiner Thomas Becket j'te rappelle.

— Il l'a nié ! Et il a fait pénitence sur sa tombe.

— Ça n'empêche pas. T'as pas repéré qu'depuis le roi a comme une guêpe dans l'front ? V'là vingt ans qu'il empêche les épousailles d'Richard et d'la Française. Sans causer d'la reine Aliénor qui croupit à Salisbury d'puis quinze ans car il trouille qu'elle complote cont'lui. Moi, j'blâme pas ses fils de lui faire la guerre l'un après l'autre ! Et regarde-nous :

on s' réfugie au Mans et, alors qu'on s'apprête à subir l' siège, il menace de pleuvoir. Dieu l'a peut-être jamais excusé, j' veux dire. Peut-être qu'Il veut qu' la couronne change de tête ?

L'autre se lève, en colère.

— Impossible !

— Et comment que t'en es si sûr ? Dieu t' cause dans ton sommeil ?

— Ferme-la, Colin ! Je sais des choses, c'est tout.

Le colosse se rassoit et tire un chardonneret de sa giberne. Il l'empale sur une branche noircie et le présente aux flammes. Les plumes s'embrasent aussitôt. Une goutte de graisse tombe sur la braise et grésille un instant. Il se tourne vers Robin et désigne Owain d'un geste du menton.

— C'est vot' ami qu'est blessé ?

— Oui.

Il lui tend une petite poche de peau. Robin ouvre la bourse. Elle est remplie de poussière.

— Je l'ai glanée sur l' tombeau d' saint Bertwald à Ramsbury. Passez-en sur la plaie. Elle prendra du mieux plus vite.

Robin remercie le soldat d'un mouvement de tête. Il est saisi de remords. Ils n'ont pas les mêmes convictions, mais cet homme a bon cœur. Il imagine la valeur que cette petite bourse représente. Il a fait preuve d'arrogance lorsque, en arrivant dans le camp, il les méjugeait tous.

Il lève la tête vers l'angle de la ruelle. Toujours rien. Il regrette de ne pas avoir suivi le soldat. À présent, il a peur de ne pas le voir revenir.

— Change pas de sujet, Eldric. Qu'est-ce que tu dis pas ? lance le soldat aux yeux torves.

Le moustachu a enroulé sa tête dans ses larges épaules comme pour se protéger.

— P' têt que c'est pas l'roi qui empêche le mariage avec Alix de France, p' têt que c'est Richard, j' veux dire.

— Et pourquoi qu'il ferait ça ?

Eldric se racle la gorge.

— J'ai entendu dire qu' Richard et le roi des Français couchent dans l' même lit.

— C'est un honneur que les rois s'accordent souvent, remarque Robin.

— Oui, messire. Mais à c' que j'ai ouï dire, ils ont partagé leur lit tout l'hiver, et chez Richard c'est une sorte d'habitude, de dormir avec des hommes.

Colin crache dans le feu, avec une moue dégoûtée.

— Énondu !

— C'est pour ça que j' pense que Dieu est toujours du côté du vieux roi. Il pourrait pas vouloir d'un sodomite sur le trône d'Angleterre, n'est-ce pas, messire ?

Robin ne répond pas tout de suite. Il ne peut pas leur dire qu'il trouve ce débat absurde. Ils ne comprendraient pas la méfiance que lui inspirent la religion, les hommes qui composent son institution et les dogmes qu'ils imposent. Dieu, c'est une autre histoire.

— Il est écrit dans la Bible que Dieu envoie Sa pluie sur les justes et les injustes, essaie-t-il en passant une main dans sa barbe noire.

Les deux soldats suspendent leur mastication, intéressés par l'avis d'un homme lettré sur la question.

— Ce que j'y entends, c'est que Dieu ne choisit pas de camp. Les hommes sont libres dans cette vie de tout faire comme ils l'entendent. Si Dieu nous dictait nos conduites, Il serait la cause de nos bienfaits tout comme de nos méfaits. L'enfer serait vide, et le Jugement dernier serait Son propre procès.

Les fantassins froncent les sourcils. Ils hochent la tête pour ne pas paraître trop bêtes.

Le soldat édenté apparaît au détour de la rue.

Il est accompagné d'un barbu longiligne portant un long surcot brun et sur l'épaule une giberne de cuir. Soulagement. De loin, le barbier fait un signe. Deux nattes brunes tombent de chaque côté de son visage. Il a le teint pâle des Irlandais.

— Tout ce que je peux dire, c'est que j'ai confiance dans notre roi, ajoute Robin.

Et il s'éloigne pour l'accueillir.

Le barbier attrape son bras près du coude, lui donne une accolade trop rapide. Sous l'odeur de fumée qui s'accroche à ses épaules, l'encens et l'huile d'olive.

— On m'nomme Oengus, dit l'homme, impatient. Où est-il ?

Son surcot est maculé de sang.

Robin désigne Owain. Oengus file déjà à travers le camp. Il semble pressé. Son travail se poursuit quand les combats s'achèvent.

Contre l'étable, le Gallois essuie une larme du bout de sa manche. Robin fait mine de ne rien voir. Oengus pose sa giberne au sol et s'accroupit en silence. Il n'a même pas un regard pour Owain. Il guérit des blessures, traite des symptômes ou des fièvres, c'est trop douloureux de guérir des hommes. Il dispose devant lui un pot d'onguent brun, un petit couteau tranchant et une longue lame en fer-blanc. Il la glisse sous les braises du foyer et s'empare du couteau.

Lissant sa barbe d'une main anxieuse, Robin observe la plaie mise au jour. La flèche s'est fichée dans la chair à travers la cotte de mailles. La pointe a entraîné avec elle quelques morceaux de fer. Le barbier palpe le bras de son ami, le soulève pour regarder son aisselle.

— Le carreau n'a pas transpercé le bras, il a dû toucher l'os.

C'est ce que Robin craignait. La culpabilité le saisit. Il espère que la vie de son ami n'est pas en danger, qu'il retrouvera l'usage de son membre. Mais il n'ose pas demander. Pas devant Owain.

— Tu peux tout m' dire, barbier, dit calmement le Gallois.

— Il va falloir que je retire la hampe.

— Et le fer ?

— Je vais devoir le laisser à l'intérieur.

Un oiseau sombre plane dans les prunelles d'Owain. Il vient de comprendre la gravité de sa blessure. Il lève vers son ami un regard résigné, comme s'il lui demandait son autorisation. Robin hoche la tête tristement. Le barbier passe une longue ceinture de cuir autour de la taille d'Owain, de manière à maintenir son bras contre son torse.

— Tenez ça, messire, ordonne-t-il au seigneur de Loxley.

Il utilise son petit couteau pour inciser la plaie. Ses gestes sont précis. Dans les paumes de Robin, la lanière de cuir vibre de souffrance. Les mâchoires crispées d'Owain font grincer ses dents et pulser une veine à sa tempe. Le barbier pose ses deux mains sur la hampe et tire dessus d'un coup sec. Owain râle, courageux. Mais le carreau est toujours fiché dans son épaule droite. Le sang coule de nouveau. Le barbier tire une deuxième fois, et la hampe s'extrait de la chair dans un flot écarlate. Sans un bruit, le Gallois s'écroule, inconscient, dans les bras de Robin.

Les visages des fantassins se tournent vers eux, sombres et gris. Silence angoissé sur le camp. Ils redoutent que la mort ne s'installe là pour la nuit. Mais Robin s'en moque.

Il n'a jamais vu Owain défaillir.

Il lance un regard au barbier qui tire la longue lame plate de sa gaine de braises. Son calme le rassure. La lame du couteau dessine une arabesque incandescente dans l'air nocturne quand Oengus la pose sur la plaie.

Elle chuinte et diffuse son odeur de chair brûlée. Owain retrouve conscience, gémit alors qu'Oengus applique l'onguent brun. Il exhale de doux effluves de miel. Le barbier termine de bander l'épaule, range ses ustensiles.

— Il faut dormir, maintenant. Quand Saint-Julien sonnera matines, rincez l'onguent à l'eau et changez le bandage.

Il se lève et part aussitôt.

Owain a mauvaise mine. Tenir assis le fatigue.

— Tu veux de l'eau ?

— Montre ce qu'il t'a donné, demande le Gallois.

— Il ne m'a rien donné, tu as bien vu.

— Pas l' barbier, le grand moustachu près du feu. Qu'est-ce qu'il t'a donné tout à l'heure ?

Robin hausse les épaules, ouvre la bourse d'Eldric pour qu'Owain puisse inspecter son contenu.

— Un ramassis de superstitions : de la poussière du tombeau d'un saint de Ramsbury.

— Tu en mettras sur ma plaie ? Quand tu changeras le bandage, j' veux dire.

— Tu sais ce que j'en pense, dit Robin. La seule chose qu'on guérit avec ça, c'est le désespoir.

Owain regarde son ami. Une flamme lointaine fait luire sur sa joue le fil argenté d'une larme.

La douleur a gagné.

Robin peut le lire sur le visage du Gallois : quelque chose s'est rompu. Owain a vu sa vie sans l'usage de son bras droit. Le cortège d'idées lugubres qui a jailli de cette prise de conscience étouffe progressivement son âme de combattant. Cette part de lui agonise. Lui, le fils de charbonnier, l'homme de la forêt, celui qui s'est toujours enorgueilli de ne rien devoir à personne, découvre son existence si anecdotique dans la course du destin et les moyens qui lui ont été donnés par la nature pour se maintenir à sa surface si dérisoires qu'il veut soudain croire aux miracles.

Robin écarte le bois brûlé du foyer, pose une écuelle de gruau d'avoine en équilibre sur les braises pour distraire sa colère. Voir Owain capituler l'irrite. Ses yeux ont cette faiblesse aperçue autrefois dans ceux de sa mère. Il pose un tapis de selle sous la tête de son ami.

La colère est toujours là, qui souffle sur son sang comme on attise la braise.

Il lui tend la gourde de bière, mais Owain ne voit pas son geste. Perdu dans ses pensées, lui aussi. Quelle enfance a-t-il eue ? Son père charbonnier clandestin, son errance braconnière dans la forêt d'Arden. Il n'en parle jamais. En voyant son ami le front plissé, les yeux perdus dans les flammes, Robin se sent coupable. Il l'a entraîné dans une guerre où il n'avait rien à faire. Il est comme ce garçon qui apprivoise un renard, l'attire chez lui, lui passe un collier, puis s'étonne que l'animal se laisse mourir de faim en grattant à la porte.

— Je suis désolé de t'avoir embarqué là-dedans.

Owain sourit.

— T'en fais pas. Si j' suis là, c'est ma décision.

— J'ai été lâche. J'aurais dû te suivre, à l'époque, quand tu m'as proposé de vivre avec toi dans la forêt. Mais je n'étais pas prêt. Et au lieu de ça…

— Loxley… C'étaient des causeries d' marmots. Comment qu'on aurait survécu tous les deux sans parents, sans toit ?

— Tu y arrivais bien, toi.

— À grand-peine ! En m' logeant chez toi, tu m'as sauvé d' la faim qui m' tournait le ventre, des nuits froides et des nuits pluvieuses, d' la trouille qui m' serrait à chaque froissement d' feuille. Cette liberté qu' tu m'envies, j'y ai renoncé sans regret.

Robin se tait. Il a honte. Sa générosité n'était qu'une vengeance. Le faire entrer au manoir, imposer ce braconnier à la table de ses parents, c'était une manière de les punir.

Owain tousse en voulant trop sourire. Ses yeux percent Robin de part en part. Il le connaît trop bien.

— Ta vengeance, c'était la mienne, Loxley. Si tu savais comme, l'museau dans ma soupe chaude, les pieds devant la cheminée, j'prenais plaisir à imaginer la rage du pater qui m'verrait jamais rev'nir !

Robin retire l'écuelle des braises et la tend à son ami.

Owain se redresse en gémissant.

Sur son épaule, le bandage de lin est saturé de sang séché. L'hémorragie a cessé.

Ils mangent chacun leur tour, en silence.

Dans la rue, les fantassins plaisantent dans la chanson changeante des langues et des dialectes, trinquent, se couchent à même le sol pour dormir. Les cottes de mailles et les casques à nasal qu'on déplace s'entrechoquent comme un douloureux rappel.

Demain, le siège.

La culpabilité lui broie le ventre. Owain était libre.

On entend les nuages rouler les uns contre les autres. L'air est plus épais. Une bourrasque glaciale s'engouffre dans la ruelle. Le vieux cheval tourne les oreilles, et le feu grésille. Une première goutte sur le bras. Une deuxième sur la joue.

Voilà la pluie.

Il s'accroupit pour aider Owain à se relever. Il attrape le mors du sommier, les conduit dans l'étable. Les gouttes se resserrent. Autour d'eux, les soldats se lèvent dans un tintement d'écuelles, réveillent leurs camarades, regroupent leur équipement, s'abritent là où il reste de la place. Protégés d'une couverture ou d'un bouclier, ils courent en tous sens dans l'épaisse fumée qui s'échappe des braises noyées par la pluie battante.

Au moment où ils passent la porte, Robin s'immobilise.

Une étrange apparition, à l'angle de la rue.

Un homme entre dans le camp comme on entre à l'auberge. La capuche de son long manteau noir lui masque le visage. Il marche d'un pas lent, assuré, vers la maison où Waleran de Beaumont s'est installé. Son aplomb est trop forcé pour être honnête. Il n'a pas remarqué qu'il pleut et qu'il est le seul à ne pas courir sous l'averse.

Dans le bleu de la nuit, une étincelle blanche : une prothèse de fer recouvre son pouce. Elle est tenue par des lanières de cuir enlaçant sa paume et son poignet. Cette prothèse, Robin s'en souvient. C'était à Château-du-Loir. Elle était portée par un chevalier qui combattait comme un beau diable.

Un chevalier qui combattait sous la bannière du fils félon d'Henri II, ce traître de Richard.

Le merle regarde Marianne de ses yeux cerclés d'or. Il s'agite entre ses doigts. Il a reconnu les lamentations de la rivière et la douce cymbale des feuilles. Le chant du soir l'éveille.

À la lueur du crépuscule, elle déplie une dernière fois son aile noire. Le merle la lui reprend, insolent. Elle sourit : il a l'air complètement rétabli. Elle avance ses deux mains entre les créneaux du chemin de ronde rouge des dernières heures du jour. Subitement, elle hésite. Ces derniers temps, l'oiseau blessé a si bien égayé sa solitude. L'absence de son père lui pèse depuis qu'il est parti dans les territoires continentaux d'Henri II. Elle ferme les yeux pour reprendre courage, inspire l'air du printemps. Le merle s'est calmé. Il regarde au loin, mais elle ne sait si ses yeux brillent de confiance ou de résignation.

Doucement, elle écarte les doigts.

La robe noire de l'oiseau se fond aussitôt dans l'ombre qui prend lentement possession de la plaine. Marianne plisse les yeux. Elle aperçoit le merle passer brièvement sur le bras bleu de l'Avon. Ses ailes battent l'air avec empressement. L'ail des ours fleurit, l'oiseau est en retard. Il doit trouver une compagne avant que l'été ne brûle l'herbe des vergers.

Elle aimerait être un oiseau. Elle n'aurait qu'à déployer ses ailes pour fuir les murs jaloux du château de Warwick.

Elle s'assoit contre l'enceinte. Il y a deux ans maintenant que Waleran de Beaumont, comte de

Warwick, son père, est parti rejoindre la flotte du roi sur les rives de la Manche. Sa seconde femme, Margery d'Oily, a pris sa place dans le fauteuil de la grand-salle. Elle n'a jamais pu souffrir Marianne. Elle feint l'insouciance, mais les tics nerveux qui faussent son sourire racontent une autre histoire. Elle est jalouse. Jalouse de la défunte mère de Marianne. De ce premier amour dont parlent si bien les yeux de Waleran quand ils fixent le vide. Des prunelles noires de Marianne et des reflets d'encre de ses cheveux qui lui ressemblent sûrement.

— Marianne ?

Beth a poussé la porte de la tourelle. Elle s'avance vers la jeune fille et passe sur son bras sa main abîmée par les décoctions de plantes médicinales. La nourrice rentre le menton.

— Qu'est-ce que tu fais là, toute seule ? On joue d'la musique en bas !

D'un bond, Marianne enfouit sa tête dans le cou de la grosse femme. Elle inspire longuement. Il sent la verveine que Beth porte sous sa robe. Et cette verveine ouvre un monde de souvenirs, de caresses, de secrets qui s'unissent dans l'arène de ses bras.

— Beth… Je n'ai pas très envie.

— Tu n'as plus envie d' rien depuis qu' le comte est parti. Eh bien, force-toi un peu, ma p' tite. Y a en bas un fameux trouvère : Huon d'Oisy, l' vicomte de Meaux. Il va nous jouer une chanson amusante : le tournoiement des Dames ! Tu vas pas manquer ça !

Les ombres des convives animent les tapisseries qui couvrent les murs de la grand-salle. Les larges poutres du plafond disparaissent dans l'obscurité. On croirait en levant les yeux que la pièce s'ouvre sur un ciel sans lune. Barré de son chevron d'hermines, le damier des Beaumont tremble sur le manteau de la grande cheminée. Margery est assise, dos à son foyer brûlant, dans le fauteuil du comte de Warwick. Trente-deux hivers de neige ont laissé leur empreinte dans ses cheveux blonds. Et elle a tant sacrifié pour l'amour ! Ce doit être triste de voir tous ses efforts sans cesse émoussés par le souvenir d'un sourire qui ne vieillit plus.

Les deux chiens allongés aux pieds de la comtesse dressent la tête à l'entrée de Marianne, traversent le large cercle formé par les invités, manquent de renverser l'homme aux cheveux cendrés et au cou de héron qui se tient en son centre. Il serre sa harpe contre lui comme la taille d'une femme. Il se tourne vers la jeune fille que les chiens fêtent. Il a un grand sourire. Un sourire immuable, comme peint sur son visage. Il est là quand il salue la comtesse, quand il salue la salle, quand il chante. On applaudit chacune de ses strophes, mais il sait qu'on s'impatiente. Alors ses doigts animent les cordes de sa harpe et les notes tant attendues tirent à son public des exclamations réjouies.

« En ces temps où les chevaliers
Sont effrayés
Et refusent de porter les armes
Pour montrer leur courage
Les dames à Lagny vont tournoyer. »

À chaque vers, ses yeux d'échassier quittent la danse de ses longs doigts pour fixer ceux de Margery. Et toujours ce sourire flagorneur qui déverse sa rivière de français sans jamais se flétrir.

« Et le tournoi promis
La comtesse de Crespi
Et la dame de Coucy
Prétendent qu'elles voudraient savoir
Ce que sont les coups
Que souffrent pour elles
Leurs maris. »

Et Margery de rougir, de pencher la tête, de remettre ses cheveux derrière ses oreilles. Un rire nerveux siffle entre les dents de Marianne. La grosse main de Beth se pose dans son dos.

— Qu'est-ce qu'il y a, ma fille ?

— Elle glousse à cette chanson comme si elle se voyait déjà le heaume sur la tête.

— Et pourquoi pas ?

— Tu penses vraiment que le vicomte croit ce qu'il raconte ? Que des femmes pourraient tournoyer comme les hommes ?

— L'impératrice Mathilde a bien combattu pour l' trône d'Angleterre.

— Derrière un écu ou derrière une carte ? Je serais bien incapable de me battre, moi. Si les hommes savent si bien, c'est qu'ils s'entraînent beaucoup. Et même si je m'entraînais, je n'aurais jamais la force de mon père.

Beth prend la tête de la jeune fille dans le creux de son coude en roulant son rire de hulotte.

— Une femme pleine de courage vaut sûrement mieux au combat qu'un homme fort et mesuré. Regarde le coq. Il fait fuir des bêtes bien plus grosses que lui !

— Oui, elles fuient. Mais le jour où elles décident de se battre, alors le courage du coq n'est plus que de l'orgueil.

Beth croise les bras, découragée.

Une main froide se referme sur la nuque de Marianne. Elle sursaute. C'est Gundred qui rit, un morceau de paille planté dans sa chevelure rousse.

— Viens avec moi ! dit sa demi-sœur à voix basse.

Margery se tortille toujours sous la caresse des vers du vicomte. Elle tape à présent dans ses mains et hausse les sourcils pour qu'on l'imite. Marianne, agacée, se laisse entraîner dans l'escalier. Une volée de marches, et la fraîcheur nocturne leur bondit au visage. Gundred la tire par le bras jusqu'à l'enceinte supérieure. Là, en haut de la passerelle de bois qui descend sur la basse-cour, on a l'impression de dominer le monde. Le chant d'un rossignol coule sur les toits du bourg endormi. Au loin, les platanes secouent leur pollen au-dessus de la rivière. La nuit bouillonne de la ferveur du printemps.

— Alors ? Tu viens ?

Marianne suit sa demi-sœur jusqu'à ce que de petits cailloux roulent sous ses chaussures. La cour est vide. Des poules caquettent dans leur sommeil. Un garde tousse. Un cheval s'ébroue. Le reste n'est que silence. Marianne attrape la main de Gundred.

— Où va-t-on ?

— C'est une surprise.

La silhouette de la grange s'élève au-dessus de celle des remparts. Sa douce odeur de foin emplit l'espace.

Une ombre se meut dans la nuit. Les doigts de Marianne se crispent sur la main de sa sœur.

— Il y a quelqu'un !

Gundred étouffe un rire qui résonne malgré tout dans la cour. Un raclement de gorge masculin lui répond. Elle chuchote :

— Je sais. C'est la surprise !

Un jeune homme s'avance dans le noir.

— Damoiselle…

Mais Gundred l'interrompt d'un geste de la main.

— Psst ! Retourne dans la grange et allume ta lampe. Tu crois qu'elle va tomber amoureuse d'une ombre ?

Marianne lâche la main de sa sœur.

— Qui est-ce ? Qu'est-ce qui se passe ?

Gundred de Beaumont pose un doigt sur ses lèvres.

Une faible lueur bondit depuis derrière le foin sur les parois de bois. L'ombre du garçon est si haute qu'elle touche l'angle du toit. Il lève une lampe à hauteur de visage. C'est un jeune soldat aux pommettes rougies par les tours de garde. Il a les épaules larges et le torse en triangle du Tristan de Thomas d'Angleterre.

Marianne rend grâce à la nuit de cacher à sa sœur ses joues qui s'enflamment. Gundred la pousse dans le dos.

— Je te présente Adam.

— Gundred, ça suffit. Je n'ai pas envie de jouer à ça.

Le soldat se décompose. Les ombres vacillent alors que, de découragement, la lampe descend de quelques pouces vers le sol. Marianne n'ose plus partir. Elle se sent coupable.

— Dis-lui, Adam.

Il hésite, peine à la regarder en face.

— Depuis l'jour où j'vous ai aperçue, damoiselle, j'peux plus vous chasser d'ma tête. Ça tourne là-dedans comme la roue d'un moulin.

L'expérience semble aussi pénible pour lui que pour elle.

— Gundred, retournons au château.

— Non, attends. Il n'a pas tout dit. N'est-ce pas, Adam ?

Visiblement embarrassé, le garçon passe sa main dans la paille de ses cheveux.

— Je suis désolé, damoiselle, je ne le dirai pas.

— Et pourquoi ? demande Gundred, déçue.

— Vous m'aviez dit tout à l'heure que damoiselle Marianne s'rait heureuse de m'voir. Mais je vois bien qu'elle est tout apeurée. Et l'embrasser comme ça, ça me ferait bien du mal.

— M'embrasser ? souffle Marianne, ahurie. Mais Gundred, tu as perdu la tête !

— Pourquoi ? Je l'ai déjà fait, moi.

— Tu ne veux pas te marier ?

— Ce n'est pas un baiser qui va te faire perdre ta virginité, sotte.

La main de Gundred se coule autour de la sienne comme le serpent d'Éden. Marianne veut résister, mais la rougeur de ses joues a transmis sa fièvre au reste de son corps.

— Tu rêves si souvent de ton futur mari. Quand le jour de ton mariage arrivera, tu n'aimerais pas t'être un peu entraînée ?

Marianne ne trouve plus d'arguments. Sa raison a renoncé à dompter cette ardeur nouvelle. *Il a l'air d'être un brave garçon*, se dit-elle. Et elle secoue la tête pour chasser cette pensée. Cependant, pas après pas, elles se sont approchées du soldat. Gundred sourit à sa sœur.

— Ton fiancé aura certainement de l'expérience, lui.

La chaleur du jeune homme l'effleure déjà, portée par le vent. La main du soldat s'appuie dans la sienne. Son corps est un tambour. D'autorité, ses paupières se ferment.

Deux lèvres se posent sur les siennes.

Les caresses du soleil ne sont pas aussi douces.

La main du soldat frôle sa joue, légère comme le vent.

C'est maintenant un magma qui enflamme son ventre. Il réclame un baiser, et à chaque baiser il en veut davantage.

Un cri retentit. Gundred. Les lèvres s'envolent. La lampe tombe. Le soldat disparaît dans un bruissement de paille. Une nouvelle lanterne perce les ténèbres.

— Par le Christ !

La voix de Margery.

Robin assoit Owain contre le panneau de bois d'une stalle vide. Des fantassins endormis occupent déjà les autres. Il chasse la paille souillée du pied pour découvrir celle, plus saine, qui dort au-dessous.

Il attache le cheval.

L'homme à la prothèse ne quitte plus son esprit. Que vient-il comploter à la porte du comte de Warwick ? Veut-il trahir Richard ? Assassiner Waleran de Beaumont ?

Owain s'est endormi sur sa bonne épaule, épuisé par le voyage et la douleur. Il ronfle.

Robin repart vers la ruelle fouettée par la pluie. Sa capuche passée hâtivement sur sa tête, il sort. L'inconnu à la prothèse de fer s'est arrêté devant la demeure du boulanger. Le judas semble écouter à la porte.

— Hé là !

L'averse couvre les cris de Robin.

Il court dans la rue inondée.

Il attrape l'épaule de l'étranger, d'un geste le fait pivoter sur lui-même, recule un peu et pose la main droite sur le pommeau de son épée.

— Qui es-tu ? Que viens-tu faire ici ?

— Je viens voir le comte de la part du roi.

— Tu mens. Je t'ai combattu à Château-du-Loir le jour d'avant-hier.

L'inconnu regarde à gauche puis à droite. Sa prothèse brille lorsqu'il écarte son manteau et dévoile un petit poignard à la poignée d'ivoire.

— Il est tard. Retourne dans ton étable.

— Enlève ta capuche, alors, que je puisse rêver de toi.

Agacé, l'inconnu fait un pas en avant et dégaine sa lame. La porte de la maison s'ouvre, fend la ruelle d'une bande orangée. Un adolescent d'une quinzaine d'années apparaît dans l'embrasure, une coupe à la main. Son manteau est fermé d'une belle ceinture de cuir. Ses cheveux bruns soulignent son regard prétentieux et ses pommettes d'angelot sont rougies par le vin et la chaleur de la pièce. Il semble surpris de la scène qu'il découvre. C'est le comte d'Évreux, Amaury de Montfort. Robin le salue de la tête. L'inconnu rengaine son poignard. Le comte pose une main dans son dos et l'invite à entrer.

— Nous vous attendions, dit-il dans un français mielleux.

L'adolescent jette un regard sévère à Robin par-dessus l'épaule de l'étranger. Il reste un instant à la porte, détaille l'Anglais de ses jeunes yeux, semblant chercher une repartie de trouvère. Un sourire faussement confiant, un bruit irrité de bouche.

Il ne trouve pas.

— Nous nous sommes déjà rencontrés ? demande-t-il en saxon.

Le saxon, la langue du peuple. À défaut d'intelligence, il a choisi l'humiliation : tu n'es pas des nôtres.

Robin lui rend son sourire.

— La Ferté-Bernard. Nous avons combattu ensemble.

Et le roquet récidive :

— Robert de Loxlois, n'est-ce pas ?

— Loxley, messire.

— Peu importe. Je suis certain que mon ami le comte de Warwick appréciera le zèle dont vous faites preuve à le protéger.

La porte lui claque au visage. Immobile sous l'averse, il écoute les gouttes frapper sa capuche avec un bruit mat.

Un rire de l'autre côté. Le couard.

C'est bien la prothèse de cet homme qu'il a vu combattre dans le camp adverse, il en est certain. Ce dernier semblait anxieux, le comte d'Évreux menaçant. Il se trame quelque chose derrière la porte de cette maison. Robin s'écarte et, sur la gauche, aperçoit une fenêtre basse dont les volets intérieurs ont été fermés. Il s'en approche. Pas de vitres : un mince voile de boyaux translucides éventré par le vent. Les volets disjoints laissent entrevoir le comte de Warwick. Il lisse sa moustache noire devant l'âtre, tend ses grosses mains vers les flammes. Son nez massif, son front bas, ses sourcils trop courts et ses cheveux bruns blanchis aux tempes lui donnent un air ursin.

— Approchez, dit-il de sa voix grave.

L'inconnu apparaît, pose un genou en terre. Il a ôté sa capuche. Ses cheveux sont trop blancs pour son âge. Sa barbe et ses sourcils n'ont pas voulu vieillir si tôt. Ses yeux bleus sont pincés aux extrémités, soulignés de cernes noirs.

— William de Wendeval, messire, se présente-t-il. Je viens vous apporter un message de la part du prince Richard.

Il tend un parchemin.

Beaumont fait sauter le sceau à l'aide de son poignard. Il déroule la lettre.

— La guerre ne durera plus longtemps, insiste Wendeval. La Ferté-Bernard, Chaumont, Amboise et Château-du-Loir sont passés du côté de mon seigneur.

— Oui, j'y étais.

— Richard vous demande votre aide. Le refus d'Henri II à le désigner comme son successeur est déraisonnable.

— Voyons...

Le comte survole le parchemin. Son gros doigt bute parfois sur l'écriture que les flammes animent. Il se tourne vers l'adolescent.

— Le comté de Worcester. Et pour vous, Amaury, le comté de Cornouailles.

Dans le cœur de Robin, l'indignation résonne si fort qu'il n'entend pas la suite.

Le banquet n'est plus qu'un tas de braises étouffant au fond de l'âtre. Révélées par l'obscurité, les grandes poutres de chêne exposent leurs arêtes ornées. On a défait les tables, laissant les dalles de la grand-salle seules sous leur couverture de paille. Déjà, le bailli et les servantes s'allongent çà et là. Sous le regard des chiens, la cuisinière et les commis dévorent la mie imbibée de sauce des tranchoirs.

Les doigts bagués de Margery frappent l'accoudoir du fauteuil de bois. Debout derrière elle, le sourire d'Huon d'Oisy est toujours là. Le reste des convives s'est rangé à la manière du vicomte. Ils n'oseront pas se coucher avant la comtesse. Au centre de la pièce, Gundred et Marianne sont à genoux. Tous les regards sont tournés vers elles.

Plus le silence dure, plus il pèse. Marianne respire à peine. Les yeux de Margery passent de sa fille à sa belle-fille, un sourcil levé plus haut que l'autre. Brusquement, elle se redresse, regarde autour d'elle.

— Il manque quelqu'un, dit-elle.

Elle claque des doigts, et un servant accourt.

— Hank, va me chercher Beth.

Marianne ferme les yeux. Pas Beth. Elle a honte. La salle replonge dans son mutisme. On entend les pas de Hank dans l'escalier. Ils s'éloignent. Une porte s'ouvre, se referme. Marianne repense à ce qui est advenu dans la grange. Elle n'a aucune explication raisonnable. Elle est incapable de retrouver les sentiments qui l'étreignaient alors. Plus grave : elle ne saurait dire si elle a agi de sa propre volonté. Tout semble flou.

Les pas reviennent, suivis de ceux, essoufflés, de Beth. La nourrice pénètre dans la salle. Elle regarde l'étrange assemblée, stupéfaite : les deux jeunes filles à genoux, puis Margery qui lui fait signe. Beth se place à côté du trône. La comtesse n'a jamais semblé si heureuse.

— Marianne, dit-elle, veux-tu raconter à ta nourrice pourquoi je l'ai fait venir ?

Le menton de Marianne frémit. Elle n'ose pas parler. Ses lèvres scellées de honte sont le dernier rempart au torrent de ses larmes.

— Marianne ? Nous t'écoutons...

Soudain, Gundred se lève.

— Tout est ma faute, mère, dit-elle d'une voix hésitante.

— Gundred, je ne t'ai pas demandé…

— Marianne n'y est pour rien ! Je lui ai forcé la main. C'est moi qui ai tout arrangé quand Adam m'a parlé d'elle. Si quelqu'un doit être puni, c'est moi.

La comtesse s'est dressée d'un bond. Elle est rouge de colère.

— Assieds-toi !

Les convives se raclent la gorge, se cherchent des yeux.

— C'est toi qui as embrassé ce petit vaurien ?

— Non, c'est moi, intervient Marianne.

La comtesse se rassied, satisfaite.

— C'est bien ce qu'il me semblait.

Elle joint ses mains devant ses lèvres. Elle jubile et peine à le dissimuler.

— Tu ressembles à ta mère.

Marianne lève la tête. Beth tressaille, ses poings blancs à force d'être trop serrés.

— Vous ne l'avez jamais connue, madame.

— Tu es une petite dévergondée, tu l'as prouvé ce soir. Elle l'était sûrement aussi, ces choses-là courent dans le sang.

Ses mâchoires lui font mal. Un goût de fer infuse sa salive. Margery s'est levée. Les convives s'écartent quand elle approche de la cheminée. Elle revient, une longue branche de frêne à la main.

— Pour cet acte indigne qui jette l'opprobre sur ma famille, je te condamne à quarante coups de bâton.

Elle marche jusqu'à la nourrice, lui tend la baguette. Beth la regarde, droite et digne. Elle ne bouge pas. Margery lui saisit le poignet. Elle lui écarte les doigts, y glisse la branche de force. Marianne fixe les yeux tristes de sa mère adoptive et hoche la tête. *Fais-le, tant pis*.

Alors que la nourrice traverse la salle, Margery fait signe à sa fille de la rejoindre. Gundred se poste près de sa mère, tête basse.

— Regarde bien, ma fille. Et souviens-t'en. Voilà le sort réservé aux concupiscentes.

Une larme roule en silence sur les joues de Beth.

— Tourne-toi, souffle-t-elle.

Marianne obéit. Margery se laisse aller contre le dossier du fauteuil. Elle lance un regard de connivence à Huon d'Oisy, mais le sourire du vicomte n'est plus qu'une grimace.

Robin s'approche de son ami endormi. Il chuchote :

— Owain.

Le Gallois pousse un grognement.

— Laisse-moi tranquille, Loxley.

— Comment va ton bras ?

— Il allait mieux quand j'dormais, dit-il sur un ton de reproche.

— Je voulais te prévenir. Je vais me rendre au château.

Owain pousse sur ses jambes pour se redresser. Il retire un brin de paille de sa joue et met la main sur sa blessure en soupirant.

— Au château ? Pour quoi faire ?

— Je dois alerter le roi avant l'aube.

— Mais de quoi ?

— J'ai surpris un messager de Richard. J'ai voulu l'arrêter, mais le comte d'Évreux s'est interposé. Alors j'ai écouté leur conversation. Demain, Waleran de Beaumont et Amaury de Montfort vont se retourner contre Henri II ! Ils passent du côté de son fils félon et du roi de France. Je ne peux pas rester sans rien faire. C'est mon devoir.

Owain attrape le bras de Robin.

— C'est ton devoir de rien du tout, Loxley ! Laisse-les s'entretuer.

Robin se relève, déçu par l'attitude de son ami. La trahison de son suzerain menace l'équilibre du pays tout entier. N'est-il pas indigné comme lui ? Il ne comprend pas la résignation que montre Owain depuis leur arrivée au Mans. Que cherche-t-il à prouver ? Ou est-ce simplement la douleur qui l'égare ? Son ami d'enfance lui semble si loin de lui qu'il se demande s'il l'a jamais connu. D'un geste circulaire, il englobe la guerre tout entière et le siège qui se prépare autour de la ville.

— Alors tout cela n'a aucun sens pour toi ?

— Non. Aucun. Ouvre les yeux, bon sang !

— Fermez-la ! grogne un soldat en se retournant dans la paille.

— Ouvre les yeux, Loxley ! reprend Owain en baissant la voix. Ton roi et ses barons n' valent pas mieux qu' les cochons ! Seul le pouvoir les intéresse : le groin fourré dans leurs pièces d'argent, ils s' battent pour lui, s' marient pour lui, prient, intriguent, mentent, trahissent pour lui. Comme les cochons, ils s' cannibalisent. Ils appellent ça la politique, mais j' veux dire, ça reste criminel le cannibalisme ! Ces cochons sont prisonniers d' leur richesse et du pouvoir qu'ils en tirent.

Owain pose son doigt sur le torse de Robin.

— Ce n'est pas l' roi d'Angleterre que j'ai suivi jusqu'ici, c'est toi. Par amitié. Sois honnête avec toi-même : si ton père et ton frère étaient pas morts à Pierre-Buffière il y a huit ans, s'ils avaient pas laissé ta mère ruinée, est-ce que tu t' serais engagé dans cette guerre ? Et si c'est pas par amitié, pour quelle cause j'ai perdu l'usage d' mon bras ? Dis-moi franchement Loxley : pour la justice ? Pour le devoir ? Qu'Henri II ou n'importe lequel d' ses fils soit sur le trône, qu'est-ce qu' ça change à not' vie ? Rien ! Les cochons n'ont même pas un regard pour nous. J' te créant que si la couronne tombait sur la tête d'un poisson, ils conduiraient l'armée entière au fond d'la rivière !

Owain agrippe son épaule et serre les mâchoires. Il est fourbu de douleur et de colère.

— Waleran de Beaumont ne peut demander d' toi que quarante jours de service d'ost. Ça fait déjà quarante-trois. Alors, prends les deniers qu'il te doit et quittons c' te guerre. N' risque pas ta vie pour l' roi au nom d'une loyauté que t'es seul à défendre, t'en tireras qu' du malheur.

Robin n'écoute plus. Il piétine la paille. Owain l'irrite. Il ne veut pas comprendre.

— N'est-ce pas justement parce qu'il y a des traîtres et des ambitieux que nous devons faire preuve de loyauté ? Parce que nous voyons l'injustice qu'il faut la combattre pour rétablir le juste ordre des choses ? La loyauté signifie encore quelque chose à mes yeux. Et même si je suis le seul, je veux me montrer loyal envers le roi d'Angleterre, car c'est ce qui me paraît juste.

Owain a ce regard que Robin admirait quand il était adolescent et qui l'agace à présent.

— J' veux seulement qu' tu t' méfies de toi-même, Loxley. Quand t'es si révolté contre l'injustice du monde, vérifie bien que c'est pas l'injustice d' ton histoire qui te trouille. Car y a rien d' pire que d' confondre justice et vengeance.

Owain soupire. De sa main gauche, il attrape son arc d'orme blanc. Avec difficulté, il dégage son dos de la paroi, fait passer la corde par-dessus son épaule et tend l'arme à Robin.

— Prends mon *longbow*. J' pourrai plus m'en servir d' toute manière.

Il faut un instant à Robin pour comprendre.

Il saisit l'arme avec émotion. Il connaît la valeur qu'elle a pour son ami. Ces deux lames de bois d'orme tendues par une corde de chanvre cirée renferment tout ce que Robin connaît de lui. Il n'avait que quatorze ans quand il a vu Owain le confectionner dans la forêt d'Arden. Le Gallois lui avait montré comment couper le tronc dans la longueur, en dégager une lame d'aubier et une lame de cœur, les juxtaposer et les faire sécher plusieurs mois au-dessus du feu.

Sur son modèle Robin a façonné le sien.

Cet arc, Owain l'emporte partout avec lui. Il refusait de s'en séparer lorsqu'il entrait au manoir. Cela irritait la mère de Robin. C'était un talisman qu'il redoutait d'égarer.

Les jours d'hiver, Owain l'entraînait à tirer sur un sac de peau qu'il faisait tournoyer au bout d'une corde. Robin tirait jusqu'à ce que ses phalanges engourdies se mettent à brûler. Quand il avait trop mal, Owain prenait sa place. Quel plaisir de voir l'arc se déformer sous la traction de son bras puissant et d'entendre son claquement singulier résonner entre les arbres lorsqu'il propulsait la flèche vers sa cible. Même les doigts en sang, la précision du Gallois était redoutable. Lorsqu'il observait avec quelle grâce son ami décochait ses traits, il lui semblait que la réputation des archers de Galles du Sud devait bien plus à Owain que le contraire. Un jour, à force d'insistance, Owain avait accepté de se séparer de l'arc pour laisser Robin l'essayer. L'arme s'était révélée si puissante que l'adolescent n'avait pu la bander.

Le Gallois en rit encore.

Robin passe ses doigts sur les treize encoches qu'Owain a sculptées dans le bois. Une encoche pour chaque cavalier abattu à plus de neuf cents pieds.

Il regarde son ami, ému :

— Merci.

Owain tourne la tête vers le fond de l'étable en grommelant. Alors Robin s'éloigne en espérant que le messager de Richard est encore dans les quartiers du comte de Warwick.

Son dos la faisait trop souffrir. Elle a écarté la paille pour que la pierre froide engourdisse le feu de ses blessures. Mais les larmes cognaient toujours derrière ses paupières.

Elle ne voulait pas pleurer.

Pas tant que Margery pouvait l'entendre. Alors elle s'est levée dans le noir. Elle a enjambé les corps endormis pêle-mêle dans la grand-salle, et elle est sortie sur le chemin de ronde. Elle a inspiré l'air de la nuit pour retrouver son calme. Au loin, un orage grondait sur la forêt d'Arden. Les oiseaux s'étaient enfoncés dans les feuillages, et le renard avait écourté sa traque.

Alors, un caillou a roulé sur le rempart. Une sentinelle. Son sourire était plus douloureux que les coups de bâton. Il savait.

Elle pleure maintenant sur le banc de la cuisine. Ses larmes se rejoignent à la pointe de son menton et gouttent sur les dalles grises. Finies, les escapades sur les chemins de ronde. Sa prison a resserré ses murs.

Subitement, la peur lui coupe le souffle. Elle craint que son père ne l'apprenne aussi. Sa gorge se serre, et ses sanglots s'y entassent comme des pierres.

Une main lui effleure l'épaule. Elle sursaute. C'est Beth, sa gibecière débordant de plantes. Elle embrasse Marianne sur la joue. Un long baiser gonflé de réconfort. Elle pose une petite marmite dans l'âtre et ravive le feu.

— Finalement, je ne vaux pas mieux que ton coq, chuchote Marianne.

La nourrice se retourne, inquiète.

— Je me suis laissé séduire par un simple soldat. Peut-être que c'était de l'orgueil de penser que je pourrais être une bonne épouse.

— Marianne, n' laisse pas les jactances de Margery t' tourner la tête. Tu n'es pas mariée. Et un baiser d'adolescente n'a jamais brisé l'honneur de personne.

— Mon père aurait tellement honte de moi.

Les sanglots la reprennent.

— Peut-être que je suis faite pour le couvent plus que pour le mariage. Que je n'aurai jamais la loyauté de Grisélidis.

Beth verse du miel dans la marmite, y saupoudre un peu d'argile. Elle remue la base de l'onguent.

— Grisélidis ?

Elle ajoute quelques gouttes d'une précieuse infusion de clous de girofle.

— C'était une bergère.

La nourrice lui sourit.

— Raconte-moi.

Marianne se tait un moment pour que ses souvenirs se précisent.

— Un jour, un seigneur croise Grisélidis sur la route de la bergerie. Il en tombe éperdument amoureux. Alors le seigneur la demande en mariage. Ils se marient, et leur bonheur leur donne un fils puis une fille. Mais un matin, le seigneur lui annonce qu'il la répudie et la renvoie dans sa chaumière ! Il gardera les enfants avec lui. Fourbue de chagrin, Grisélidis rentre au pays. Elle pleure pendant des semaines. Elle se jure de ne jamais aimer personne d'autre.

La nourrice a pressé des feuilles de céleri pour en faire couler le suc. Elle s'essuie les mains sur son tablier en fixant Marianne. Puis elle saupoudre la préparation de minuscules feuilles de thym.

— Quelques années plus tard, Grisélidis reçoit un messager. Son ancien mari lui apprend qu'il s'est remarié. Il aimerait qu'elle vienne au château pour les servir, lui et sa nouvelle femme. Au fond de son cœur, Grisélidis est toujours éperdument amoureuse. Elle se dit que sa souffrance sera moins grande si elle peut voir son ami chaque jour. Alors elle accepte.

» La femme du seigneur est très belle et très gentille. Elle a un grand fils qui est très beau aussi. Grisélidis devient la servante de la famille avec ferveur et application. Un jour, alors qu'elle sert le souper, le seigneur se lève et fond en larmes. Il prend Grisélidis dans ses bras et il lui dit : « Pardonne-moi, ma mie, de t'avoir tant fait souffrir. » Et l'homme lui révèle qu'il l'aime toujours, que sa femme n'est pas sa femme, mais la fille qu'ils ont eue ensemble, et le garçon leur fils.

Beth s'est assise devant elle. La coupelle où l'onguent refroidit tremble entre ses doigts.

— Ce conte n' vaut pas mieux qu' les coups qu'on donne aux bêtes. Ils veulent départager les esclaves des maîtres.

Ses lèvres sont blanches de colère.

Mon père me le racontait souvent, rétorque Marianne, vexée.

Beth soupire. Elle semble subitement très triste. Elle dénoue le corset de Marianne, fait glisser son bliaud sur ses épaules meurtries.

— Le mari dans ton histoire est un homme cruel. Je te souhaite de n'jamais épouser un monstre pareil.

L'onguent est encore tiède quand il recouvre ses blessures. Il a l'odeur du thym et du miel.

— Peut-être que tu prends ce conte trop au pied de la lettre, lance Marianne d'une voix douce. Peut-être que le mari, c'est la vie. Et que cette histoire veut nous dire que le vrai amour résiste aux souffrances que la vie nous impose ? S'il disparaît au moindre obstacle, alors est-ce vraiment de l'amour ? Maintenant, je doute d'avoir la force d'aimer comme ça.

— T'as déjà cueilli une pomme toute ronde ?

Marianne ne répond pas.

— Moi jamais. Quand j'y regarde bien, je vois des bosses, un pt'it clou poilu au derrière et même des trous et des vers. Ton amour, tel que t'y penses, là, il est trop rond pour la vie.

Le *longbow* autour de ses épaules, Robin sort de l'étable.

D'un pas pressé, il fend l'averse jusqu'à l'angle de la rue. Ses pieds s'enfoncent dans le sol boueux de la ruelle. L'eau glacée s'infiltre dans ses bottes.

Brusquement, il se fige. Il doute. Owain compte sur lui, derrière les parois noires de l'étable. Il s'en voudrait mortellement d'avoir tort ; de l'abandonner pour découvrir que son idéal de loyauté n'est qu'orgueil égoïste. Depuis cette nuit terrible où il s'est senti haï sous les coups de son père, abandonné dans les bras de sa mère, il s'est promis de toujours agir selon ce qui lui semble juste. C'est ce qu'il fait ce soir.

Robin marche déjà dans les pas de William de Wendeval. Quand on signe un contrat, chaque partie en garde un morceau. C'est la coutume. Le messager porte certainement sur lui celui où Amaury de Montfort et Waleran de Beaumont rendent hommage à Richard. S'il parvient à l'en déposséder, il sera en mesure de produire au roi d'Angleterre une preuve de la trahison. William de Wendeval revient sur ses pas. Il cherche son chemin, puis reprend sa route en direction de la rivière.

La pluie a cessé. Dans les ruelles gorgées d'humidité, les toits de chaume et les murs de terre répandent une odeur de moisissure. Robin trébuche. L'obscurité voile les anfractuosités creusées par la pluie. Devant lui, les ténèbres engloutissent l'ombre du messager puis la régurgitent. Parfois, la nuit l'enveloppe si bien que

Robin doit s'arrêter pour localiser l'écho des pas du traître dans les rues désertées.

Enfin, l'homme arrive à la berge.

Elle forme une longue bande bleu ardoise, légèrement fluorescente. La silhouette noire pousse un radeau à l'eau et traverse la rivière à l'aide d'une longue perche. Robin attend que l'homme atteigne l'autre rive pour sortir du couvert et s'avancer jusqu'à la Sarthe. Il scrute la berge, essaie de distinguer la silhouette d'un esquif ou d'un radeau. Mais la lumière de la lune, émoussée par l'épaisseur des nuages, fait vainement scintiller la vase. Aucune embarcation sur la rive. Le pont est tout près. C'est une solution risquée : il s'agit du seul passage sur la rivière, et Robin craint d'y croiser les sergents de Richard.

Il hésite un instant, rebuté par la puanteur des eaux souillées par les porcs et l'argile smectique jetée dans les foulons pour dégraisser la laine. Il n'a pas le choix. Il s'enfonce dans la rivière. Les muscles de ses pieds se contractent sous la morsure de l'eau glacée. Son cœur bat plus vite. Il nage contre le courant, la tête pleine de jurons. À peine sorti de l'eau, dégoulinant dans la brise de printemps, il court à petites foulées vers la forêt.

Il y pénètre mais s'arrête net. Il fait si sombre sous le couvert des chênes qu'il lui est impossible d'en distinguer les troncs. Il s'accroupit, sa respiration suspendue pour mieux entendre. Le martèlement irrégulier des gouttes qui chutent des cimes, l'épaisseur du sous-bois étouffent les sons les plus lointains. Dans la forêt, le messager n'y voit certainement pas plus clair que lui. Une seule raison a pu le pousser à y pénétrer malgré tout : il a dû y cacher son cheval. Alors il rebrousse chemin le plus silencieusement possible.

Appuyé contre un grand hêtre en bordure de la rivière, il attend. Ses habits trempés ont pris l'odeur de l'eau sale. Il arrache un brin de menthe sauvage, le passe sous son nez. Bientôt, William de Wendeval ressortira de la futaie.

Son regard se perd sur l'autre rive.

Les nuages s'effrangent et livrent la ville au jugement froid de la lune. On allume des bougies aux fenêtres du château natal d'Henri II, et les sentinelles se sifflent d'un bout à l'autre de l'enceinte.

Un craquement.

Un faible hennissement.

Le messager sort du couvert, tenant sa monture par la bride, puis il ajuste la sangle ventrale de sa selle. Robin s'éloigne de la forêt pour éviter que l'arc d'Owain n'accroche des branches. Le cheval a senti sa présence. Il piétine, il tourne sur lui-même. Robin dégaine le petit poignard de son père et avance silencieusement. La prothèse scintille à la lumière de la lune quand Wendeval retire la lettre d'hommage de son manteau pour la placer dans l'une de ses fontes.

Robin s'élance. Il ceinture l'homme par-derrière. Vif, Wendeval projette sa tête contre la sienne. La douleur détonne dans son crâne. Le cartilage de son nez craque. Une nuée de mouches phosphorescentes voile son champ de vision, un flot de sang brûlant couvre ses lèvres. Sonné, il fait un pas en arrière et lance son bras armé dans un mouvement circulaire. Le poignard s'enfonce dans le bras de Wendeval juste au-dessus de la prothèse de fer.

Pas un cri.

L'homme semble n'avoir rien senti. Sans lâcher son cheval, il lui donne un violent coup de pied dans le torse, enfourche sa monture et part au galop. Robin titube et tombe. Il se redresse aussitôt, essuie le sang de sa bouche et attrape l'arc d'Owain. Il place une flèche contre la corde de chanvre et bande l'arme surpuissante. Sa vue troublée par la douleur, il prend le temps de ralentir les battements de son cœur. Wendeval cavale vers l'abbatiale. Robin inspire, puis expire en relâchant la corde. Il suit la flèche du regard, comme pour la pousser. Le projectile et le cavalier disparaissent, engloutis par la nuit. Impossible de savoir s'il a atteint sa cible.

Il écoute. La nuit reste muette. Pas même le son d'une chute.

Il l'a manqué. Il s'élance sur le chemin de terre. Il faut quand même en être sûr. Il longe la forêt, en inspectant le sol. Il cherche sa flèche au pied des troncs, dans les touffes de carex et les mares. Il retourne sur le sentier. Aucune trace de sang. Il scrute un instant l'obscurité. Trop risqué. Il n'a aucune certitude de rejoindre Wendeval avant qu'il n'atteigne l'armée de Richard. Son plan tombe en poussière sur ses bottes. Si proche d'obtenir la preuve ! Maudite obscurité ! Maudite prothèse de fer. Il frappe les pierres du chemin en jurant à voix basse. Allez, calme. Que faire à présent ? Tout n'est pas perdu. Il peut encore prévenir le roi. Tant pis si ce dernier ne le croit pas. Il aura au moins semé le doute. Et un doute peut changer le cours de la guerre.

Alors il tourne les talons et se dirige vers la ville.

Les briques de la vieille enceinte gallo-romaine rougeoient du feu qui brûle devant sa porte. Un garde lève la main. Il toise le visage sanglant et les vêtements mouillés de Robin.

— Plus personne n'entre, ordre du roi !

— Je viens voir le roi, justement.

L'autre garde se lève et attrape sa lance, se place derrière son camarade.

— Il vient voir le roi, justement, ricane-t-il.

Le premier s'esclaffe. Robin n'insiste pas. Il sait qu'il inspire la méfiance. Il s'enfonce dans les faubourgs, longe le mur polychrome à la recherche d'un passage. Un petit appentis érigé contre la paroi protège un tas de bois de la pluie. Il s'y hisse, déloge une brique pour appuyer son pied, escalade le rempart.

Du haut du mur, une vue plongeante sur la ville. Porchers, lavandières, oiseleurs, artisans des faubourgs grouillent sous des tentes de fortune. Les rues étroites sont encombrées de sacs de grains et d'animaux conduits là pour subvenir aux besoins du siège. Ceux qui ont apporté du bois font brûler de petits feux épars, trop près des habitations. Par-dessus les toits, la tour Orbrindelle dispute au clocher de la cathédrale Saint-Julien sa domination verticale. Robin saute sur le faîte de chaume d'une riche demeure en pierre et bondit de toit en toit jusqu'au parvis de la cathédrale. Il se laisse glisser jusqu'à l'étage en encorbellement de la maison d'en face. Il plante ses doigts dans le chaume, pose son pied sur le rebord d'une fenêtre, se faufile entre les deux murs, se réceptionne dans la rue avec souplesse. Les bannières les plus puissantes d'Angleterre flottent sur les tentes dressées sur le parvis. Faute de place dans le palais natal d'Henri II, les comtes ont installé leurs camps à l'intérieur de la cathédrale. Ses portes monumentales, exceptionnellement ouvertes, laissent entrevoir écuyers, chevaliers et fantassins assis autour de foyers brûlant dans la nef.

Robin se fraie un chemin parmi les soldats qui jouent aux dés, boivent et chantent pour tromper l'attente. Il remonte la rue qui serpente jusqu'au palais comtal. Encombrée de bétail et de réfugiés, elle s'est improvisée marché où les soldats du roi d'Angleterre viennent acheter de quoi améliorer l'ordinaire.

La place Saint-Pierre contraste avec le chaos qu'il vient de quitter. Tout y est rigoureusement organisé. Les puissants Shire noirs de bataille ont été alignés au pied de l'imposante collégiale. Une armée d'écuyers s'affaire autour. À l'opposé, les tentes des chevaliers ont été plantées à intervalles calculés. Robin reconnaît l'étendard pourpre du comte d'Essex et son lion doré entouré de trois croix, celui gueules et or du comte d'Oxford.

La porte du palais est ouverte. Quelques marches séparent Robin du roi. Il n'a pas réfléchi à ce qu'il allait dire. Un clerc se tient là, assisté d'un garde. En voyant monter Robin, le clerc se lève :

— Le roi d'Angleterre ne reçoit personne. Il tient conseil avec ses barons.

— Je dois absolument le voir.

Le garde glousse. Il échange un sourire entendu avec le clerc.

— Tout le monde doit absolument le voir. Mais le roi a une guerre à mener.

— Justement. L'information que je possède est de nature à en changer le cours.

— Vraiment ? demande le clerc d'un air faussement intéressé.

Robin attend un instant que l'un des deux hommes lui ouvre la porte, mais aucun d'entre eux ne bouge.

— Laissez-moi passer.

— Le roi ne reçoit personne.

— Sa victoire en dépend.

Du menton, le clerc pointe le nez cassé de Robin.

— Des coqueberts comme toi, j'en vois tous les jours.

— Coquebert ? répète Robin, abasourdi.

— Je connais la manœuvre. On perd aux dés, on se bat, puis on vient se lamenter à la porte du roi dans l'espoir qu'il nous venge.

Le soldat a ricané. Une fois de trop.

Le coup de poing de Robin est d'une telle violence que l'ecclésiastique perd l'équilibre. D'un mouvement d'épaule, il l'a poussé sur le soldat qui est retombé lourdement sur son tabouret. Il ouvre la porte, fait irruption dans la grand-salle.

Un seul visage ne se lève pas pour s'indigner de l'irruption du seigneur de Loxley : celui du roi. Affalé dans un large fauteuil, la joue appuyée sur un oreiller, le teint fiévreux et l'œil recru de fatigue, Henri II n'a pas cillé au fracas de la porte, au sursaut de la courtisane assise sur ses genoux. Le comte d'Essex, le comte d'Oxford et l'évêque de Winchester, eux, se sont dressés et s'offusquent. Robin n'a pas le temps d'ouvrir la bouche que trois gardes l'empoignent.

Sur la table, la coupe royale vacille et déverse son vin sur la carte du royaume. Personne n'esquisse un geste pour la relever. Robin se débat, lance ses coudes contre les cottes de mailles.

— Sire, crie-t-il, on veut vous trahir !

Le comte d'Essex soupire de dédain.

— Sire !

Un garde le frappe au ventre. La douleur lui coupe le souffle et, quand il veut crier encore, il s'étouffe. On l'éloigne, et l'assemblée, sourde à ses avertissements, se rassoit. On le traîne vers l'entrée en le rouant de coups.

Au moment où on le jette dans l'escalier, Robin aperçoit par l'interstice de la porte qu'on referme Henri II vaciller dans le sommeil, Aubrey de Vere et Richard d'Ilchester se précipiter pour le redresser, tel un pantin de bois.

Les deux battants claquent, soufflent la torche de l'escalier. Robin reste immobile un instant. Ses tempes brûlent et son cœur martyrise ses côtes. Ses jambes tremblent si fort qu'il doit se tenir au mur. La déception lui étreint la gorge à en vomir. Il dévale les dernières marches, s'élance sur la place Saint-Pierre et inspire l'air frais de la nuit. Il s'affale contre la façade du palais comtal. Les rires circulent entre les tentes plantées devant lui, les gobelets font sonner leur bois, les chants se mêlent, discordants. Ce joyeux désordre l'apaise.

Un silence inaccoutumé tombe alors sur la place. Les chevaliers se sont levés, respectueux. Un jeune homme de petite taille traverse le camp, talonné par le chancelier du roi et quatre sergents. Il se dirige vers l'entrée du palais, le menton trop haut, la démarche trop assurée. Aux trois couronnes d'or brodées sur fond azur qu'il porte sur le torse, Robin le reconnaît aussitôt.

C'est le seigneur d'Irlande, Jean sans Terre.

Blottie dans les bras de Beth, Marianne n'a pas dormi longtemps. Chaque fois qu'elle a tenté de se détendre, la culpabilité lui a comprimé le ventre. Cette nuit est longue comme une vie. Il paraît si loin, ce baiser ! C'était effrayant, cette fièvre qui l'a saisie quand, ses lèvres contre les siennes, elle a senti la main d'Adam lui effleurer la joue. Que se serait-il passé s'il l'avait prise par la taille ? Si elle avait posé sa paume sur le bois vivant de son torse ? Elle tombe dans le foin avec lui alors qu'il embrasse son cou.

La fièvre est là, de nouveau.

Cette fois, elle ne l'a pas sentie venir. Elle s'est approchée sans bruit, dans l'ombre du souvenir, et la voilà sur elle entière et brûlante. Elle entraîne ses mains jusque dans ses cuisses. Et à l'instant où ses doigts complètent le cercle du désir, Beth gémit dans son rêve. Marianne sort de sa transe, affolée. Elle est debout, gluante de sueur. Et ces mêmes questions que se renvoient les parois de son crâne. Ai-je le droit ? Qu'en dirait mon père ?

Ses pas résonnent à présent sur les dalles de la petite chapelle. Elle lève les yeux. Huit dragons sculptés serrent les poutres entre leurs dents, leurs gencives toutes piquées d'échardes. Ils ont le cou meurtri à force de repousser les murs, de porter la voûte du toit sur leurs épaules de bois. Les bâtisseurs ont peint la nuit et ses étoiles sur le plafond pour alléger leur tourment.

Un gros cierge brûle sur l'autel. Il garde sa lumière prisonnière de sa mèche trop courte. Contre le mur du chœur, les pieds du Christ émergent à peine des ténèbres.

Elle traverse la minuscule nef. Son odeur de poussière et d'encens l'apaise. Trois rangées de bancs se succèdent sur les dalles grises. Devant eux, un vide étrange. Le large dossier de châtaignier du fauteuil de son père, la dentelle de celui de Margery et, entre ce dernier et celui de Gundred, ce vide. Sa chaise à elle, celle qui appartenait à sa mère, a été retirée. Remplacée par un tabouret. Une rondelle de tronc encore couronnée d'écorce, brinquebalant sur trois pieds trop courts.

Elle fronce les sourcils. Tant pis. L'humiliation ne blesse que ceux qui y consentent. Elle s'y assoit, le dos droit, les genoux trop hauts. Elle cherche le visage du Sauveur derrière le voile d'ombres. Elle fait tourner entre ses doigts la petite bulle d'argent qui pendait autrefois au cou de sa mère. Et elle récite le verset des Saintes Écritures inscrit sur le parchemin qu'elle renferme :

> *« Il leur dit : Pourquoi avez-vous peur, hommes de peu de foi ? Alors il se leva, menaça les vents et la mer, et il y eut un grand calme. »*

Robin coupe la route du prince Jean.

Aussitôt, le tranchant des épées siffle dans l'air nocturne. À l'abri du fer des sergents, William Longchamp se place devant le fils préféré d'Henri II, comme pour le protéger. Sa paume gantée levée devant lui, il interrompt le français approximatif du seigneur de Loxley :

— Adressez-vous au prince en saxon.

— Saxon ou français, je n'ai pas le temps, souffle Jean sans Terre en écartant les gardes de son chemin.

Robin s'avance, malgré les épées qui scintillent entre le jeune Plantagenêt et lui.

— Demain, quelqu'un va trahir le roi, Sire.

Le prince s'immobilise. D'un geste, il congédie les sergents qui rengainent leurs lames. Il s'approche de Robin. Il doit avoir une vingtaine d'années. Il porte la barbe courte et les cheveux longs. Sur ses lèvres minces et pincées, un sourire timide. Il est inquiet.

Il a posé sa main sur l'épaule de Robin.

Une poigne puissante, mais incertaine. Le dernier fils d'Henri II se veut rassurant. Sa poigne a la force de celui qui craint qu'on ne l'oublie.

— Venez avec moi.

Le thym, le laurier et la viande bouillie embaument les cuisines du palais. Une porte basse donne sur un escalier de service étroit. Dans l'imposante cheminée, deux foyers brûlent sans discontinuer sous deux grosses marmites. Jean sans Terre et William Longchamp se placent dos au feu. Les quatre gardes à chaque coin de la pièce. Dans la pénombre, Robin croit reconnaître Colin, le soldat aux yeux de rongeur qui parlait avec lui devant le feu. Mais à la lumière des flammes, tous les regards sont noirs.

— Pourquoi ne pas en avoir directement parlé au roi ? interroge le prince.

— J'ai essayé, mais Sa Majesté était trop occupée au conseil royal, Sire.

— Oui. Le roi a fort à faire. Mon frère a maintes fois prouvé son bellicisme ces vingt dernières années.

— De qui s'agit-il ? demande William Longchamp. Qui a ourdi la trahison dont vous parlez ?

— Mon seigneur Waleran de Beaumont et Amaury de Montfort ont promis à Richard de joindre leurs armées à la sienne contre celle de votre père, Sire.

— Avez-vous une preuve de ce que vous avancez ?

— Malheureusement, elle m'a échappé, Sire, dit Robin en montrant son nez cassé. Le messager à qui j'ai voulu la dérober ne s'est pas laissé faire.

— Je vous crois.

Robin soupire. Enfin. Il se sent plus léger.

— Qui d'autre est au courant ?

— Il n'y a que moi. Personne n'a voulu m'entendre.

Le prince s'est tourné vers le feu. Il tend ses paumes vers les flammes.

— Revenez auprès du comte de Warwick. Ne parlez de cette affaire à personne. J'en entretiendrai moi-même le roi. Cet arc clair que vous portez sur l'épaule, est-il puissant ?

— C'est le plus puissant du royaume, Sire.

— Très bien. Demain, prenez-le avec vous. Allez vous poster à l'écart, sur les toits de la ville. Mon étendard se lèvera sur la tour. Ce sera le signal pour abattre les deux félons.

— Entendu, Sire. Merci.

Robin s'incline, se dirige vers la place.

— Messire de Loxley ! lance le prince. Si le drapeau ne se lève pas, ne faites rien. C'est que le roi et moi aurons trouvé un autre stratagème.

— Très bien, Sire.

Robin traverse le fourbi de tentes amassées sur le parvis de la cathédrale, la tête haute. Il est satisfait. Malgré le sermon d'Owain, malgré la peur et les obstacles, il a suivi son intuition. Il a bousculé le destin. Demain, grâce à lui, la guerre ne récompensera pas les traîtres. Elle suivra le cours légitime des choses, sans artifice, sans tricherie. Il sourit.

Au moment de quitter la place, il s'arrête. La Grosse Tour et le clocher de la cathédrale veillent sur l'armée assoupie. Il aime la danse joyeuse des flammes, la fierté des bannières flottant sur les tentes.

Il s'engage dans la ville, pressé de retrouver son ami, de lui raconter qu'il avait tort. Les Manceaux se sont réfugiés dans les ruelles. Ils quémandent quelques mots rassurants pour calmer leurs angoisses. Quelles nouvelles ? Richard va-t-il assiéger Le Mans ? Il lui suffirait d'ouvrir la bouche pour les contenter. Mais il sent son cœur fermé au monde.

Il bifurque dans une rue si étroite que ses épaules frôlent la pierre. Il presse le pas vers les remparts, pense au lendemain, à l'endroit où il se tiendra, à ce que le prince Jean lui a demandé de faire.

— Hé !

Son cri de surprise s'essouffle brutalement. Une lanière de cuir lui enserre le cou, chasse l'air de sa trachée, l'interdit au reste de son corps. Quelqu'un tente de l'assassiner. Robin attrape le lien, mais la ruelle trop étroite l'empêche de lever les coudes pour déployer toute sa force.

Il étouffe.

Et alors qu'il étouffe, il revoit son père.

Son père qui le frappe avec une rage qu'il ne contrôle plus. Il revoit sa mère impuissante, la bouche ouverte, les yeux exorbités. Il revoit son grand frère, terrorisé, se replier sur lui-même jusqu'à vouloir disparaître.

Arnulf empestait l'alcool et la colère. Il criait qu'il n'était pas son père, que son père, c'était le diable, et que ses yeux jaunes en étaient la preuve. Ses yeux de chat, de cerbère, de loup, de griffon, de judas, ses yeux maudits, infernaux.

Lui ne sentait plus les coups. Seulement ses ongles s'enfoncer dans ses paumes. Quand la bastonnade avait cessé, la douleur l'avait subitement englouti. Son père, haletant, balayait la pièce du regard. Ses yeux s'étaient vidés de leur haine, et rien ne venait remplir ce vide.

Le silence amplifiait tout : la respiration bestiale de son père, les gémissements de sa mère, le sifflement de la braise, la pluie battant le chaume, et son cœur qui cognait jusqu'au bout de ses doigts. Arnulf avait alors découvert Goscelin roulé en boule sur le lit, ses mains collées aux oreilles. Son fils aîné, tremblant de peur. Le bâton lui avait échappé et, honteux, il avait fui la pièce.

Il revoit sa mère sécher ses larmes et lui adresser un sourire douloureux. Elle le prend dans ses bras, se balance doucement pour le réconforter.

Il s'est blotti contre elle.

Elle passe ses mains dans ses cheveux, et c'est la chose la plus tendre au monde. Il a fermé les yeux et laisse les caresses panser ses blessures.

Alors elle chuchote :

— Robin, Robin… n'oublie jamais ce que le Christ a dit : « Aimez vos ennemis et priez pour ceux qui vous persécutent [...], car il fait lever son soleil sur les méchants et les bons et envoie sa pluie sur les justes et les injustes. »

Ç'avait été comme un coup de couteau.

Jamais Robin ne s'était senti aussi seul.

Où était-il, ce Christ qu'elle invoquait pour excuser sa lâcheté ? Où était-il, lorsque la superstition faisait sonner son ignorance sur ses côtes brisées ? Ce Dieu replié sur Lui-même et Sa Création, exigeant qu'on L'aimât plus que nous-mêmes. Il ressemble à sa mère.

Alors il avait aperçu ses yeux mouillés qui l'imploraient de ne pas détester son père. Dégoûtante de faiblesse. Elle avait le pouvoir d'agir et elle avait préféré son confort à la justice.

Il la haïssait et se haïssait de la haïr.

Le lendemain, un rayon de lumière se faufilant entre les volets intérieurs l'avait tiré du lit. Chaque respiration lui était pénible. Ses côtes le faisaient terriblement souffrir. Il n'avait pas réussi à dormir. Il se sentait isolé, étranger dans cette famille. Mais cette solitude, loin de l'effrayer, lui donnait du courage. Tout lui apparaissait sous un jour nouveau. Les affirmations de son père avaient perdu leur caractère absolu, les peurs de sa mère n'étaient plus toutes-puissantes. Tout avait basculé sous les coups.

Alors il avait entendu sa mère pleurer près de lui. Ses lamentations lui avaient donné envie de vomir.

Robin avait enfilé ses chausses de laine, ses bottes de cuir et passé son manteau par-dessus ses épaules. Dehors, un vent frais avait chassé la pluie. Le soleil faisait scintiller la dentelle de givre posée sur la bruyère. Les palissades de bois et le pont enjambant le double fossé franchis, il s'était enfoncé dans la forêt d'Arden.

La mousse gorgée d'eau se tassait sous ses bottes. L'écorce des chênes, noire d'humidité, s'évanouissait sous d'épaisses couches de lierre. Plus bas, le ruisseau serpentait paresseusement entre les rochers couverts de mousse.

Robin avait plongé ses mains dans l'onde glacée.

Il s'en était aspergé le visage. Il sentait son souffle se redéployer, ses muscles se délasser. La forêt l'apaisait.

Soudain, un projectile l'avait frappé à l'épaule droite. Il avait vacillé, aperçu une flèche tomber au sol. Elle était dépourvue de pointe. À la place, un petit sac de cuir éventré par le choc laissait filer son rembourrage de sable. Robin avait regardé autour de lui. Rien. Un second projectile dans les côtes. Ses jambes avaient fléchi, et il était tombé sur la mousse en criant. Il se tenait les flancs, les yeux ouverts pour ne pas replonger dans les souvenirs de la nuit. Des larmes brûlantes s'accumulaient à la lisière de ses paupières, mais il refusait de les laisser s'échapper. Deux pieds nus s'étaient approchés en silence. Du coin de l'œil, Robin avait vu un adolescent au visage maculé de charbon et aux cheveux d'un brun presque blond. Il empestait le feu. Le jeune homme le regardait, un sourire aux lèvres. Un lièvre se balançait à sa ceinture.

— D'habitude ils se caltent, avait-il dit avec un fort accent gallois.

Robin s'était redressé, la main sur les côtes. Il avait regardé le jeune homme, les sourcils froncés. Le Gallois avait éclaté de rire. Un rire clair, de ceux qui vous donnent envie de l'accompagner.

— C' trop tard pour faire l' méchant, petit. T'es tombé comme un pinson !

L'adolescent avait tendu la main vers les côtes de Robin.

— Je t'ai blessé ou t'es juste chouineur d' nature ?

Robin avait voulu le repousser, mais il lui avait saisi le bras avec une vivacité extraordinaire.

— Reste tranquille, j' veux juste voir.

L'adolescent avait soulevé la chemise de Robin et découvert ses côtes bleuies d'ecchymoses. Aussitôt, il avait relâché son étreinte.

— J' suis désolé, petit. J' voulais pas avoir d' soucis, tu comprends ? Je voulais juste te faire peur. Tu diras rien à ton père ?

— Mon père peut aller au diable.

De la tristesse était passée dans le regard du Gallois. Il avait hoché la tête, très lentement. Il s'était levé, avait fourré les deux projectiles dans son carquois et passé son arc autour de ses épaules. Et il lui avait tendu la main.

— Owain, avait-il dit. C'est comme ça qu'on m'nomme.

Sa bouche est pleine de sang. Ses poings lancés désespérément vers l'arrière ne cognent que le vide et sa gorge incandescente a soif d'air. Sa conscience s'est tue. Il n'est plus qu'un corps qui refuse de mourir. Instinctivement, sa paume gauche tire le bas de l'arc d'orme blanc vers l'avant. Le *longbow* pivote autour de son torse, heurte l'assassin. Le coup n'est pas assez violent pour le blesser, mais il le surprend. La lanière se détend imperceptiblement. C'est une brèche minuscule, mais elle est assez large pour permettre à Robin de pivoter sur lui-même et de lancer le tranchant de sa main vers l'arrière. Elle atteint l'homme à la thyroïde. Il s'étrangle, laisse échapper le lien de cuir. Robin, toujours en apnée, vacille et tombe à genoux. Sa première inspiration n'est qu'un vain sifflement rauque. La seconde est une torture : l'air incendie sa trachée, ses poumons. La vie célèbre leurs retrouvailles.

Une silhouette s'agite dans l'obscurité.

Il lui suffit de tendre la main. Il la tend. Elle attrape un morceau rêche de chausses en lin. L'autre se débat. Robin tient bon. Il halète, mais sa vue se précise, ses forces reviennent. Son poignard libéré du fourreau siffle dans l'air. Il le plante dans le mollet de son adversaire et use de sa prise solide pour se hisser jusqu'à lui. Une paume s'écrase sur son visage. Elle réveille brutalement la douleur de son nez brisé. L'autre se démène pour dégager son épée coincée sous sa hanche, mais Robin tourne sa lame, fouille la plaie. L'assaillant faiblit. Robin trouve son oreille, la saisit. Il arrache le couteau du mollet, l'enfonce sous la mâchoire. L'homme est pris de violents spasmes. Ses doigts se posent sur la main de Robin, cherchent à l'agripper, retombent.

Appuyé sur un coude, Robin reprend son souffle. Quelque chose lui échappe. Il se relève péniblement jusqu'au visage de son agresseur. Deux yeux de rongeur qui fixent le vide. Colin. Le soldat avec qui il a discuté de la pluie dans les faubourgs en attendant le barbier. Celui qu'il a cru reconnaître dans la cuisine du château au côté de Jean sans Terre. Un filet de sang figé sur son torse tranche l'échiquier or et azur du comte de Warwick. Le cœur de Robin accélère. Amaury de Montfort, Waleran de Beaumont ont dû le voir poursuivre le messager. Ils voulaient le faire taire. Il doit prévenir le prince Jean.

Deux lances lui barrent la porte des cuisines.

— Laissez-moi passer, dit Robin, haletant.

Les soldats ne montrent aucune réaction. Les deux lances sont pointées sur son torse, et leurs sourcils froncés accentuent la détermination de leur geste. Derrière eux, Robin aperçoit Jean sans Terre.

— Sire ! Je dois vous parler !

Le prince lui fait signe d'entrer. Alors que la chaleur de la pièce l'enveloppe, un pressentiment le saisit. Personne ne le regarde. Les yeux de William de Longchamp se sont fixés par-dessus son épaule. Instinctivement, Robin fait volte-face.

Waleran de Beaumont et Amaury de Montfort sortent de l'ombre. Une bûche roule dans l'âtre. Les visages des deux comtes se déforment au sursaut des flammes. Les soldats font un pas en avant. Ils pétrissent d'impatience le manche de leurs lances.

Un sourire gêné fend le visage de Jean sans Terre.

Le traître. C'est lui qui a envoyé le soldat l'agresser.

— Mon père est vieux et malade, s'excuse le prince. Il perd la raison. La dîme saladine qu'il a levée pour financer la croisade n'a servi qu'à garnir son trésor personnel. Il n'aura pas la force de s'y rendre. Il est temps que la couronne change de tête. C'est un choix de raison. Pour le royaume.

— Cachez-vous derrière les arguments que vous voulez, Sire. Je n'y vois que le renoncement à l'honneur au nom de l'ambition. Il y a mille bonnes raisons pour convaincre. Je n'en connais aucune pour trahir.

Le manche de l'épée du comte de Warwick s'abat contre sa tempe. Sa tête cogne le dallage. Le sol tournoie autour de lui.

— Désarmez-le.

On le dépouille de son poignard, de son carquois. Un sergent attrape l'arc d'Owain. Robin s'y agrippe, mais la botte de Beaumont lui enfonce les côtes. Le vieil ours s'accroupit à quelques pouces de son visage.

— Robert de Loxley, pour avoir agi contre ma volonté, espionné et comploté contre moi, je, Waleran de Beaumont, comte de Warwick, votre suzerain, vous déclare coupable de crime de félonie, vous déchoie sur-le-champ de votre titre et de vos terres de Loxley.

Le comte s'est redressé.

— Emmenez-le.

Deux soldats relèvent Robin.

Devant ses yeux, Waleran de Beaumont brise l'arc d'Owain sur son genou et le jette au feu.

Les flammes noircissent son bois doré. Et l'arme fétiche de son ami d'enfance, reliquaire de tant de souvenirs et d'espoirs, se consume comme un vulgaire rameau.

Robin tente d'échapper à l'étreinte des soldats qui le poussent à travers la place Saint-Pierre vers les geôles de la Grosse Tour. Il enrage de voir ses convictions s'étioler et, dans le violent effort qu'il fournit pour y croire encore, il devient de plus en plus irritable. Il est en colère contre son orgueil, sa loyauté naïve au nom de laquelle il a mené son ami d'enfance aux portes de la mort. Il s'était pourtant fait la promesse, le soir où son père l'avait battu, de ne se fier qu'à lui-même, de ne plus laisser personne décider à sa place. Il a trahi son propre serment. Loyauté et aveuglement sont parfois synonymes. La première n'est sincère que lorsqu'elle célèbre notre instinct contre le sens arbitraire du devoir, lorsque nous agissons sans maître, en loup solitaire.

Pas de place pour le pardon dans la tête d'une bête. Elle réagit à la violence sans réfléchir. C'est une question de survie. Il faut de l'intelligence pour pardonner. Et Marianne ne croit plus ni à celle de Margery ni à celle des sourires qui fleurissent dans les couloirs du château de Warwick. Jamais elle n'a autant désiré le mariage. C'est son unique échappatoire. Sa seule chance de tout recommencer, loin de ces murs qui suintent la bêtise.

Elle se prend à rêver de son futur époux. Il habiterait un grand château dominant le bocage aquitain, ses tuiles toutes gorgées de soleil. Peut-être que la Garonne déroulerait ses anneaux de serpent au pied de ses murs. Il serait assez jeune pour lui plaire, assez vieux pour lui conter ses campagnes, ses voyages, son expérience du monde. Aussi courageux que son père.

Un cheval hennit dans la cour. On entend ses sabots marteler la passerelle de bois. Marianne ouvre les yeux. Déjà l'aurore projette sur les fresques de la chapelle sa teinte de rosée. Ses pensées ont depuis longtemps dévié de la prière. D'un bond, elle est debout et lisse son bliaud de la paume de la main. Il faudra qu'elle demande à Beth de l'aider à en coudre un autre. Ses motifs rouges et or sont passés de mode depuis quelques années. Les invitées de Margery étaient resplendissantes avec leurs larges manches d'étoffe bleu et blanc.

Elle est dans l'escalier quand résonne le cri promis par le trot du cheval : messager !

Elle dévale les marches jusqu'à la cour. Le cavalier porte à la ceinture une petite boîte en forme d'écu peinte aux armes des Beaumont. Des nouvelles de son père. Le parchemin qu'il tend à Margery s'agite dans la brise qui remonte le lit de l'Avon chargée des odeurs du marché de Towcester. La comtesse l'invite aux cuisines.

Marianne s'assoit derrière Gundred à l'extrémité du banc. Sa demi-sœur lui lance un regard chargé de remords. Elle non plus n'a pas dormi. Devant les servants qui se sont approchés pour écouter les nouvelles de leur suzerain, Margery rompt le sceau de cire. Les cuisinières vont de l'âtre à la table et de la table à l'âtre, l'oreille tendue.

Mais cette fois-ci, Margery ne fait pas la lecture. On n'entend que l'aspiration bruyante de l'invité qui engloutit son bouillon. La comtesse prend le temps de parcourir la lettre à deux reprises. Puis elle se lève. Toute la cuisine la regarde faire, frustrée. Le messager se dresse et se racle la gorge.

— Madame, dit-il, mille excuses, mais y aurait-il pour moi l' gîte et l'couvert ce soir ? J'ai fait longue route depuis le Maine.

— Bien sûr, cela me laissera le temps de répondre au comte. Hank va vous installer.

Et Margery quitte la salle. Gundred s'élance derrière elle. Marianne reste là un moment, abasourdie. Pourquoi la prive-t-elle des nouvelles de son père ?

Elle se tourne vers le messager, ignore le clin d'œil d'un commis, et alors qu'elle réfléchit encore à la manière de formuler sa question, elle est devancée par une des cuisinières.

— Messager, quelles nouvelles du comte ? lance-t-elle en lui tendant du pain.

— C'est la guerre, dit-il en arrachant un gros morceau de ses doigts gris de poussière.

La châtelaine partie, les servants se précipitent sur les bancs.

— Je viens d' La Ferté-Bernard. Presque un mois, que j'ai mis pour chevaucher jusqu'ici. J' suis arrivé à Barfleur en pleine tempête. Les navires dormaient à quai. Personne n' voulait prendre la mer par peur de sombrer. J'ai dû attendre trois jours pour...

— Et la guerre ? le coupe un commis impatient.

— J'y venais, petit. À La Ferté-Bernard, l' roi Henri II a rencontré le roi des Français pour résoudre tous leurs problèmes d' couronne. Richard est v'nu avec le Français vu qu'il passe maintenant plus de temps avec lui qu'à la cour d'Angleterre. Faut dire qu'à Bonsmoulins en novemb' dernier, Henri a tellement fait tourner son fils en bourrique que Richard a rendu hommage au Français pour la Normandie, l'Anjou, le Maine, l'Aquitaine, le Berry et même le Toulousain ! Alors La Ferté-Bernard, c'était leur dernière chance de renouer la famille.

Il s'arrête. La lame de son couteau est trop courte et trop mince à force d'être aiguisée. Il se découpe un morceau de lard et reprend son récit tout en mastiquant, la bouche grande ouverte.

— Bon, c'est toujours c't' histoire de mariage qui fait causer l' plus. Le Français veut qu'on marie enfin sa sœur, mais Henri II n' veut pas la donner à Richard. Ou alors pas encore. Il doit avoir ses raisons, mais on dirait qu'il trouille de l' désigner comme son successeur.

» C'te fois-ci j'ai cru qu'ils allaient s'accorder vu qu' le légat du pape était là aussi pour hâter la croisade. Et il défendait bien not' roi, j' veux dire. Avec des interdits et d' ces mots de l'Église qui feraient trembler le diable. Il voulait pousser Philippe Auguste à partir en Palestine, mais l' Français n' voulait pas partir sans Richard. J' vous créant qu'ils sont inséparables, ces deux-là. C'est à s' demander si c'est vraiment la sœur qu' Richard veut épouser !

» Alors bien sûr, Richard, qu'a peur qu' la couronne atterrisse sur la tête de son frère pendant son absence, n' veut pas embarquer sans lui. Or tout le monde sait qu'Henri est trop malade pour voir la fin d' la croisade et que si Richard se croise avec Jean, autant ce vaut l' nommer roi. Alors tout d'un coup, Henri s'est mis à faire le Jacques ! Il a carrément proposé qu' la sœur du Français épousaille Jean sans Terre. Là, Richard a montré les dents, comme un goupil enragé. Il a claqué la porte.

Tous hochent la tête lentement. Personne n'a compris.

— C'est donc la guerre ? s'assure la cuisinière.

— Comme j' vous dis ! Les vassaux d' Richard ont rallié le Français contre Henri. Le roi s' dirigeait vers Château-du-Loir quand j'ai pris la selle.

Le potager est encore humide des averses de la nuit. Les genoux solidement enfoncés dans la terre, Beth redresse en maugréant les enclos couchés par les cochons. L'air est saturé des odeurs d'hysope, de thym, de livèche, d'ail, de lavande et de moutarde.

Marianne s'assoit et regarde sa nourrice caresser les boutons jaunes des barbotines. Beth en a semé dans les neuf enclos du potager. Elle a une tendresse particulière pour cette plante qui éloigne les insectes et dont les feuilles hachées aromatisent l'omelette. Elle les brûle aussi parfois pour endormir les abeilles et récolter leur miel.

— La guerre a éclaté dans le Maine le mois dernier, dit Marianne. J'ai peur pour mon père. J'ai peur qu'il ne meure là-bas. S'il n'est pas déjà mort.

La nourrice s'assoit sur ses talons noirs d'humus.

— Tu me trouves égoïste ?

— Quelle question ! dit Beth en frottant dans ses mains un peu de lavande. Tu n'es pas égoïste, si tu as peur pour d'autres.

— Oui, mais si mon père meurt, j'ai peur de n'être jamais mariée ! Et je ne veux pas vivre ici avec Margery le restant de mes jours.

Elle boucle entre ses doigts une longue mèche de cheveux noirs.

Le panier de Beth grince quand il se pose aux pieds de Marianne. Un grand sourire étire les joues de la nourrice.

— Marianne, ma p'tite, c'est normal d'avoir peur pour soi en premier.

— Tu as déjà été mariée, toi ?

Le sourire s'efface.

— Oui, brièvement.

La nourrice s'accroupit et lui caresse le visage. Ses doigts râpeux sentent les oignons. Le sourire est revenu, mais il est empreint de tristesse. Marianne se sent coupable.

— Je suis désolée.

— C'est rien, ma fille.

Beth inspire longuement.

Tu sais, le mariage peut être une prison, un poison, même. C'est mauvais de penser que c'est la seule façon que tu as de vivre ta vie. Ça te voile les autres chemins qu'elle te propose.

— Je ne veux pas aller au couvent. J'aime trop le grand air.

— Ah ? C'est le mariage ou le couvent ? Qui te dit que tu n' vas pas cacher tes longs cheveux sous un heaume et partir combattre en Palestine ? Méfie-toi, quand on ne croit plus à l'imprévu, il se venge !

Et les bras de la nourrice entourent Marianne et la soulèvent de terre. La jeune fille enfouit son nez dans son cou de verveine.

L'aube s'étire à travers les barreaux de la minuscule fenêtre. Elle balaie l'enchevêtrement de corps endormis sur le sol de la petite cellule. Le dallage est glacial et la voûte si basse qu'il n'est possible de se tenir debout qu'au centre de la pièce. Une vingtaine de prisonniers dorment épaules contre épaules, coudes contre genoux. Des rats trottent le long des murs couverts de mousse verte. La pièce empeste les excréments, l'humidité et la décomposition : l'un des prisonniers est mort depuis la veille. Malgré le sang qui lui obstrue les narines, Robin a la nausée : Saint-Julien sonne matines et il n'est pas là pour changer le bandage d'Owain.

Un Brabançon aux cheveux roux le fixe depuis un angle de la pièce. Ses yeux verts, reptiliens, le détaillent lentement. Au moindre murmure, ils fuient aux coins de leur orbite et reviennent inlassablement à leur contemplation. Deux trous béants à la place de ses oreilles accentuent ses traits reptiliens. Probablement essorillé pour quelque larcin commis sur le chemin de la guerre. Ainsi observé, Robin se sent mal à l'aise. Pourtant, il n'y a aucune animosité dans ce regard. On n'y trouve ni peur ni révolte. Non, les yeux du mercenaire pétillent de confiance. De la confiance d'un homme qui a vu tant d'horreurs, commis tant d'exactions qu'il est mû par une foi aveugle. Il a foi en la guerre. Quoi qu'il fasse, il sait qu'elle ne lui en tiendra pas rigueur.

Robin passe ses doigts sur l'arête tordue de son nez. Lui n'a pas la foi du Brabançon. Quel sera son sort ?

Sera-t-il condamné, exilé ou même exécuté ? Tout plutôt que de laisser la faim l'achever lentement dans cet immonde mouroir ! Et Owain qui l'attend ! Il espère que la blessure de son ami n'a pas gangréné. Si le Gallois se remet sur pied, il saura se débrouiller pour assurer sa pitance. Il sourit à cette idée. Et aussitôt, la culpabilité le reprend. Il n'aurait pas dû le laisser seul. Son ami avait raison depuis le début. Le roi est malade, indigne de servir son peuple. Qui protège les Anglais s'il n'en a pas la force ? Certainement pas ses fils qui ne pensent qu'à prendre sa place sur le trône. Qui, alors, pense à ces gens qui cultivent le blé qui nourrit leurs armées, qui forgent les boucliers et bâtissent les enceintes qui les protègent ? Il les méprise tous. Jean sans Terre, le comte de Warwick et cet orgueilleux de William de Wendeval.

Des cris emplissent le couloir. Ses parois glaciales se renvoient l'écho de la course d'un groupe de gardes. Le Brabançon se dresse sur ses pieds nus, alerté par un instinct sauvage. Robin l'observe. Il devine en cet homme l'intelligence des situations désespérées. Il semble fasciné par la minuscule fenêtre. Il enjambe ses codétenus pour se placer au milieu de la geôle. Puis, le plus droit possible, le cuir chevelu plaqué contre la pierre rouillée du plafond, il hausse le menton, comme pour humer l'air et apercevoir les toits de la ville. Il s'approche ensuite de la porte, pose ses doigts sur les épais barreaux de fer et tord sa tête de reptile pour inspecter le couloir. Enfin, il se dirige vers Robin et s'accroupit à sa droite. Il lui tend la main.

— Willem. Mais vous pouvez m'nommer Will l'Écarlate, messire, dit-il avec un fort accent flamand. Cause aux cheveux, comme vous pouvez déduire.

Robin saisit la main du Brabançon.

— Robin.

— Rançon ou félonie, messire ?

Robin ne répond pas. Il ne peut se résoudre à se considérer comme félon. Will fait tinter la cotte de mailles de Robin d'une pichenette.

— C'est pas pour vous vexer, messire. J'vous créant que des hauberts comme le vôtre, on n'est pas nombreux à pouvoir s'en monnayer, dans ce caveau.

Will approche son visage de Robin et baisse la voix.

— Vous possédez quelque chose qui pourrait bien nous être utile, messire.

Robin sourit. Il tourne le fourreau de son poignard vers le soldat pour lui montrer qu'il est vide.

— Désolé, Will.

— J'causais pas de ça, messire. C'est ça qui m'intéresse, dit-il en montrant la ceinture de Robin.

— Ma ceinture ?

Avec ses dents, le Brabançon arrache une lanière de lin à la manche de sa chemise. La ligne bleue d'un tatouage barre sa peau laiteuse. Il passe le tissu sur son front et le noue derrière sa tête, dissimulant ses conduits auditifs. Robin décide de lui faire confiance. Il retire sa ceinture et la lui tend. Le mercenaire arrache la boucle et frotte l'ardillon contre une pierre.

— Que comptes-tu faire ?

— Attendre, messire.

— Attendre quoi ?

— La panique.

— La panique ? s'étonne Robin.

Will se tourne vers lui, l'air surpris. Ses yeux s'arrêtent alors sur son nez brisé.

— Ah, pardon ! Vous pouvez pas sentir.

Comme invoquée par les mots du Brabançon, une odeur de feu de bois couvre progressivement la puanteur de la cellule. Will désigne la ville à travers la minuscule fenêtre.

— Ça brûle. Les faubourgs.

— L'armée de Richard ?

— Quelle importance ?

Le regard de Robin s'est posé sur l'épais maillage de fer qui les sépare du couloir. L'idée de l'horrible bûcher qui les attend, lui et les occupants de la cellule, renforce sa détermination. De minces volutes de fumée grise pénètrent par la fenêtre, s'enroulent contre la pierre du plafond. Les têtes se dressent. Un fantassin angevin regarde au-dehors. Au même instant, le tocsin de la cathédrale Saint-Julien emplit la cellule. L'homme se retourne.

— Au feu !

La terreur inonde la pièce. La mort est en avance. Une foule s'amasse aussitôt autour de la porte de fer. Des mains agrippent rageusement les barreaux dans l'espoir de les voir céder, des voix s'élèvent :

— Geôlier ! Laisse-nous sortir !

— Nous laisse pas flamber là !

Mais le garde a dégainé son épée et repousse les prisonniers vers l'intérieur.

— La ferme !

Robin réfléchit un instant. Il écarte du doigt le tissu qui cache le tatouage sur l'épaule de Will. Une grande croix gravée à l'encre bleue.

— Un pèlerinage ?

Le visage du mercenaire s'assombrit. Il baisse la tête.

— Non, messire, une pénitence.

— Suis-moi, j'ai une idée.

Robin rejoint les détenus qui s'agglutinent près de la porte et joue des coudes pour se frayer un passage. Il entend les gardes courir dans les couloirs.

— À l'eau ! À l'eau !

La fumée s'épaissit, brûle les narines. Des ordres, des injures, des suppliques rendus incompréhensibles par le tumulte s'égarent au-dessus des têtes.

Robin approche péniblement de la grille. Poussé en avant, porté vers l'arrière, il serre les dents à chaque coup de coude, de pied ou de poing. Ses paumes se referment enfin sur les barreaux de métal. Il attrape Will par l'épaule et le tire jusqu'à lui. De l'autre côté de la porte, le geôlier pousse du bout du pied un seau rempli d'eau. Les détenus se jettent vers l'offrande, passent leurs bras dans les ouvertures du grillage et tentent de le faire entrer dans la cellule malgré son diamètre trop large. Robin doit s'agripper à la porte pour ne pas être entraîné par le mouvement de foule. Il use de son meilleur français pour héler le garde.

— Geôlier ! Approche-toi !

L'homme hésite, il est pressé de quitter la Grosse Tour avant qu'elle ne s'affaisse dans la gueule brûlante de la géhenne.

— Ne nous laisse pas comme ça ! crie Robin.

— La ferme, j'ai dit ! hurle le garde.

Alors Robin attrape le bras de Will et expose son tatouage.

— Regarde, geôlier, regarde !

Les yeux du garde se posent sur la croix bleue.

— Tu reconnais la marque des pèlerins de Terre sainte ?

Robin ment, il sait que la superstition vient à bout des certitudes les plus solides.

— Mon ami a fait longue route jusqu'à Jérusalem ! Il est l'un des derniers à avoir touché la Vraie Croix avant que Saladin ne s'en empare !

— Et alors ? Tant mieux pour lui ! répond le garde dont l'aplomb vacille cependant sous les assauts du doute.

— Comment Dieu te jugera si tu laisses mourir un homme qui a reçu l'indulgence de la main même de Son Fils ?

— L'Anglais a raison ! hurle un imposant arbalétrier bourguignon qui a entendu la discussion. Ouvre-nous si tu ne veux pas finir en enfer !

Le geôlier fait un pas en arrière. Robin serre les mâchoires. Si l'homme se sent manipulé, son plan échouera.

— Je n'ouvrirai pas cette porte !

— Laisse-nous au moins une bible ! lâche Robin.

Le geôlier semble réfléchir. Puis il tourne les talons et disparaît dans le couloir. Furieux, l'arbalétrier frappe Robin au ventre.

— Tu l'as fait fuir, l'Anglais !

Compressé contre la porte par les détenus paniqués, étourdi par la fumée qui s'insinue dans la cellule, Robin ne peut réagir ni à l'attaque ni à la douleur qui lui broie l'estomac.

Les visages le fixent, leur terreur changée en haine. Le Bourguignon serre le poing et tire son coude en arrière pour frapper de nouveau. Alors Robin sent la main gauche de Will se poser sur son épaule et son bras droit frotter ses côtes pour venir porter un coup discret au ventre de l'arbalétrier. Les yeux de l'homme s'élargissent et il recule, les mains jointes sur son abdomen. Le Brabançon sourit. Il lui montre la boucle de ceinture, dont l'ardillon brille de son sang. La foule s'écarte.

— Ta bible ! crie alors la voix du geôlier.

Les têtes se tournent vers l'homme qui approche de la cellule, un épais manuscrit de cuir dans la main. Robin lance un regard entendu à Will. Le geôlier tend le livre. La main de Robin se referme vivement sur son poignet qu'elle tire brutalement à travers les barreaux. L'homme pousse un cri de terreur quand son torse heurte la grille. Son haleine est chargée de bière. Will appuie la boucle de ceinture sur la gorge du geôlier. Sa voix résonne dans la cellule où les plaintes se sont tues.

— Ouvre ou tu trépasses avec nous autres.

Tremblant, le geôlier attrape le trousseau qui pend à sa ceinture et introduit une longue clé noire dans la serrure. Le cliquettement des rouages, le grincement de la porte qui tourne sur ses gonds retirent un poids immense des épaules de Robin. L'enfermement rendait sa culpabilité intolérable.

Il doit se presser. Retrouver Owain. Implorer son pardon.

Mais déjà les détenus le poussent dans le couloir, au-devant des flammes. Robin fait un pas sur le côté, plaque son dos contre le mur noirci et jette un regard en arrière. Quelques prisonniers enragés passent leur colère sur le geôlier. La fumée serpente au plafond. Une main saisit son bras.

C'est Will l'Écarlate.

— Par ici, messire !

Le mercenaire l'entraîne dans un étroit escalier de pierre. Plus ils descendent, plus la fumée s'épaissit. Elle brûle la gorge de Robin. Les marches prennent une teinte orangée. Dans l'obscurité du boyau de pierre le cadre de la porte apparaît enfin.

Sur la place, un sentiment d'apocalypse. Au bas des remparts encore épargnés, d'immenses flammes dévorent les faubourgs et masquent le ciel. Elles noircissent l'enceinte de brique sans mettre encore en péril les hauteurs de la ville. Des braises rougeoyantes tourbillonnent sur la place où se cabrent les destriers affolés des comtes et des chevaliers. Robin court vers les faubourgs, Will à sa suite. Une file de soldats chargés de seaux s'étend jusqu'au palais comtal. Ils jettent l'eau du fleuve au bas de la muraille pour protéger le roi et sa cour des assauts de l'incendie. Une autre procession descend la ruelle en sens inverse. La châsse de sainte Scholastique a été retirée de sa niche dans la collégiale. Elle dodeline sur les épaules des Manceaux louant fiévreusement la protectrice de la cité, l'implorant d'éteindre les flammes.

Ils passent les portes de la ville. Une épaisse odeur de chair brûlée saute au visage de Robin et lui soulève le cœur. Il ne reste rien du fouillis d'habitations qu'il a quitté la veille. Le feu a changé les faubourgs en un lugubre champ noir veiné de furieux rideaux de flammes où s'effondrent les silhouettes des dernières chaumières.

Mauvais pressentiment.

Il s'élance à travers les ruines encore brûlantes et les corps calcinés, tentant de repérer les murs de pierre de la maison du boulanger. Elle a certainement résisté à l'incendie.

La voilà. Ce n'est plus qu'une ruine fumante. Les lourdes poutres de châtaignier de la charpente se sont effondrées, entraînant avec elles des pans entiers de murs. La ruelle dont l'étroitesse étouffait Robin n'est plus qu'un tas de débris et de cendres.

À l'endroit où se trouvait l'étable, la patte calcinée d'un cheval pointe vers le ciel, au-dessus des décombres.

Robin tressaille.

Il se dirige à pas lents vers le sinistre présage. Il se le répète : Owain n'est pas mort tant qu'il n'en aura pas la preuve. Pourtant, une part de lui sait déjà. C'est elle qui étire les secondes et assourdit les sons qui l'entourent.

Il plonge ses mains dans la cendre. La sensation d'une larme tiède roulant sur sa joue le surprend. Il l'essuie du bout des doigts et sent le bord de ses yeux s'embraser, sa gorge se nouer. Il en prend conscience, et aussitôt sa volonté se brise.

Il s'effondre, terrassé par de violents sanglots.

Il lève la tête vers le sabot noir qui semble désigner le ciel. La vue brouillée, il voit enfin ce qu'il se refusait de voir : c'est son vieux cheval qui gît là sous les débris du faubourg. Il s'en approche, mais ne peut se résoudre à fouiller les cendres. Il a peur. La culpabilité qu'il sent poindre est trop lourde pour lui. Elle le réduira en poussière.

Doucement, il a posé ses genoux sur le sol. Il extirpe les morceaux de bois brûlé des vestiges de l'étable avec lenteur. Une épouvantable odeur de graisse chaude lui soulève le cœur : le sommier a été brûlé jusqu'à l'os, et la pierre que Robin fait rouler sur le côté révèle son sourire triste. Un objet scintille entre ses molaires. Le mors de son harnais. Une terrible angoisse lui enserre le ventre : il se rappelle parfaitement l'avoir retiré avant de partir. Il renverse un large morceau du toit de chaume encore rougeoyant de braises. L'empreinte d'un cadavre gît au-dessous, l'ombre de son bras carbonisé tendu vers la tête du cheval. Il lui tenait la bride. Un reste de tibia rongé par la fournaise semble indiquer qu'il a été écrasé sous le poids de l'animal. Et sur l'os de son épaule épargné par les flammes, luit la pointe d'une flèche.

— Owain.

Robin observe le tableau, hébété. Il se souvient de leur dernière discussion, de la confiance qui brillait dans ses yeux quand il lui a confié son arc, du dernier regard qu'il lui a lancé quand il quittait l'étable sous la pluie. Cent fois il se remémore chacune de ses décisions, imagine ce qu'il se serait passé s'il en avait pris d'autres, et cent fois son regard tombe sur la dépouille du Gallois.

Il pose le front au sol. Sa culpabilité se mue en colère, sa colère en désir de vengeance. Il revoit William de Wendeval fuir à cheval, Jean sans Terre se jouer de lui, le comte de Warwick briser l'arc d'Owain. C'est leur faute à tous. Il se redresse, les poings serrés.

— Les cochons, souffle-t-il dans un murmure. Les cochons !

Son regard rencontre alors le visage reptilien de Will l'Écarlate. Le Brabançon l'a suivi dans sa fuite. Il patientait respectueusement à distance de la scène en curant une petite pipe de terre trouvée dans les décombres. Il se lève.

— Vous avez besoin d'aide, messire ?

— Oui. Ramenons-le à la maison.

Partie II

ÉTÉ 1190

Waleran de Beaumont, comte de Warwick, à sa chère fille Marianne de Beaumont.

Voudras-tu me pardonner, ma chère fille adorée, de t'avoir laissée si longtemps sans nouvelles ? Tant de choses sont arrivées depuis ma dernière lettre. Comme tu l'as sûrement appris, notre cher Henri est mort à Chinon, et Richard Ier est le nouveau roi des Anglais. Nous avons perdu la guerre. Mais ne te fais pas de mauvais sang, Richard est un homme intelligent qui a su pardonner à ses anciens rivaux. Je t'en dirai davantage là-dessus plus loin.

Comme j'aurais aimé que tu sois avec moi pour le couronnement du nouveau roi ! Le troisième de septembre, la foule était si nombreuse autour de la collégiale Saint-Pierre qu'elle scandait le nom de Richard jusque dans la Tamise. Précédé par une crosse flamboyante, Baudouin de Forde, l'archevêque de Cantorbéry, tout vêtu d'or, a ouvert la cérémonie en entrant dans la cathédrale suivi des archevêques de Rouen, de Trèves et de Dublin. Tant d'encens a brûlé dans la procession que les comtes de Salisbury et de Striguil, en éternuant, ont failli laisser échapper le sceptre d'or du roi. Les trompettes ont résonné dans la nef quand Richard est entré sous un dais de soie dont les coins étaient piqués au bout de quatre lances d'argent soutenues par quatre barons.

Tu as sans doute entendu que Richard n'a pas manqué à sa réputation. Quand le comte d'Aumale a déposé la couronne sur l'autel, il s'en est emparé pour la donner lui-même à l'archevêque de Cantorbéry qui s'avançait pour le couronnement ! Il promet d'être un roi volontaire.

Comme je te disais plus tôt, Sa Majesté le roi Richard Ier a su se montrer magnanime envers nous. Il nous a offert le comté de Worcester en échange de ma participation à la croisade. Voilà pourquoi je t'écris depuis Portsmouth où nous attendons d'avoir réuni les hommes et les vivres pour embarquer pour Marseille.

Mais voici la merveilleuse nouvelle. Je t'ai trouvé un bon mari. Il se nomme William de Wendeval. J'ai combattu à ses côtés au Mans et c'est un homme courageux. En témoigne ce pouce qu'il a perdu au combat il y a un an.

Je dois te l'avouer, ma très chère fille, William de Wendeval n'a pour l'instant ni châteaux ni domaine. Il n'a pour prouver sa valeur que ses faits d'armes et sa loyauté. Je t'en prie, ne t'en inquiète pas. Aie confiance en l'expérience de ton vieux père. Peu d'Anglais rentreront de la croisade, et j'ai ouï dire en haut lieu que le roi entend nommer William constable de Chester et seigneur de Pontefract et Clitheroe. C'est donc un homme de confiance. Il fera un mari juste qui saura tirer profit des aléas du siècle.

J'ai demandé à Margery d'arranger vos fiançailles au plus vite. Je suis déjà convenu avec William de Wendeval de la plupart des termes du contrat. Vous n'aurez plus qu'à le signer avant le banquet. Avec l'aide du Seigneur Jésus-Christ, nous aurons délivré Jérusalem à temps pour que je puisse assister à l'échange de vos consentements.

Donné à Portsmouth le quatorzième d'avril mille cent quatre-vingt-dix.

Le ruisseau est toujours là qui coule entre la roche et la mousse. Les arbres sont les mêmes et les pinsons entonnent les chansons de leurs pères.

L'arête tordue du nez de Robin est l'unique témoignage de la course des jours.

Entre ses mains, les restes d'Owain tiennent dans une boîte.

Immobile, il fixe le trou que Will a creusé à l'endroit de leur rencontre. C'est un petit trou, noir de terre. Plusieurs fois, il a voulu y déposer le Gallois. Mais quelque chose l'en empêche.

Alors il prend le temps. Il essaie de comprendre.

Finalement, il pose Owain sur la mousse. Il saisit son écu et il creuse encore. Peu importe la taille des reliques. Pour un grand homme, une grande sépulture.

Will lui a prêté main-forte. Ils ont placé la petite boîte dans la fosse à taille d'homme. À côté, Robin a déposé un lièvre et quelques fougères. Il a fabriqué un arc de fortune, pour le symbole. Il l'a couché aussi. Ils ont scellé la tombe avec la terre du sous-bois et les pierres du ruisseau, un long silence en guise de prière.

Le soleil, déjà, a rejoint le zénith et assomme la forêt de ses rayons blancs. Les ombres se cachent. Même le vent dort. La silhouette sombre du manoir pèse à travers les chênes sur les épaules de Robin. Il est temps.

La maison se dresse sur sa motte, fière et droite. Elle non plus n'a pas changé. Elle est comme la justice : de loin on la jurerait symétrique avec ses deux grandes cheminées de brique encadrant son toit de chaume, ses trois fenêtres carrées à l'étage alignées sur les trois plus hautes du rez-de-chaussée. De près, on voit bien que le bâtisseur a dû adapter les lois de l'esthétique aux réalités du terrain : l'étroite porte d'entrée a été décalée dans le tiers gauche de la demeure pour ne pas sacrifier la fenêtre centrale. Les colombages verticaux de la partie ouest du manoir sont faits de pans longs. À l'est, ce sont deux rangées de pans courts posées l'une sur l'autre. L'hiver de 1077 avait été terrible. Les grands chênes étaient rares. Ironie du sort, les longs pans ont pourri plus vite : le faîte du toit s'est légèrement affaissé sur la gauche, où deux longues fissures barrent l'hourdage de chaux blanche depuis son enfance.

Ils s'engagent sur l'étroit pont de bois qui enjambe les douves. Robin lève un sourcil. La planche vermoulue qui grinçait sous ses pas a été remplacée. Voilà qui ne ressemble pas à sa mère. C'est une ombre depuis la mort d'Arnulf et de Goscelin à Pierre-Buffière.

Dans le verger, les porcs et les poules se goinfrent de poires trop mûres. Une belette apprivoisée dort sur la margelle du puits.

Au-dessus de l'entrée, un agneau sculpté. L'innocence, la bonté et la franchise, l'emblème des Loxley. Robin hausse les épaules. Trois qualités qui n'ont jamais étouffé son père.

Il frappe à la porte.

C'est un homme qui ouvre.

Robin s'en doutait. Ce cochon de Beaumont n'a pas perdu de temps.

Reste calme, pense-t-il.

Une petite hache luit dans l'entrée, pendue à un clou. Le tranchant est tout neuf. Il sent la colère lui serrer les mâchoires.

L'homme le toise d'un regard mauvais. Puis il détaille Will, sa rousseur suspecte et ses oreilles manquantes.

Il recule, méfiant, son épaule désormais à hauteur de la hache.

— Qui êtes-vous ? lance-t-il.

— Robin de Loxley. Et Willem l'Écarlate.

L'inconnu pousse la porte en ricanant :

— Loxley et l'Écarlate, hein ? Qui se ressemble s'assemble, à ce que je vois. Le félon et son goupil.

Will fait un pas de côté, la main sur son poignard. Robin l'arrête d'un geste rapide.

— Je peux entrer ? demande-t-il, faisant mine de s'avancer.

L'homme lui barre le passage.

— Vous n'êtes plus chez vous, ici. J'ai prêté allégeance à la comtesse de Warwick avec l'assentiment du roi.

Robin sourit.

— Le roi est mort. Son fils est un lâche qui ne parle même pas ta langue. Je ne lui dois rien. Je suis partout chez moi.

— Comment osez-vous ? N'avez-vous aucun honneur ?

— La guerre me l'a pris. Mais je vois qu'elle est généreuse avec ceux qui n'ont pas le courage de combattre.

L'autre attrape sa hache, furieux. Robin lui assène alors un coup violent sur le coude pour le désarmer. La hache heurte la terre dans un bruit mat.

— Où est ma mère ?

L'homme frotte son articulation endolorie. Le calme de Robin lui fait peur.

— Elle est morte.

Robin approche son visage du sien.

— Comment ?

— Je l'ai trouvée en arrivant ici. Dans le lit. Je l'ai fait inhumer au cimetière Saint-Nicholas.

Will et Robin passent la palissade, les fossés, rejoignent l'étroit chemin qui serpente à travers la forêt jusqu'au village.

— J'aurais pu l' tuer, messire.

Robin ne répond pas. Dans ses veines, la colère gronde, impatiente et brutale. Fidèle. Pourtant il s'étonne. Il est surpris qu'elle soit si pure, débarrassée de la peur et de l'indignation qui l'accompagnaient jusqu'alors. Il comprend mieux le détachement d'Owain.

L'indignation est la colère du naïf.

Un grand sourire les accueille à l'orée du hameau. D'un pas énergique, Gilbert, le vieux prêtre, traverse le chemin. Avec les années, son visage s'est plissé, mais l'intelligence n'a pas quitté son regard. Il trottine, pieds nus. À Loxley, on chuchote que les cornes du diable s'effriteraient sur la corne de ses pieds. Il s'arrête, pose sa main osseuse sur la barbe noire de l'enfant du pays.

— Robin, quel plaisir de te voir !

Une once de tristesse se lit dans ses yeux quand il remarque son nez cassé. Pudique, il se tourne vers Will, lui frappe amicalement l'épaule. Sa joie est sincère, absolue, sans jugement pour les stigmates de son passé coupable.

Sans attendre, il se met en marche. Où qu'il aille, il ne doute jamais qu'on le suive. L'habitude des processions.

Trois pas sur le chemin, et il fait demi-tour, un sourire complice sur les lèvres.

— T'as visité l'usurpateur ?

— On en vient.

Il s'assombrit. Il a attrapé le bras de Robin et pousse un long soupir. Sa main tremble. Il fixe les cailloux que ses pieds foulent sans jamais se plaindre.

— Toutes mes condoléances.

Au sud de la petite église, quelques pierres tombales se dressent dans l'herbe comme une rangée de menhirs. Un châtaignier trapu veille en sage sur l'âme des ancêtres. C'est le plus vieux de tous.

Gilbert les a précédés jusqu'aux tombeaux de granit de son père et de son frère. À côté, une timide planche de chêne. Gillian de Loxley.

Will se racle la gorge, gêné. La tombe qu'ils ont creusée pour Owain était plus digne.

Robin la contemple en silence. Toute sa famille est ici. Il est le dernier.

Il repense à sa mère.

Il veut ressentir de la tristesse, mais il lui semble que cette partie de son âme s'est fermée à la mort du Gallois. Ou peut-être avant. Il plonge en lui-même, cherche des souvenirs heureux, mais ne trouve que de la rancune et un sentiment diffus de liberté.

Le prêtre arrache quelques mauvaises herbes. Il gratte avec un peu trop de zèle la mousse jaunie qui recouvre le bois.

— J'ai pas pu monnayer de pierre. Mais c'est du beau chêne.

Il a honte.

— Je croyais qu'il s'en était occupé, s'étonne Robin avec un mouvement de tête vers le manoir.

— Roger Godberg ?

Le clerc se redresse. Il crache par terre.

— Pourquoi il aurait fait ça, ce maroufle ? Il a chassé ta mère le jour de son arrivée ! Je l'ai logée chez moi jusqu'à ce qu'elle se meure de tristesse.

Comme Robin ne réagit pas, il reprend :

— Tout le village a donné, tu sais. Pour ta mère. Mais comme c'est Godberg qui possède la carrière…

Sans même le voir, Robin sent Will qui trépigne de rage. Il est profondément touché par sa sollicitude, par celle du prêtre et des paroissiens. Toujours les mêmes qui donnent.

Il pose sa main sur le bras du vieux clerc.

— J'ai une dette envers vous.

Ce dernier veut protester, mais Robin l'en empêche.

— Elle vous sera remboursée ce soir.

Le ciel touche la forêt. C'est une nuit sombre et épaisse. Les cloches ont sonné le couvre-feu, et les feux ont été couverts. Rien ne vient plus contredire les ténèbres. Appuyé contre le puits, Will attend. Du pied, il tient les cochons à distance. Ils ont flairé la résine des torches.

Sous l'agneau des Loxley, la porte du manoir grince faiblement. Robin sort à pas de loup. Il rejoint le mercenaire.

— Vous avez trouvé ? demande Will.

Robin désigne une petite bourse de cuir qui pend à sa ceinture.

— Rien n'a bougé depuis l'époque de ma mère.

Will s'est levé. Il a pris la bûche qu'ils avaient appuyée contre le puits. Avec, Robin bloque la porte. Il frotte son briquet contre le silex et l'amadou. Une braise tombe sur le sol. Sa bûchette ensoufrée s'enflamme, puis les torches. La nuit recule.

Robin contemple les murs tirés de l'obscurité. Il a aimé ces pierres. Alors, avant que les remords ne l'envahissent et ne retiennent son geste, il lance sa torche sur le chaume. Will l'imite.

L'incendie dévore la toiture, mais Robin ne peut se résoudre à partir. Il regrette. Will le saisit par le bras, l'entraîne à grand-peine jusqu'à la palissade.

Les flammes s'élèvent à présent jusqu'au ciel. Robin n'a pas quitté la maison des yeux. Une larme roule sur sa joue.

Des cris s'échappent du manoir. Roger Godberg et sa famille tambourinent sur la porte que Robin a bloquée.

Mais il ne les entend pas. Ce n'est pas pour eux qu'il pleure. Il pleure la personne qu'il a été et ceux qui l'ont aimée. Ses jolis idéaux, son indignation facile, sa naïveté coupable. Il pleure comme un marin qui revient de voyage, et s'aperçoit qu'il n'est plus celui qu'on regarde. Lui qui se réjouissait de regagner la terre ne supporte plus d'y vivre. Il se languit de la mer et de sa solitude, car il n'y a plus qu'elles qui le reconnaissent.

Plus d'un an sans nouvelles. Un an de trop avec la marâtre. Les humiliations ont cessé. Mais c'est presque pire. Margery ne semble même plus la voir. Et Gundred a préféré le bord de sa mère. Marianne qui valorisait son indépendance, qui fuyait les discussions futiles, est subitement avide des commérages du troupeau des servantes. Elle craint le face-à-face avec cette solitude qui la blesse comme une vieille amie qui connaît toutes ses failles. Son isolement ne se brise qu'entre les bras de Beth.

Un messager est passé ce matin. Marianne a eu peur. Depuis l'hiver, la défaite d'Henri II fait vibrer les cordes des trouvères. Alors elle s'est réfugiée dans la chapelle pour ne pas avoir à entendre le pire.

Assise sur son tabouret, elle regarde autour d'elle, incapable de prier. Le soleil du mois d'août écrase les dragons de la charpente. Il efface leurs reliefs comme s'il voulait les dissoudre dans sa lumière blanche.

Des pas résonnent sur les dalles derrière elle.

Margery.

Elle marche de son pas d'homme. Dans sa main, un parchemin que ses doigts étranglent comme des serres. Elle traverse la nef, semble ne pas remarquer sa belle-fille, s'arrête devant le Christ, se signe dans une révérence.

Ses yeux d'aigle fondent sur Marianne. Un raclement de gorge, son regard qui tombe alors que deux doigts viennent replacer une mèche blonde sous le cercle d'argent qui enserre son voile. Elle soupire, puis s'avance.

— C'est pour toi.

Elle lâche le parchemin juste au moment où Marianne allait le saisir. Et tandis qu'elle le ramasse, la comtesse lui parle de toute sa hauteur. Sa langue claque comme un fouet dans sa bouche :

— Ne te réjouis pas trop vite. William de Wendeval n'est qu'un écuyer. Son grand-père a été le seigneur de Tickhill. Mais il a été déchu de son titre. Il avait pris ses aises avec la femme de Roger de Busli. Vous irez bien ensemble, son petit-fils et toi. Il lui manque un pouce, d'ailleurs. Enfin, tu liras. Nous partons pour Edwinstowe dans trois jours.

Elle tourne les talons.

Les mains de Marianne tremblent quand elle lit le parchemin. Son père est vivant et il lui a trouvé un mari. Il ouvre enfin la porte de sa cage. Quitter le château et Margery ! Dans ses pensées, William de Wendeval prend les traits d'Adam, ses lèvres, leur goût. Tant pis pour le pouce, c'est un détail. Et si son père dit que ce Wendeval comptera, alors il faut lui faire confiance, il a toujours su choisir son entourage.

Elle a dévalé les marches de l'escalier quatre à quatre pour retrouver Beth dans le potager. Elle n'y est pas. Elle l'aperçoit dans le verger, un panier d'osier qu'elle porte comme un enfant sur sa hanche. Il est plein de pommes vertes et jaunes.

— Beth !

Les fruits tombent et roulent sur l'herbe quand Marianne lui saute au cou.

— Je vais me marier ! crie-t-elle.

Beth la presse contre elle. Marianne sourit. La nourrice écarte son visage. Des larmes roulent au coin de ses yeux.

— Je suis heureuse, ma fille. Qui est-ce ?

Sa voix s'est brisée, imperceptiblement.

— William de Wendeval.

— Et les fiançailles ?

— Nous partons dans trois jours. Pour Edwinstowe, dans le Nottinghamshire !

Les doigts de Beth tirent les larmes des rides de ses joues.

— Je viens avec toi ? demande la nourrice.

— Bien sûr !

— Si ton William est d'accord de m' prendre avec vous...

Marianne pose ses mains sur ses hanches, déterminée.

— Il sera d'accord.

Alors, le souffle froid venu des grands *moorlands* d'Écosse gronde du fond de la rivière. Un orage se prépare. Le château de Warwick semble bien austère comparé à l'image fleurie que le manoir d'Edwinstowe et la forêt de Nottingham prennent dans ses pensées. William de Wendeval. Elle se répète ce nom gonflé d'espoir. William de Wendeval.

Elle s'élance sur la passerelle de bois. Elle est fiancée, maintenant.

Quelques semaines seulement entre les serres de Margery.

Et elle sera enfin libre.

La chouette s'est tue. Le silence qui règne dans le presbytère a figé la campagne. Assis sur un muret, Will bourre sa pipe d'écorce de saule. Il a fui la petite pièce. La gêne et la honte lui sont moins soutenables que la douleur. Il craint tout ce qui ne peut être guéri par le tranchant d'une lame.

Sur le bois nu de la table, une bougie qui tremble et une petite bourse de cuir. La gueule ouverte, elle implore le prêtre qui refuse de la prendre. Du bout du doigt, Robin la renverse. Des grains de poivre roulent sur la table. Mais Gilbert ne daigne même pas les regarder. Il fixe les clous de l'armoire liturgique.

— C'est pour vous.

Toujours le silence.

— Cela remboursera la sépulture de ma mère. Et il vous restera assez pour rebâtir le clocher de Saint-Nicholas.

Le prêtre a poussé lentement le poivre vers Robin.

— Gilbert…

Le clerc lève la main. Les coins de ses yeux sont ridés de colère.

— Vous devriez partir, ton ami et toi.

Robin caresse sa barbe. Il hoche doucement la tête.

— Très bien.

— Je t'ai accueilli alors qu'on te disait traître. Et maintenant ça ? Reprends ton butin, il est souillé.

— Toute richesse l'est.

— Tu parles comme un hors-la-loi. Et tu agis comme tel.

— La loi est écrite par des cupides et des ambitieux. Elle devrait être pensée pour protéger le peuple. Mais elle asservit ceux qui créent la richesse et préserve ceux qui la pillent. Alors, si protéger le peuple, c'est être un traître, je m'en réjouis, si donner cette richesse à ceux qui la méritent, c'est être un hors-la-loi, cela m'honore.

Le prêtre se lève. Son regard est las. Robin se dirige vers la porte.

— Merci pour tout, Gilbert.

Et il sort dans la nuit.

La bourse est toujours là, sur le bord de la table.

Le clerc la regarde.

Il l'attrape et la range dans l'armoire.

Sur le chemin de Stratford-upon-Avon, il semble à Robin que la forêt le guette. Un coq a chanté en avance comme pour prévenir. La colère du prêtre de Loxley le ronge. C'est la première fois qu'il tue sans la guerre comme alibi.

Tant pis.

Il n'a pas le temps d'expliquer à ceux qui ne veulent pas comprendre.

— Messire ?

C'est la voix de Will, loin derrière.

Robin se rend compte qu'il marchait trop vite sur cette route qu'il connaît par cœur. Will lève les pieds à chaque pas, aveuglé par la nuit.

— Vous galopez, messire, mais on s'est pas causé d' la suite.

— Il y a une auberge à Stratford-upon-Avon. Nous trouverons une paillasse où attendre le matin. Puis nous parlerons de l'avenir autour d'un bon repas.

Comme promis, des voix ricochent bientôt sur les pierres du chemin. Une petite auberge banale se dresse au milieu du carrefour. Elle devrait être fermée. Mais malgré le couvre-feu, les ombres s'agitent derrière ses fenêtres, et la flûte y chante avec les rires. Will frappe dans ses mains. Il est heureux.

— J'avais l'ventre qui grondait comme l'orage !

Une clameur les accueille quand ils poussent la porte.

— À la brune ! crient les voix en levant leurs gobelets à la nuit.

Robin est surpris : l'auberge est bondée. Elle appartient au comte de Warwick, et le prix de la banalité dont on doit s'acquitter pour tremper les lèvres dans la bière augmente substantiellement celui de la boisson. D'habitude, les hommes de Stratford se réunissent dans la ferme d'Hereward. Il produit une piquette clandestine, aussi bon marché qu'acide.

La Coenberg lève son pot de bière en l'honneur des nouveaux arrivants. Puis, immuable, elle sert les gobelets tendus. Elle a toujours les bras musculeux et le cou de taureau qui inspirent le respect aux plus bourrus des bandits de passage.

Robin s'assoit à l'une des longues tables. L'homme à son coude empeste la laine et l'argile. À l'autre bout, un borgne aux sourcils épais comme le manche d'une bêche inspecte les stigmates de Will. Il lève sa chope dans sa direction. Le Brabançon répond dans le langage silencieux des anciens mercenaires.

Deux gobelets pleins percutent autoritairement la table.

— Vous mangez ? demande la Coenberg.

— D'bon cœur ! s'exclame Will.

Aussitôt, il saisit le bras de Robin.

— Si on a d'quoi, j'veux dire !

L'auberge éclate de rire.

— C'est l'sergent qui régale ! dit le laineux.

Du doigt, il désigne un jeune homme endormi entre les bancs, le nez rouge de plaisir.

— J'ai plus d'soupe, râle la Coenberg entre ses dents manquantes. Ces ogres ont tout goinfré ! Mais j'ai deux bécassines, si ça vous chante.

Elle part vers la cheminée. Le voisin de Robin tend sa main ouverte :

— Thomas.

Le félon et le mercenaire la serrent à tour de rôle.

— Robin, Will.

Thomas montre les autres.

— Et puis Derreck, Ihoannes, Évrart et Andréa. Le sergent qui dort, c'est Job. Et puis là-bas, dans le fond, Évrart aussi donc tout le monde, dit le Borgne.

Chacun lève son gobelet. Thomas reprend. C'est le bavard du carrefour :

— Vous avez vu flamber Loxley ?

Les deux compères hochent la tête silencieusement.

— On dit qu' le nouveau seigneur est tout brûlé. C'est pour ça qu' Job nous offre la taxe de passage d' la journée. Vu qu'il pourra pas la réclamer !

Les hommes ricanent dans leurs grosses mains calleuses. Puis, ils se signent, par superstition.

La Coenberg dépose deux tranchoirs de vieux pain et une grosse coque d'argile fumante sur la table.

— J'irai pas pleurer sur sa tombe, dit-elle. L'hiver passé, je l'ai donné deux brebis ! Deux ! Alors après faut pas s' plaindre si j' monnaie la braconne du Roger.

Elle ouvre la coque devant eux. Deux bécassines rôtissent à l'intérieur. Leur plumage strié a collé à la croûte d'argile. Robin arrache les plumes des queues. Il les fait tourner entre ses doigts. Il rejoue dans sa tête le vrombissement inquiétant des parades de leurs cousines sarthoises.

Voilà une idée, pense-t-il, en fourrant les plumes dans sa gibecière. Il sourit en pensant à Owain et à la manière dont il arrangeait ses flèches avec de petits sacs de cuir. Ses flèches aussi seront particulières.

— Z'êtes pas du coin, affirme le Borgne.

— Non, ment Robin. On monte vers York.

— Ah bah, c'est presque pire là-bas, avec la cathédrale.

On acquiesce et on boit.

— Il paraît qu'le Richard a dévalisé Londres, s'agite Thomas. Il est r'parti aussitôt en Aquitaine. Il est comme sa mère : il aime pas l'Angleterre.

— Et le comte de Warwick qui s'croise aussi ! s'indigne la Coenberg. Résultat : l'impôt a doublé cette année. Ils taxent même les corbeaux : au prieuré d'Alvecote, ils ont dû fondre l'argenterie.

Robin essuie la mousse de sa moustache noire.

— Waleran de Beaumont ? Il part à la croisade ?

L'index de Thomas ponctue ses commérages :

— Et il a tout réglé avant d'partir ! Il a même promis sa première fille. Un jeunot qu'le roi a nommé shérif de Derby et Nottingham. William de Wendoville, un truc de c'genre.

— Wendeval, corrige Évrart.

Robin retient un hoquet de surprise. Wendeval, shérif ! Le messager a su bien intriguer depuis le siège du Mans. Il en rit presque. Que vaut la justice de ce pays si on nomme des traîtres pour la rendre ?

— Autant s'vaut ! À c'que j'ai ouï dire, les fiançailles ont lieu bientôt.

— Où ça ? demande Robin.

— Oh, ça ! J'sais plus. Ça m'est parti.

Robin mord dans sa bécassine. Il n'ose pas insister.

— J'te créant qu'cette croisade va tourner court, dit Évrart à Thomas. Il paraît que lorsque Richard a visité la dépouille à son père à Fontevraud, le nez du vieux roi a saigné tout seul.

— L'curé d'Henley m'l'a dit. Il est passé au moulin. D'toute manière, Henri a maudit tous ses enfants sur son lit d'mort ! Ça peut pas être un bon début, j'veux dire.

Thomas s'immobilise. Il tape son gobelet contre celui de Robin.

— Edwinstowe !

Robin le regarde, dubitatif.

— Edwinstowe, dans la forêt de Sherwood. C'est là qu' les fiançailles de la p'tite Beaumont sont prévues. Il paraît qu' la comtesse aime bien l' seigneur du patelin. Et ça laisse le temps à Roger de Lizoures de quitter Nottingham. Avant qu'Wendeval s'installe.

Robin boit une gorgée de bière. Il fixe le vide en caressant sa barbe. Will se penche vers lui et chuchote :

— C'est là qu'on s'rend, messire ?

Robin hoche la tête.

Voilà donc Sherwood. Sa nef infinie et sa voûte millénaire. Ses chemins creux ourlés de mousse émeraude, son chœur de fauvettes, de grives et de pinsons, rehaussé par instants du chant puissant d'un minuscule troglodyte. Entre les colonnes de ce temple végétal, la nature a réinventé ses lois. La nuit tombe au moindre orage, et les averses chantent sur les feuilles sans jamais toucher terre.

Voilà la forêt qui témoignera de ses fiançailles.

Un sourire s'est figé sur les joues de Marianne depuis le début du voyage. Le cuir de la selle pince ses cuisses, ses pieds flattent le flanc droit du cheval et ses hanches engourdies par le ballottement de l'animal réclament un répit mérité. Mais elle ne sent pas la fatigue. Son enthousiasme la maintient droite et fière.

Depuis ce matin, elle a vu Margery s'adoucir. Ses pommettes ont rosi, et ses paroles n'ont plus le tranchant des premiers jours.

On approche.

Au détour d'un sombre bosquet de saules, le chemin s'enfonce dans une petite clairière couverte de carex et de joncs. Elle est coupée par une rivière où Marianne remarque la large pierre plate d'un lavoir. Et sur la bosse du chemin qui retrouve la forêt, un chêne où faseyent des fanions, des croix et des amulettes que les lavandières ont pendus pour éloigner les rhumatismes que donnent les flèches invisibles des elfes.

Oui, Edwinstowe n'est plus loin. Elle aperçoit la mosaïque d'ardoises des toits du village au travers des branches.

Le manoir est au bout d'un sentier bordé d'énormes hêtres. C'est une petite bâtisse à la silhouette bancale. Sa tour est si grosse qu'elle maintient le corps de logis dans son ombre jusque après midi.

Marianne détourne la tête. Elle sourit, mais elle refuse que Margery s'en rende compte. Elle croise le regard fier de sa nourrice. Elle aime déjà Sherwood. Ici, la forêt a une galvanisante odeur de liberté.

Le seigneur d'Edwinstowe est un homme aux cheveux blancs, aux joues creuses et au regard doux. Il a les jambes courtes et le long cou d'un butor. Il a accueilli la comtesse dès l'entrée du domaine et a insisté pour s'occuper de son cheval lui-même. Il soupe au bout d'une des tables qu'on a dressées dans l'étroite salle commune, Margery à sa droite. Souvent il pose sa longue main d'oiseau sur la sienne. Alors, ils échangent des sourires complices et se racontent de vieilles histoires. Marianne s'ennuie. Elle voudrait être demain. La cire des bougies fond beaucoup trop lentement. Elle mouche celle qui brûle devant elle et profite de l'ombre pour fermer les yeux. Le ronflement des voix se fait de plus en plus lointain. Le reflet du manoir d'Edwinstowe se dessine derrière ses paupières. Et, au centre de la cour, contre le puits mangé de lierre, son fiancé l'attend. Ses yeux sont éblouissants, son sourire immaculé, et pourtant il n'a pas de visage. Est-il petit ou grand ? Son corps n'a de certain que l'absence du pouce.

La voix du seigneur la replonge dans le long fleuve des heures :

— Tout le monde parle de vos fiançailles avec William de Wendeval dans le *Shire*.

Marianne hoche la tête poliment, mais Margery ne lui laisse pas le temps de répondre.

— J'imagine, dit-elle. Mais vous pensez bien, Tancred, que j'ai supplié mon époux de ne pas marier ma fille à un homme sans titre. C'est le moins que puisse faire une mère.

Il lève son long nez de butor, surpris.

— Ah, vous n'avez donc pas appris ?

— Quoi donc ?

Margery serre ses poings sur le bord de la table.

— Richard a nommé William de Wendeval haut shérif du Nottinghamshire et du Derbyshire.

La marâtre replace le cerceau de son voile. Ses doigts d'insecte se meuvent par saccades. Gundred noie son nez dans le fond de sa soupe.

— En l'absence du roi, c'est l'un des hommes les plus puissants d'Angleterre.

Marianne lutte contre une irrésistible envie de rire. Elle baisse la tête et serre les lèvres. Elle avait un fiancé sans terre, la voilà châtelaine. Merci, père ! Quelle belle intuition que de lui avoir fait confiance ! Ce William de Wendeval qui n'avait que son courage se voit récompensé par le roi lui-même. Et de quelle manière ! Son fiancé est donc l'un des chevaliers les plus méritants du royaume. La fierté et l'impatience, le bonheur et le soulagement lui écrasent les côtes.

Elle étouffe.

Elle se lève et sort sous le ciel de Sherwood. L'air froid de la nuit emplit sa gorge. Elle regarde autour d'elle, hébétée, se laisse glisser contre le lierre du puits.

William de Wendeval. Demain.

Tout à coup, elle a peur. Son fiancé est shérif, à présent. Leurs conditions se sont inversées. Le contrat de fiançailles demandera de nouvelles négociations. Or cette fois ce ne sera pas son père, mais Margery qui s'en chargera. Et elle est capable de tout. Elle a été témoin de son baiser. La honte lui serre la gorge. Elle voit subitement les dents du piège luire sous le parterre de fleurs. Le voilà, le ver dans sa pomme.

Marianne tire le seau du puits. La poulie grince comme un rire sinistre. Elle plonge les mains dans l'eau claire, se nettoie le visage. Rester fière. Ne rien montrer à Margery. Elle essuie ses yeux et redresse le dos.

Ils sont une vingtaine, au bas mot. Serfs exilés, charbonniers, teinturiers, crocheteurs et braconniers. Agglutinés sous la futaie de Sherwood, ils attendent les fiançailles du nouveau shérif. Ils espèrent vendanger quelques bourses et profiter des largesses de la fête.

Il y a ce trouvère qu'ils nomment Alan-a-Dale. Il chante trop fort sur sa vielle cabossée. Il porte à l'annulaire un gros anneau d'évêque. Un pilleur d'église. Il ne sait pas grand-chose, mais il parle beaucoup. Les autres le tiennent pour savant sans trop se soucier de ce qu'il dit. Son aplomb leur suffit. Il faudra se méfier de lui.

Il y a ce grand gaillard aussi. Le chef de la bande. Il a des épaules de frison et les mains larges comme des sabots. Il soulève d'un bras sa grosse hache qui en réclame deux. Son écu de bois recouvert de cuir est planté près du feu. Un chevalier ruiné. Fils de paysan, probablement. Normand. Deux longues nattes blondes encadrent ses yeux bleus. Il cache ses lèvres pincées dans son épaisse barbe. Sa force impressionne, mais c'est un piètre meneur.

Il a dressé son camp si près du chemin qu'on entend leurs rires par-delà la rivière. Il n'y a ni sentinelle ni piégeur. Il a laissé le soin à chacun d'assurer sa pitance sans penser aux bagarres. À vue de nez, ils sont arrivés depuis près d'un mois : le camp empeste l'urine et la viande avariée. Ils n'ont pas de fosse où mettre leur fumier. Ils jettent les carcasses et les viscères dans le courant de la Maun, et on les retrouve accrochés aux lavoirs du village. Malgré la douceur des nuits d'août, ils allument chaque soir un grand feu dont la fumée s'évente à plus d'une demi-lieue.

Robin descend silencieusement de son arbre. Trois jours qu'il les observe. Il se coule comme un chat dans les fougères. Il fait un détour par le lac de Rufford pour lever ses pièges. Cinq bécassines. Déjà, le soleil embrase l'horizon. Will doit l'attendre sous le saule argenté dont l'épais tronc double forme comme deux cornes. Il est allé vendre les chevaux à Nottingham.

Alors qu'il rebrousse chemin, il écoute les feuilles faseyer dans la brise du soir. Ce matin, il a croisé un cerf. Le cerf a humé l'air, mais il n'a pas fui. Il a soutenu son regard, la tête haute, fier de la beauté de sa coiffe royale. Il s'est tourné lentement et a trotté quelques pas à découvert. Robin a souri de son insolence. Cette forêt lui plaît. Ses chênes sont orgueilleux et ses ronces hargneuses. Elle porte ses chemins comme des cicatrices, combat la main de l'homme, jalouse de son indépendance.

Sous la lumière de la lune, Will tanne deux peaux de loup. Robin achève son arc. Il a choisi l'if, le solitaire, l'immuable, l'arbre que l'hiver ne change pas et que les animaux évitent. Il veut que dans son arme coule une sève toxique. Son bois est rouge comme la charité et la victoire.

Il a creusé treize encoches sur son arête lisse.

L'if aussi, pour les flèches. Will n'a pu acheter que deux pointes de métal. Sur les autres, il a fixé de petits coussins de cuir et de sable. Puis, il les a empennés des rectrices des bécassines. Quand l'aurore éclipse la dernière étoile, les deux compères mélangent encore la résine de pin et le soufre.

Ils ont traversé la forêt vers le camp des brigands. Même si Robin n'y a pas repéré de chiens, ils ont fait un détour pour venir sous le vent.

Les coquillards ronflent, vautrés les uns contre les autres. Ça sent l'alcool et la sueur. Robin et Will se sont approchés sans réveiller personne. Silencieusement, ils ont tracé un grand cercle de résine. Elle brûle mieux quand elle sèche au soleil.

Puis ils se sont postés près du carrefour d'Edwinstowe au cas où ces coqueberts tenteraient une manœuvre imbécile. À tour de rôle, ils ont attendu la nuit. Du beau monde est passé. Des marchands, des musiciens, un oyer, la comtesse de Warwick et ses filles, Hugues d'Avalon, l'évêque de Lincoln et même ce cher comte d'Évreux. Ils remontaient le chemin comme des truites se jetant dans une même nasse de pierre.

— C'est l'heure, souffle Robin.

Le Brabançon ouvre péniblement ses yeux verts. Il s'étire, bâille et se lève. Il tourne ses bras pour se chauffer les muscles. Puis il s'accroupit, inspecte ses couteaux.

— Tu te souviens de ce qu'on a dit ?

— Oui, messire, on tue personne.

Robin acquiesce et lui saisit la main. Il le redresse. Ils sont debout dans le noir, face à face.

— Plus de messire. Le seigneur de Loxley est mort dans le Warwickshire.

Will hoche la tête en silence. Sans un mot, ils placent leurs peaux de loup sur leurs fronts et se fondent entre les troncs.

Les herbes crissent sous les pieds de Robin. Chaque pas libère un entêtant parfum de terre et d'églantier. Au loin, les loups hurlent le début de la chasse. La nuit est vivante. Galvanisé, il marche les genoux pliés et la tête en avant. Le sang s'impatiente sous la peau de ses tempes.

Le feu du camp des larrons luit, s'éteint, s'éveille au gré des troncs et des branches qui se succèdent.

Ils sont tous là. Ils boivent leur bière et partagent le butin d'un voyageur que Robin n'a pas vu passer sur la route d'Edwinstowe. Le maigre trésor d'un marchand.

Les maroufles, pense-t-il. Il redoute que leur empressement n'ait gâché son plan.

Il est en colère, maintenant. Il méprise le Goliath normand qui, le dos contre un gros hêtre, dévore son lièvre d'un air satisfait.

Ils s'approchent du cercle de résine et de soufre qui entoure le camp. Robin attrape six flèches dans son carquois. La première munie d'une pointe, les cinq autres de leur petit marteau de cuir. Il place l'un des traits contondants sur la corde cirée, vise le bouclier planté près du feu. Accroupi, ses pupilles noires mangeant le vert de ses yeux, Will se tient prêt à allumer sa torche. L'arc pourpre claque, et la flèche file dans les ténèbres. Les plumes de bécassines empennées à l'arrière vrombissent dans l'ombre.

Le bouclier craque, vacille et étouffe le feu. Le silence qui suit fait sourire Robin. On tremble autant de cette obscurité soudaine que du chant de sa flèche. Subitement, il entend tinter les armes et les casseroles. Les cris fusent, mais personne ne s'écoute. La panique guette. Il fait un signe de la main. La torche de Will s'enflamme, puis le cercle de résine.

Les coquillards se figent quand ils voient l'immense rideau de feu entourer leur campement. Une silhouette apparaît. Elle a le corps d'un homme et la tête d'un loup. De sa main droite garnie de flèches, elle pince la corde d'un grand arc comme celle d'une harpe. Et les flèches grondent comme une ruche. La deuxième cloue l'une des nattes du géant à son hêtre. Les brigands s'agitent et s'emparent de leurs armes. Les suivantes prolongent le concert, les désarment à un rythme infernal. La créature marche sur leur chef d'un pas lent et décidé. Elle saisit de nouvelles flèches dans le carquois qui tangue à sa taille. Les plus têtus tentent de nouveau leur chance. Le bourdonnement infernal retentit. Désarmés, eux aussi. Les flammes engendrent une seconde créature. Des couteaux de lancer luisent dans ses mains d'homme. Ceux qui pensaient attaquer en judas se résignent. Ils jettent leurs armes et se signent.

Les têtes se tournent au cri de leur chef. Le loup se tient contre lui, sa dernière flèche comme un croc sur l'artère de son cou.

Le cœur de Robin martyrise sa poitrine. Il souffre de ne pouvoir libérer le rire victorieux qui lui gratte la gorge. Il prend une lente inspiration puis chuchote au Normand :

— Ton nom ?

— Petit Jean.

— Tu vas dire à tes hommes qu'ils sont maintenant les miens.

Le colosse indigné s'agite. Il tente une ultime riposte. Mais la flèche appuie plus fort sur sa gorge. Un filet de sang coule dans son cou.

— Jette un œil à tes chausses. Tu veux qu'ils voient comme tu as trouillé devant moi ?

L'homme baisse lentement le menton. Son pantalon de lin est maculé d'urine. Il avale sa salive et, de colère, se mord les lèvres. Après quelques soupirs, il ferme les yeux :

— Très bien… très bien. Je me rends.

— Dis-leur, alors.

— Non. Dis-leur, toi.

Robin s'écarte du géant. Il s'avance au milieu du camp. Les hommes le regardent en marmonnant d'inaudibles prières. Ils ont peur.

N'y tenant plus, Robin sourit. Une excitation sauvage s'empare de lui, furieuse comme un torrent qui a dormi trop longtemps sous la glace. Cette jubilation, c'est le sentiment de la domination. Mais pour l'heure il refuse de la reconnaître comme telle. Il se contente de boire à sa source enivrante sans se douter qu'elle fera de lui son esclave.

Il retire sa capuche de loup. Ses yeux d'ambre brillent à la lueur des flammes. Les brigands reculent. Une bête, on peut la vaincre, un homme qui ne craint pas de provoquer le diable, c'est encore autre chose.

— Je m'appelle Robin.

Robin montre son ami qui révèle son visage.

— Voilà Will.

La vision du Brabançon apaise le camp. Ses oreilles manquantes leur sont familières. Il est des leurs. Peut-être pire qu'eux-mêmes. Et cela les rassure.

— Demain soir, les festivités débuteront à Edwinstowe. Nous avons besoin d'hommes pour prendre le manoir d'assaut et dévaliser les invités.

Un homme s'avance, un sourire tordu sur les lèvres. Alan-a-Dale.

— Robin, c'est ça ? dit-il d'un air suffisant. Nous, on vendange les voyageurs. Un manoir, c'trop dangereux.

— Si tu as peur, tu n'es pas obligé de venir.

Il lui tourne le dos, s'adresse à Petit Jean :

— Vous volez quand le besoin se présente sans aucune ambition. Ce que je vous propose, c'est de frapper de grands coups. De grands coups préparés à l'avance.

Robin se tait. Son regard circule d'un visage à l'autre.

— Je veux que vous m'écoutiez bien. Ce trésor que nous tiendrons de ces expéditions ne nous sera pas entièrement destiné. Une partie sera prélevée de la part de chacun pour être redistribuée au peuple.

Une rumeur de protestation. Robin lève la main.

— D'où le roi tire-t-il toute sa richesse ?

Un silence surpris lui répond.

— Qui élève le bœuf qui fume dans son assiette ? Qui tond la laine de son manteau ? Et qui la file ? Qui taille les pierres de son château ? Qui moud la farine de son pain ?

— C'est nous ! crie une voix.

— Et comment vous remercie-t-il ? Chaque année il augmente les taxes pour financer des guerres qui emportent vos fils et vos frères ! Et ses barons ne sont pas plus honnêtes ! C'est pourquoi je vous le dis maintenant, venez avec moi, et il en sera ainsi : nous reprendrons à ces cochons la richesse qu'ils nous volent. Et de ce butin, un tiers servira à entretenir le camp, un autre tiers à acheter des armes, et le dernier sera distribué à la population. Nous aurons des amis partout qui sauront nous cacher et nous renseigner. Les petits nous loueront et les grands nous craindront.

Du bout du pied, il retourne l'écu de Petit Jean. Il jette de la terre sur les dernières braises, récupère chacune de ses flèches.

— Que ceux qui sont prêts à me suivre empaquettent leurs affaires. Cet endroit pue tellement qu'il vous trahit depuis la route.

Alan est le premier à s'exécuter. Quelques autres l'imitent. Petit Jean reste assis. Il a tranché sa natte pour se libérer de la flèche. Une ombre agite ses yeux de glace. Il fixe son bouclier, ses poings contre son menton couvert de barbe.

— Suivez Will, termine Robin, il vous montrera notre campement pour la nuit.

Debout près du géant, il attend que le camp se vide. La forêt engloutit les larrons les uns après les autres. Il laisse le silence s'installer puis se tourne vers le colosse. Il ne veut pas qu'il s'en aille. Il doit se montrer diplomate. Après les coups, les caresses.

— Viens avec nous. Ces hommes te respectent et ta force est rare.

Il tend la main. L'autre lève ses yeux vers lui. Il ne la prend pas.

— Je vais t' suivre, Robin. J'aime pas commander, alors ta venue m' soulage. Mais il faut que tu respectes l'honneur d'un adversaire quand tu l'as blessé.

Robin acquiesce.

— Je te promets que cette humiliation sera la dernière.

Les épaules de Petit Jean se soulèvent alors qu'un rire désabusé siffle entre ses dents.

— J' te demandais juste du temps. J' crois plus trop aux promesses. C'est une guerre, cette vie-là. Une guerre plus venimeuse qu' celles des champs d' bataille. En face, c'est plus des soldats qu' tu peux taire d'une flèche. C'est le vent qui couche les flammes, c'est les arbres qui cachent les lièvres, c'est la faim qui tord les boyaux, les blessures qui deviennent vivantes. Et l'hiver. L'hiver, c'est le pire. Il tourne les plus fidèles en mortels ennemis. Tu verras.

Il se lève. Il est si grand qu'il masque la lune. La forêt semble pousser de sa tête. Il ouvre son énorme main. Celle de Robin se perd au milieu de sa paume. Il l'avait méjugé. Il a plus de bon sens qu'il ne l'aurait cru. Sa poigne est franche, solide comme lui. Ce sera l'un des piliers de son groupe.

À la suite de Will, les larrons fendent les ténèbres, leur terreur dissimulée par la nuit. Ils fixent le dos qui les précède, conscients qu'aucune lumière n'éclaire la route. Les arbres griffent les visages. L'humus exhale son odeur de décomposition éternelle. Alan tient sa vielle droite devant lui comme un crucifix. Un autre fredonne la chanson que sa mère chantait pour éloigner les faunes. Le suivant a ôté l'amulette qu'il portait à son cou. Ses lèvres miment les incantations qui y sont enfermées. Oddo, le plus jeune d'entre eux, a tout juste le courage de trembler.

Ils ont traversé la Maun en aval d'Edwinstowe. Puis ils ont coupé tout droit vers le nord jusqu'à un petit lac. Là, on s'est assis et on a regardé l'eau dormir jusqu'à ce que Robin et Petit Jean les rejoignent.

Enfin, la forêt libère leurs ombres. Robin rassemble les hommes. Tant que la température le permettra, les feux seront allumés le temps de la cuisine. Il faudra les couvrir la nuit. Le camp changera d'emplacement tous les deux jours. Trois sentinelles seulement cette fois-ci. Grâce au lac. Une à l'est, une au sud et l'autre à l'ouest, chacun fait ses quarts. À l'aube on creusera une fosse à cent pas pour les besoins divers. Alors Robin exposera son plan.

Il n'est pas venu. Il a trois jours de retard. La plupart des invités sont là, pourtant. Les bannières des Beaumont ont été suspendues, les tables dressées. Il ne manque plus que lui pour s'y asseoir, pour lancer les négociations et la fête, dissiper l'angoisse qui, jour après jour, glace le sang de Marianne.

Une nuée de corbeaux quitte la forêt. Les veneurs sont tout près. Les cors annoncent le retour de la chasse.

Gundred prend la main de Marianne, et elles délaissent la petite chapelle et son potager.

— Allons voir ce que les hommes ont rapporté pour toi ! dit sa demi-sœur pour rompre la morosité du soir.

Pendant le voyage, elle est venue s'excuser. Elle lui a dit qu'elle regrettait de l'avoir attirée dans les bras d'Adam. Marianne l'a serrée contre elle. Elle lui a pardonné. Du moins, elle voulait le faire. Mais ses paroles ont quitté ses lèvres sans rien emporter de son cœur.

Elles suivent la berge de la rivière. L'image insolite du petit manoir d'Edwinstowe se reflète dans le courant. Sa silhouette l'inquiète à présent. Son étroit corps de logis et sa guette trop épaisse lui font l'effet d'un couple mal assorti.

La cour retentit des hurlements des chiens rendus hystériques par l'odeur du sang. Sur sa monture noire, Amaury de Montfort brandit fièrement l'oreille d'un grand cerf. Il l'offre à Marianne comme le veut la coutume. Elle regarde l'appendice rougir ses paumes blanches. Le petit orgueilleux. Quelle fierté de pleutre. Ce nouvel engouement pour la chasse du cerf l'exaspère. Quelle gloire peut-on tirer de la traque d'une bête fuyarde que la fatigue terrasse avant les lances ? Les comtes de Warwick sont toujours partis à la chasse comme au champ de bataille. Elle se souvient d'avoir accompagné son père, il y a longtemps. Il avait éparpillé les compagnies de sangliers à la recherche du plus gros mâle. Il l'avait provoqué. Quand les blessures avaient teinté ses yeux de rage, on avait retenu les chiens, et Waleran de Beaumont était descendu de cheval armé de son seul poignard. Elle s'en souvient, car elle avait eu très peur. Une heure de combat, le fer contre l'ivoire. Impossible d'en prévoir l'issue : quand il s'échappe du corps, le sang de l'homme est le même que celui des bêtes. Mais le sanglier avait posé le premier son genou sur la mousse. Son père s'était tourné vers elle et, entre ses doigts tremblant de terreur, elle avait aperçu son immense blessure. La chair à vif sur toute la longueur de sa cuisse était aussi brillante que son sourire. Il avait vaincu. Et sa fierté, il l'avait méritée. Le comte d'Évreux a été trop protégé pour comprendre. Il prend de force ce que la forêt lui refuse. Sans même un peu de sueur en offrande.

Elle regarde le ciel que les ténèbres attristent. Il ne viendra plus ce soir. Sûrement demain. S'il est l'homme qu'on prétend, il ne manquera pas à sa parole.

Une lueur fend l'obscurité.

Marianne regarde autour d'elle : personne n'a rien vu.

Son cœur s'affole. Il a compris quelque chose qu'elle n'identifie pas encore. Les chiens aboient en sourdine et les sourires des veneurs s'étirent au ralenti. Personne n'a rien vu. Pourquoi cela lui fait-il si peur ?

Brusquement, la nuit s'emplit d'une épaisse odeur de feu.

Le toit du manoir brûle.

D'autres lumières déchirent le crépuscule. Des flèches.

Les chevaux s'affolent, la meute enrage, les hommes courent en tous sens, bousculent les femmes. Le seigneur d'Edwinstowe s'élance déjà vers la Maun chargé de seaux.

— À l'eau ! À l'eau ! crie-t-il.

Gundred a disparu. Elle était là, pourtant, il y a quelques respirations. La foule qui s'était enfuie sous le bois revient brusquement sur ses pas et s'entasse dans la cour. Terrifiés, certains se précipitent à l'intérieur du manoir malgré l'incendie. Un groupe de silhouettes menaçantes surgit de la forêt. Une flèche enflammée se plante à deux coudées d'elle.

Beth l'attrape et l'entraîne vers la petite chapelle.

Maudit sois-tu, William, pense-t-elle.

Mais c'est au monde entier qu'elle en veut.

Les flammes crépitent tout autour de lui. Elles dévorent Edwinstowe. Sa peau de loup sur la tête, Robin éparpille les cendres froides de la cheminée de la grand-salle. Ses yeux piquent. Il tousse. Le feu emplit chaque pièce de sa fumée opaque. Des ombres courent parmi les flammes. On ne distingue plus les brigands des valets qui profitent de la panique pour piller leurs gages. Une dalle n'est pas scellée au centre de l'âtre. Il la soulève. Un coffret repose au-dessous, saupoudré de poussière. Il contient une dizaine de deniers carolingiens. Un sourire d'orgueil. Tancred d'Edwinstowe n'est pas très différent de son père.

À l'aube, il a divisé les brigands en deux groupes. Un groupe de *bergers* menés par Petit Jean pour rassembler les fuyards et les détrousser. Un groupe de *renards* qu'il mène pour piller le manoir. Les *renards* ont récolté un impressionnant butin. Des armes, des couteaux de cuisine, le calice et la crosse dorés de l'évêque de Lincoln. Partout des cadeaux. Des soieries, des épices, une peau d'ours blanche comme la neige, trois cages d'ébène et leurs guêpiers d'Orient, une agrafe d'argent sertie d'un petit saphir.

Au-dessus de lui, les poutres craquent sous la morsure des flammes. Les pierres se renvoient la chaleur comme les parois d'un four. La paille du sol se consume. Il est temps de partir.

Le coffret sous le bras, Robin s'échappe de la fournaise. Dehors, on dirait l'hiver. Ses épaules laissent derrière elles une crinière de fumée blanche. Il replace le loup sur sa tête. Les prisonniers attendent dans la cour, entourés par les *bergers*. Les *renards* rassemblent le trésor dans des peaux de bêtes. Un rire silencieux roule dans sa gorge. Le célèbre Hugues d'Avalon, canonisé de son vivant par les foules, le voilà les yeux baissés, qui fait dans sa coule. Où est-il, le célèbre cygne blanc qui, se posant devant Lincoln, a forgé la légende de l'évêque ? La belle histoire ! Personne n'a jamais bâti d'église pour ceux qui pataugeaient dans les douves de Loxley. Devant le saint homme, il reconnaît la comtesse de Warwick. Dans ses bras, une jeune fille en sanglots. Le comte d'Évreux est là aussi. Ses yeux tremblent d'effroi. Robin s'accroupit devant lui. Il approche son visage du sien.

— Tu me reconnais, Montfort ?

L'adolescent détourne le regard, affolé. Robin serre sa mâchoire entre ses doigts, le force à contempler sa victoire. Il dévoile ses yeux jaunes.

— Loxley ? bafouille le comte.

— Son fantôme, sourit Robin. Pour toi et tes cochons, c'est le début du cauchemar.

Il le pousse et le regarde s'écraser mollement sur le sol, en pleurs. Robin se relève, ivre d'orgueil. Il a le sentiment d'être un géant.

— Où es-tu, William de Wendeval ?

— Il n'est pas venu.

C'est la voix de la comtesse.

Il s'approche d'elle. Gundred pousse un cri quand il dégage ses cheveux de son visage.

— Marianne de Beaumont ?

Margery resserre son étreinte avec la violence d'une louve.

— Ne la touchez pas ! Marianne n'est pas là. Elle s'est enfuie.

Robin se tourne vers la forêt. Son cou lui fait mal. Il réalise qu'il tient ses épaules hautes et tendues. Il passe nerveusement son index sur les encoches de son grand arc d'if. La terreur a posé un pied dans l'auge des cochons. Les richesses carillonnent comme des cloches dans leurs balluchons. Alors pourquoi ce sentiment d'échec ?

Cette terreur, il aurait aimé la voir dans les yeux du comte de Warwick et dans ceux du nouveau shérif. Sa joie est incomplète, et c'est la frustration qui lui crispe les muscles. Le butin ne lui suffit pas. Il a soif de scandale.

— Robin ?

Le visage reptilien de Will sort de la pénombre.

— Y a une chapelle près d'la rivière.

C'est un petit édifice rectangulaire construit si près de la Maun que sa porte n'a pas pu être percée sur sa façade ouest. Elle s'ouvre vers le nord.

— C'est fermé de l'intérieur, chuchote Will.

Robin place son oreille contre le bois. Le tumulte de la rivière couvre les sons. Mais son instinct lui souffle que ces murs cachent le véritable trésor du manoir. Il lisse de sa main sa barbe noire et fait un signe de tête à Petit Jean. Le colosse saisit une grosse pierre et frappe l'huis. Chaque coup se double de l'écho que renvoie la forêt. Enfin, le bois craque et s'ouvre. Petit Jean enfonce son grand bras à l'intérieur et le retire en criant.

— On m'a mordu !

Ses sourcils blonds se sont levés sur ses yeux tout hébétés de surprise. Il donne un violent coup de pied qui couche la porte. Elle cogne la poussière comme un marteau. Une grosse femme surgit, brandissant une serpette.

— Passez votre chemin, lance-t-elle.

Et sa lame accroche le flanc de Petit Jean. Le colosse recule. Il regarde son surcot boire son sang, bouche bée. Le poing de Will s'abat sur le visage de la femme. Elle tombe en hurlant. Il la roue de coups de pied. Il frappe mécaniquement, avec indifférence : l'habitude des pillages. Gêné, Robin le retient.

— Ça suffit.

Il entre. Dans le fond de la chapelle, il découvre une jeune fille toute suante de terreur. Ses cheveux noirs collent son front et sa nuque. Ils contrastent avec le voile blanc qui peine à discipliner leurs boucles sauvages. Ses yeux sont plus profonds que la nuit. Deux sourcils courts et fins lui rappellent aussitôt les traits ursins de Waleran de Beaumont, comte de Warwick.

Marianne de Beaumont.

La fille de celui qui a jeté l'âme d'Owain au feu. La fiancée du traître qui a précipité sa chute. Le trésor d'Edwinstowe. Grâce à elle, il obtiendra justice. Il lui prend la main.

— Marianne, venez avec moi, dit-il d'une voix douce.

Elle la retire. La frayeur qu'il découvre dans ses yeux le blesse. Elle est imparfaite. Malgré le tremblement de sa lèvre inférieure, quelque part dans les ténèbres de ses pupilles, une fierté indomptable refuse de mourir.

Du sang-froid, rester lucide.

Trop tard. Sa respiration s'est accélérée. Son corps tente de le posséder. Il veut lui résister mais le flux de son sang est trop puissant. Il reconnaît cette soif. Il l'a ressentie en matant Petit Jean. Elle lui serre la gorge, aveugle son jugement de passions primitives. *C'est purement stratégique*, se dit-il pour excuser cet élan qui l'emporte. Tout cela n'est que justice. Il attrape son couteau et s'approche de Marianne. Il s'entend parler dans le lointain. Peut-être tente-t-il de la rassurer, de lui dire comme elle lui est précieuse, mais le martèlement de ses veines couvre ses mots. Sa conscience est descendue sous les cordes de sa gorge. C'est purement stratégique. Le seul moyen de rompre à jamais l'alliance entre Warwick et Wendeval. D'un geste sec, il déchire le bliaud de la jeune fille et dévoile sa poitrine blanche.

Marianne regarde les ténèbres couvrir lentement le pied inerte de Beth qui dépasse de la porte. Elle le regarde depuis que le brigand est parti. Elle claque des dents, hébétée de violence. Sa lèvre est en sang. Son visage brûle tout entier des coups qu'elle a reçus. Son œil gauche refuse de s'ouvrir. Pleurer lui fait mal. Elle aimerait se lever pour aller voir sa nourrice, mais son corps ne veut plus lui répondre. Et puis elle a peur, en bougeant, de réveiller les souvenirs retenus dans sa chair.

Une torche fait fuir les ombres dans la lumière bleue de la porte. Elle entend Margery au-dehors. Elle se ressaisit, se redresse en gémissant, referme les pans déchirés de son bliaud. Elle halète, épuisée par l'effort. Elle avale sa salive et chasse les larmes de ses joues. Ses sourcils se voûtent comme deux ogives, soutiennent à eux seuls sur son visage ce qu'il lui reste d'orgueil. Quoi qu'il arrive, elle doit se montrer digne.

Le pied de Beth est traîné dans la nuit.

— Apportez-la dans la grange.

C'est la voix de la comtesse.

— Laissez-moi seule, maintenant, je vais à l'intérieur.

Le menton de Marianne se met à trembler. Elle inspire pour se donner du courage. Le long corps de Margery se découpe dans l'entrée.

— Marianne ?

La comtesse ne la voit pas. Elle lève sa torche au-dessus de sa tête. Ses yeux s'élargissent, sa main a couvert sa bouche ouverte. Ça y est.

— Marianne ! s'exclame-t-elle.

Elle se précipite vers elle. Marianne ne l'a jamais vue si sincère. Une larme brille sur le bord de ses cils. Elle pose ses paumes sur son front avec la délicatesse d'une mère. Elle tente d'ajuster le col du bliaud. Le tissu se scinde entre ses doigts.

Sa phrase de réconfort trébuche sur ses lèvres et meurt dans un soupir.

Elle baisse les yeux. Ses longues mains caressent toujours les cheveux de Marianne, mais l'esprit de Margery est ailleurs. Elle réfléchit. Quand elle redresse la tête, ses sourcils ont pris la pente du doute. Dans ses prunelles brillent l'incompréhension, la méfiance et la haine.

— Ne me dis pas que…

Elle se lève, marche trois pas de son pas d'homme, revient. Ses doigts s'entortillent dans la pointe blanche de son voile.

— Et moi qui prenais pitié !

Elle n'est plus que colère, désormais.

— Tu veux me faire du mal, n'est-ce pas ? C'est ça que tu veux ?

Marianne la regarde, dégoûtée. Les larmes lui viennent aux yeux, perlent en silence sur ses joues brûlantes de honte. Elle a honte pour son père. Comment a-t-il pu se tromper à ce point ?

— Et l'évêque de Lincoln que j'ai convaincu de venir ! Tu veux qu'on rie de moi ?

Elle a peur des rires. Elle est si ridicule, si méprisable. Tu veux des rires ? En voilà. Et Marianne rit. Que craint-elle à présent que le pire est arrivé ? Le front de la marâtre se froisse de terreur.

— Tu es le démon ! Je ne te laisserai pas faire, ce que tu me fais à moi, tu le fais aussi au comte de Warwick !

Le rire de Marianne s'est tu. Elle avait pensé aux bras de son père, au réconfort qu'il pourrait lui apporter.

Pas à ça. Lui a-t-elle fait du tort ? Elle tressaille. Elle se pensait à l'abri, à présent. Mais si tout cela n'était qu'un début ?

Margery s'élance vers la porte, scrute les ténèbres, revient vers sa belle-fille.

— Il n'y a personne. Va-t'en.

Elle la prend par la main, la lève de force. Non, elle n'a pas encore touché le fond. Le voilà qui vient, le pire, au-dehors de cette église, sous la voûte de feuillage de Sherwood.

Ses dents claquent de nouveau. Pas la forêt !

— Tu déshonores notre nom. Va-t'en.

Marianne veut protester, lui expliquer qu'elle se trompe, qu'elle n'a jamais rien fait pour attirer le brigand, raconter comment il l'a prise malgré ses cris, ses suppliques, comme elle s'est débattue jusqu'à n'en plus pouvoir, mais les mots se coincent dans sa gorge, coupent sa respiration. Et ses membres ne répondent plus aux injonctions de son cœur.

Margery la traîne jusqu'au-dehors.

— Bailli !

L'homme apparaît. Elle pousse sa belle-fille vers lui. Alors que Marianne, incapable de soutenir le poids de sa souffrance, sent les bras du sergent enlacer son corps apathique, une peur animale se déploie dans l'abysse de son ventre et déroule ses anneaux jusque dans sa gorge.

Elle vomit.

Les souvenirs de son agression défilent dans son esprit comme les pages d'un manuscrit qu'on feuillette.

Le bailli la laisse choir dans l'herbe. Marianne n'a pas la force de relever la tête.

— Conduis cette débauchée loin d'ici, dit sèchement la comtesse. Ne t'en fais pas pour elle, le diable la guidera.

Et l'homme hisse la jeune fille sur la croupe de son cheval.

Il lui a laissé son manteau avec dans les yeux une tristesse sincère. Il a repris la bride de son cheval. Il l'a regardée un instant comme s'il pesait le prix de la désobéissance. Les nuages ont voilé la lune, et les ténèbres ont tranché pour lui. Ce doit être plus aisé pour la conscience de laisser seule dans les fougères une jeune femme qu'on ne distingue plus, car il a passé le pied dans l'étrier, et l'étalon a troué la forêt de ses sabots brillants de rosée.

Le manteau est lourd et il sent la fumée. Il est sur son épaule comme une main familière. Marianne s'y blottit et, en haussant le col sur ses oreilles, elle arrive presque à oublier le froissement des feuilles. Dans l'obscurité, tous les sons sont semblables et on ne distingue pas le trot du mulot de celui du loup.

Cependant, elle n'ose pas fermer les yeux. Elle sait que le visage du brigand l'attend, embusqué derrière ses paupières. Elle joint les mains, prie pour que les loups soient plus silencieux que les rongeurs. Et qu'ils soient plusieurs. Ce sera fini plus vite. Qu'ils libèrent son âme de cette prison de chair. Car elle n'a pas choisi d'être femme ni d'attirer sur elle le désir du monde.

Doucement, les pleurs reviennent. Leur sel réveille les coupures de ses lèvres. Ils lui chuchotent qu'elle est seule, qu'elle n'a plus rien, que sans couteau et sans feu elle a peu de chances de vivre jusqu'à la nuit suivante. Ils lui disent ce qu'elle ne veut pas entendre : « Relève-toi ou meurs. » Et cependant, ils roulent sur ses joues comme des caresses. Plus ils durent, plus ils apaisent le feu des souvenirs. La colère s'écoule, tremble sur son menton, la mousse l'absorbe et son courage retrouve un peu de place.

Elle se redresse. Son œil gauche refuse toujours de s'ouvrir. La forêt l'entoure, toute mouvante d'ombres. Marcher jusqu'à l'arbre le plus proche est déjà une aventure. Peut-être Margery la reprendra-t-elle ? La punition était excessive, elle a certainement des remords, maintenant. Elle se lève, chancelle. Elle fait un pas, puis deux. Tout son corps lui fait mal. Un chêne tend vers elle ses bras gigantesques. Elle sourit. Elle va revenir à Edwinstowe, et tout sera pardonné. Appuyée contre le bois chaud de sève, elle regarde autour d'elle. La lune lui désigne les traces encore fraîches du cheval du bailli. Voilà le chemin du retour. Elle rit. Elle écarte les noisetiers et les ronces pour ne pas perdre le fil de sa résurrection. Là, le pas moins appuyé, les traces moins espacées suggèrent que l'étalon a marché ; là, le galop reprend et arrose la mousse de terre noire. La lune, par moments, se voile de nuages, et Marianne doit patienter avant de continuer sa route. Parfois, un craquement de branche la fait sursauter. Alors elle se recroqueville sous les fougères. Elle s'y sent en sécurité. Le bruit progresse puis s'arrête, prétend qu'il n'est plus. Mais il se fait de nouveau entendre et Marianne craint d'être trahie par les battements de son cœur. Elle ignore ce que la nuit lui cache. La charge d'un sanglier peut être tout aussi mortelle que les crocs d'un loup.

Depuis quelques minutes, un bruissement de feuilles coule entre les branches sans jamais s'interrompre. Ce doit être une rivière. Et en effet, un cours d'eau frémit sous les étoiles. La lumière bleue de la nuit caresse de grosses pierres luisantes qui accrochent les branches mortes charriées par le courant. Les pas du cheval avancent sur la berge, y pénètrent et s'y perdent.

Mais quand Marianne veut la traverser, l'onde claire entoure ses chevilles avec une telle douceur qu'elle l'arrête. Elle se sent sale. Il faut qu'elle se baigne. C'est un besoin vital, subitement plus pressant que la piste d'Edwinstowe. Elle enlève son manteau et son bliaud mais n'ose pas ôter sa chemise, alors elle plonge avec dans la rivière. Elle se frotte avec vigueur pour se débarrasser du sentiment de culpabilité qui lui tord le ventre. Lentement, la caresse du courant la régénère. Immergée jusqu'au cou, elle se laisse porter. Elle sent sa peau soyeuse, son corps léger, et reprend confiance. L'ombre d'un grand-duc couvre fugitivement la lune, portant un doute dans son sillage. Et si les traces du cheval n'étaient pas sur la rive d'en face ? La panique l'envahit. Quelle idiote de s'être crue sauvée ! Elle nage à grandes brassées précipitées. Sa lèvre s'est rouverte. Sa salive a le goût du sang. Elle sort de l'eau, sa chemise mouillée lui collant le corps. Le manteau et le bliaud, séparés d'elle par l'onde argentée, patientent sur les galets comme deux gardes endormis. Quelle vulnérabilité sans cette armure de toile ! Elle doit vite trouver les traces. Elle se penche sur la berge bleue de lune. Son cœur s'agite à mesure que l'évidence s'installe : pas de traces. Plus de chemin. Edwinstowe ? Droit devant ? Faut-il remonter la rivière ? La descendre ? Quelle distance ?

Elle est perdue.

Elle retourne se blottir dans l'eau, s'imagine boire la rivière et la rivière étancher sa soif même de vivre. Elle s'allonge dans ce lit qui deviendra le sien. Elle ferme les yeux et plonge sa tête sous la surface. Mais l'eau gronde son désaccord, et Marianne sent la panique se cambrer dans ses veines. Ses lèvres refusent de se desceller et de laisser l'eau prendre le chemin de l'air. Elle se redresse d'un coup.

Une odeur de fumée.

Elle se fige, lève son nez fin vers les étoiles. Une odeur de fumée. Tout ce temps, elle devait être dissimulée par celle du manteau. Un feu brûle en amont. Elle enfile son bliaud, garde le manteau sur son avant-bras et s'enfonce de nouveau sous la voûte végétale.

Elle n'ose pas sortir du couvert. Deux charbonniers hirsutes et noirs ont construit leur cabanon à distance de la rivière. Un maigre feu fait danser leurs pommettes sales et leurs dents jaunes. Le charbon qui couvre leurs visages se fond dans les poils de leurs barbes et fait briller le blanc de leurs yeux. Derrière eux, une meule fumante repose sur le flanc aplani de la colline, soutenue par un solide muret de pierre. Et sur cette estrade, sa silhouette ronde de bûches empilées gémit, rongée de l'intérieur par les braises d'un foyer allumé il y a plus d'une semaine. Ses entrailles fournissent aux deux hommes l'or noir qu'ils vendront au village le plus proche. Alors ils plaisantent en buvant le lait caillé de leur chèvre, écoutant les cris du bois et le rire du feu, lisant dans les volutes de fumée s'il faut réveiller les flammes ou freiner leur ardeur.

Ni chaumière ni manoir. Marianne est déçue. Elle fixe le seau où le lait de chèvre repose sous quelques feuilles de chêne. Elle se sent faible. Pourtant elle n'a pas faim. L'effroi l'empêche de déglutir. Ces deux hommes aux visages de sanglier, elle n'ose pas leur parler. Ils savent certainement où se trouve Edwinstowe. Mais ils sont reclus dans la forêt dix mois de l'année. Elle a trop peur de ce qu'ils feraient s'ils la découvraient là, seule au milieu de Sherwood. Elle recule le plus doucement possible à l'abri du taillis.

Une branche craque sous son pied.

— Chhht ! souffle le plus maigre des deux.

Marianne s'immobilise, terrorisée. Elle retient son souffle, mais son cœur se débat beaucoup trop fort.

L'homme se lève, attrape une bûchette et hisse sa lumière vers les cimes. Son torse nu, sec comme un if, est plissé sur le ventre et à la jointure des épaules. Il est plus vieux qu'il n'y paraît, et sous le charbon sa barbe grisonne sûrement. Ses yeux blancs balaient la forêt.

L'autre rit.

— Rassieds-toi, coquebert ! C't'un sanglier.

— Tais-toi, Ilberd. J'connais la causerie des branches. Y a quelqu'un.

Marianne n'entend plus son cœur. Il n'y a plus que les pas sourds de l'homme qui s'approche, la flamme au bout de son bras.

— C'est toi, Much ? crie-t-il. Le fils du meunier ? J'sais qu'tu mouchardes pour le shérif ! Sors de là.

Il est tout près, maintenant. Son odeur de braise et de cendre couvre le parfum sucré des mûres. Il regarde loin derrière elle. Il transfère lentement la torche de gauche à droite pour faire rouler les ombres sous les ronces. Subitement, ses yeux tombent sur elle comme un oiseau de proie. Marianne étouffe un cri. Il penche son corps noueux, aussi surpris qu'elle.

— Ilberd…

L'autre se lève. Son torse entier est mangé par un poil épais comme la fourrure d'un loup.

— T'as vu quequ'chose, Umfrey ?

— C'est une petite !

Il tend sa grosse main noire de suie.

— T'es perdue ? T'as faim ? Viens partager le feu.

Il attrape l'avant-bras de Marianne. Sa main est chaude, puissante, et son épiderme râpeux semble s'effriter comme du sable. Elle veut dégager son bras, mais n'y arrive pas. *Encore ?* lui hurle son angoisse. Elle crie. En un instant, elle est debout, ses dents plantées dans le pouce du charbonnier. Il lâche prise, et elle s'enfuit aussi vite qu'elle peut, un goût de fumeron sur la langue.

— Énondu ! crie l'homme dans son dos.

Elle court longtemps. La forêt s'ouvre devant elle et se referme, toujours semblable. Ses jambes s'épuisent avant sa peur. Elle trébuche sur la racine d'un hêtre. Elle se traîne contre son écorce lisse. Le tronc solide dans son dos, elle se sent protégée. Elle tente d'apaiser son halètement pour mieux entendre. Rester sur ses gardes. Il paraît que les charbonniers se déplacent sans faire de bruit. Qu'ils survivent à l'hiver en pactisant avec le diable. Elle serre un morceau de roche, tient son poing au-dessus de son épaule, prête à la riposte.

Marianne se réveille en sursaut. Une cloche. Elle ne s'est pas sentie s'endormir. Au-dessus des arbres, le ciel pâlit. Les merles commencent à siffler. Elle est certaine d'avoir entendu une cloche. Elle se redresse. A-t-elle rêvé ? La cloche encore. Elle sonne les laudes.

D'un bond elle est debout et s'élance vers la voix de la ville.

Il a plu, cette nuit. Will s'est serré contre lui sous l'auvent de branchages.

Robin n'a pas fermé l'œil. Il doute. Autour de lui, les larrons grognent et toussent. Ils tournent sur eux-mêmes dans leur sommeil. Une haleine froide s'élève de la terre, lui remémore les mots de Petit Jean. Après cette bruine d'été, il n'ose pas imaginer ce que sera l'hiver.

Il n'a pas dormi, car le second jour de son entreprise il craint déjà de ne pouvoir tenir sa première promesse. Comment répartir le butin entre ses brigands ? Les parts seront égales. Il l'a décidé ainsi. Mais comment partager les fourrures ou les soieries ? Il n'y avait pas encore songé. Il lui faudra quelqu'un pour changer tout cela en monnaie ou en poivre. Quelqu'un de confiance qu'on ne soupçonnera pas.

Le trouvère.

C'est le premier visage qui lui vient. Il hait ses airs de geai, à brailler beaucoup et ne pas signifier grand-chose. Il méprise ses sourires faussement confiants. Mais avec les bons mots, il saura flatter son ego blessé d'artiste de misère. Il sera fidèle. Reste à savoir s'il saura être discret.

Dans la forêt encore bleue, il marche à pas mouillés vers le grand chêne. C'est un arbre gigantesque. Le vent fait danser son immense ramure qu'un tronc large et de solides racines accrochent à la terre. Un siècle d'offrandes pend de sa couronne : des membres de bois sculptés, des squelettes de poule, de porc et de cheval, des morceaux de vélin renfermant des formules magiques. Selon les dires de Petit Jean, c'est un endroit tenu secret par les villageois depuis des générations. Si bien que les clercs de Mansfield n'ont pu le brûler comme tant d'autres lieux de culte païens. L'arbre a même gardé son nom saxon : Reus, le géant.

Parmi les sacrifices, le butin oscille doucement au bout de sa corde. Le lourd paquet de peau frotte doucement l'écorce noircie de pluie. Robin le regarde qui tourne dans le vide, offrande forcée des riches aux pauvres, la seule qui ne sera pas perdue. Il retire l'herbe qu'il a glissée sous le lien de chanvre. Personne n'y a touché dans la nuit. La peur des anciens dieux. On n'ose pas reprendre ce qu'on accroche dans l'arbre.

Il fait glisser le tout jusqu'au sol. Le sac le heurte avec un gloussement d'outre. Il est plein d'eau de pluie. Elle vient abreuver la mousse quand Robin défait ses lacets de cuir. Les fourrures et les soieries sont trempées. Ce que les intempéries peuvent leur enlever, il ordonnera de ne pas s'en encombrer au prochain pillage.

— C'est gâté ? dit Alan-a-Dale dans son dos.

Vite, couper court à sa supériorité de circonstance. Alan fera tout pour se faire aimer des autres. Il ira leur dire. Robin le sait, c'est la menace que son sourire professe. Le musicien se croit en position de domination, mais en vérité, il se soumet. Il lui dévoile à quel point il dépend du regard des autres. Une caresse, et il rengainera ses canines.

— Alan, je suis content de te voir.

Le trouvère perd son sourire. Il fait tourner son gros anneau épiscopal sur son annulaire.

— J'ai un service à te demander, continue Robin.

Mieux qu'une caresse, une distinction. Pour quel talent ? Robin n'en sait rien. Mais Alan le sait, lui, ce qu'il estime mériter. Et ce dernier se réjouit que Robin semble l'avoir remarqué. Le voilà qui s'avance, la mâchoire de biais, un air sérieux tordant ses sourcils bruns. Serviable, à présent.

— Avec ta vielle, tu n'éveilleras pas les soupçons. Je veux que tu prennes ces soieries, ces peaux, le calice et la crosse de l'évêque. Rends-toi à la foire de Southwell. Vends-les au meilleur prix. Rapporte-nous la recette, que je puisse donner à chacun sa part. Je te fais confiance. Tu as trois jours. Nous t'attendrons au gué de la Trent, en aval du pont.

Guéri de son flegme habituel, Alan-a-Dale s'empresse de former un paquet qu'il pend au bout de la crosse d'Hugues d'Avalon.

— Tu devrais la cacher, Alan, lui dit Robin. Elle attire les regards.

— T'trouille pas, Robin, répond Alan avec un clin d'œil, j'sais les vices de tous les curés du comté. Si on m'demande, j'dirai que l'évêque de Lincoln m'en a fait cadeau. Ceux qui m'connaissent n'en douteront pas.

Robin sourit. Le trouvère s'est fait de drôles de connaissances en pillant les églises et en trafiquant les reliques.

— Si tu veux. Pense aussi à t'enquérir du mariage entre Wendevall et Beaumont.

Alan hoche la tête, tourne le dos, traverse le camp qui s'éveille et disparaît sous le manteau ruisselant de Sherwood.

Robin s'est éloigné du groupe. Il s'est assis sur la plus grosse racine de Reus. Un instant, Marianne de Beaumont investit ses pensées. Il l'en chasse aussitôt. Pas le temps de s'attarder sur les remords. Il y en aura d'autres. La guerre est aussi sale que l'homme. On a tort de faire du courage son ultime vertu. Le courage est l'apanage des idiots. L'homme n'a reçu de la nature ni griffes ni crocs pour vaincre l'ours et le loup, ni fourrure ni plumes contre l'hiver. Il n'a d'arme que sa ruse. Tout chez lui est tromperie de la nature : ses vêtements, ses maisons, ses armes. Le deuxième concile du Latran a voulu interdire l'arbalète, car elle n'aurait pas le courage de l'épée. Mais la ruse de l'arbalète n'est-elle pas déjà dans le bouclier ? Dans l'épée longue face à la courte ? Est-ce le courage des soldats qui fait la force d'une armée ou l'ingéniosité de ses stratèges ? Tout est ruse chez l'homme. C'est la force du faible. Et c'est avec ce vice qu'il dominera le monde.

Alors pas le temps pour les remords. Ce sont les seules entraves que la nature a trouvées pour se protéger de la toute-puissance de l'homme. Inutile de s'attarder sur eux, car sa quête est juste. Il ne pourra donner au peuple anglais la justice qu'il mérite sans laisser quelques torts dans son sillage.

Il regarde ses hommes. Au premier coup d'œil, deux groupes se distinguent. Ceux qui ont l'habitude de la guerre ont plié leurs affaires et se lavent dans le lac. Les autres se chamaillent, s'éparpillent sans se soucier des prochains déplacements de la compagnie. Robin ne pourra pas tout faire. Il faudra désigner des responsables pour la chasse, le feu, la cuisine. Mais combien d'entre eux sont prêts à se plier aux règles ? Et à combien d'entre eux peut-il faire confiance ? Les prochains jours seront décisifs.

Petit Jean fixe son reflet dans une mare. Il tresse la natte qu'il a coupée pour l'égaliser avec l'autre.

Will s'approche de Robin. Ses yeux verts balaient calmement la forêt.

— Méfie-toi du trouvère, lui dit-il. J' le sens lièvre.

Il s'accroupit, tire sur sa pipe.

— Te fais pas de souci, Will. Tant qu'il voudra me plaire…

— C'est c' que j' dis. Tant que c'est à toi qu'il voudra plaire.

La fumée expulsée de son nez s'enroule autour de ses doigts usés par les manches de couteaux.

Elle n'arrive pas à comprendre. La cloche semblait si proche. Pourtant, depuis le matin, la forêt ne s'ouvre que sur elle-même. Pas un seul chemin sur sa route. A-t-elle rêvé ?

Elle se laisse tomber dans les fougères.

Rien n'a changé. Le soleil continue sa ronde et la nuit l'attend sous l'horizon. Tout s'effondre autour d'elle, et le monde n'en a cure.

Subitement, elle se redresse. Elle a cru entendre un froissement de tissu, sentir une odeur de verveine. Elle a cru que c'était Beth. Mais il n'y a personne.

Et la tristesse triomphe. Elle abat sa lourde férule sur son corps fragile. Marianne se recroqueville. Elle sanglote. Ses doigts serrent son ventre pour en tirer la souffrance qui imbibe insidieusement ses plus joyeux souvenirs, chasse l'espoir et toutes ses couleurs. Tout est gris. Les images de l'horreur et celles des rires se confondent tout aussi douloureux : traumatismes et nostalgie.

Elle est perdue, prisonnière. Morte pour ceux qui lui sont chers. Tôt ou tard, on leur dira. Ils cesseront de la chercher. Ils pleureront sans savoir.

Elle rebrousse chemin. Elle ne veut pas d'une autre nuit seule dans la forêt. Elle retrouve facilement l'odeur de fumée. Elle la suit jusque dans cet endroit qu'elle reconnaît. La grosse meule qui fume sur son estrade de pierre, Ilberd et Umfrey, leurs visages de sanglier et leurs bouches ouvertes de surprise.

— Tu vois c' que j' vois, Ilberd ?

— Oui, Umfrey. Pourquoi que j'y verrais aut' chose ?

Umfrey se dresse. Il crache dans ses deux mains et se débarbouille le visage. Il est toujours aussi noir. Il ne s'en rend pas compte. Un coup de coude à Ilberd qui refuse de l'imiter.

— J' vous reconnais, damoiselle.

— Bien sûr qu' tu la r'connais. Ça court pas la forêt, c' genre de bachelette.

Marianne fait un pas en arrière. C'était une mauvaise idée. La nuit n'est pas si proche. Mais le vieil homme tend son long bras d'if. Sa main ouverte demande pardon.

— J'suis fort navré d'vous avoir trouillée hier. Et je m'excuse par avance pour la ruderie d' mon compagnon. C't un maroufle, mais il mord guère.

Doucement, il s'assoit près du feu. Il a les paumes tendues de part et d'autre de son torse d'écorce, les gestes lents du berger qui redoute d'effrayer la brebis blessée.

— Voilà, regardez.

Il a saisi une écuelle de bois et y verse un peu de bouillon clair. Il la pose sur une souche avec une maladresse touchante de déférence. Il sourit, fier de lui, fixe de nouveau Marianne.

— Partagez not' pitance. C'est pas charité ! Oh, n' croyez pas ça, damoiselle ! C' vous qui nous rendrez service. Voyez, nous sommes deux vieillards perdus pour l' monde dix mois de l'année. On n'a plus rien à bailler que l'aut' n' connaisse par cœur.

— L'écoutez pas, grogne Ilberd. C'est surtout lui qui cause.

Elle s'avance. Umfrey détourne le regard avec pudeur. Il feint de s'occuper à autre chose pour ne pas l'apeurer.

Elle s'assoit et engloutit le bouillon. Elle n'a jamais rien mangé d'aussi savoureux. Elle le sent qui lui réchauffe le ventre et l'esprit. Devant elle, le feu crépite joyeusement, ranime le reste de son corps. Sans attendre, Umfrey remplit de nouveau son écuelle, un sourire blanc sur son visage crasseux.

Ilberd crache au sol. Il désapprouve cette soudaine générosité.

— C'est pas tout, mais la meule s'étouffe. Je m'en vas la réveiller.

Son dos poilu disparaît lorsqu'il quitte l'aura des flammes. Sous les chênes de Sherwood, la nuit a de l'avance. L'ombre est déjà là derrière une rangée de troncs rouges de feu alors que le ciel est encore bleu dans le jour des branches. Umfrey se penche vers Marianne.

— Régalez-vous, damoiselle. La nuit va être longue.

Devant la surprise de son hôte, il s'explique :

— Oui ! Causez-moi ! D'où vous venez ? Dites vos joies et vos malaventures ! Tant qu'le feu danse !

Il boit une gorgée dans une gourde de peau, la tend à Marianne. Dans la nuit, la grosse voix d'Ilberd gronde :

— Ah, non ! Pas la bière !

Mais Umfrey fait un clin d'œil à Marianne.

— Tais-toi, coquebert ! T'y sais pas accueillir !

Et Marianne raconte. Les paroles coulent encore de ses lèvres alors que déjà les flammes s'endorment sous les braises. Ilberd est venu s'asseoir, et ses yeux sont aussi ronds que ceux d'Umfrey. Ils se passionnent pour cette vie si étrangère à la leur. Ils s'attristent de la mort de sa mère, prennent parti pour l'armée du comte de Warwick, détestent ensemble Margery d'Oily. Ils crient, se disputent et rient, et Marianne rit avec eux. Quand elle pleure, Ilberd jure et détourne ses yeux humides. Umfrey se tord les mains, tant il veut taper dans le dos de Marianne pour que cessent les larmes.

Mais c'est une princesse assise là qui partage leur feu ! Alors ils attendent. Et Marianne essuie les coins de ses yeux et raconte encore. Ses paroles charrient un peu de sa peine.

Viennent alors les fiançailles. Il a fallu réveiller le feu pour que la soirée se prolonge. Les fiançailles, elle voudrait en parler, mais elle n'y arrive pas. Les mots s'entassent dans sa gorge. C'est douloureux. Les pleurs reprennent, et elle a honte de leur montrer ce visage. Umfrey lui tend la gourde avec un hochement de tête.

— Vous forcez pas, damoiselle Marianne.

Il désigne le cabanon du menton.

— Couchez là. On dormira dehors.

Marianne le remercie d'un léger sourire. La dernière gorgée de bière a été comme un coup de massue. Une fatigue immense pousse sur ses paupières. Doucement, elle s'est mise debout. Ilberd se racle la gorge. Il veut parler. Il lève vers elle ses yeux de bête farouche.

— J'peux vous d'mander une chose, damoiselle Marianne ? Avant qu'vous alliez dormir, j'veux dire.

— Dites, Ilberd.

L'homme baisse sa face noire. Il a honte.

— On voit pas souvent d'dames, nous autres. Alors, ça vous embêterait si… Si j'sentais vos ch'veux ? J'aime l'odeur qu'ils ont. Les ch'veux de femme.

— Énondu ! s'étouffe Umfrey. J'te créant, qu'ça la dérange ! Tu nous vergognes avec tes façons d'maroufle !

Marianne se met à rire.

— Bien sûr, Ilberd. Mais je crains qu'ils ne sentent que le feu.

Alors l'homme s'approche, les épaules de biais pour ne pas trop s'imposer. Il reste un instant immobile devant Marianne, les bras le long de son corps poilu. Il a plus honte encore maintenant que son souhait est visible de tous. Marianne s'incline vers lui pour lui donner du courage. Il entoure délicatement sa tête de ses deux grosses mains noires. Elles sont chaudes et fumées. Elles sentent le foyer, irradient la force apaisée de celui qui protège. Il renifle, s'écarte.

— Merci, dit-il.

Puis il fait volte-face et s'enfonce dans les ténèbres à grands pas pressés.

Alan est revenu plus tôt que prévu. La sentinelle postée par Robin sur le gué de la Trent l'a conduit au camp sous l'œil de la nuit. Il se dirige vers Robin, Will et Petit Jean, les épaules en arrière et le bec au vent sous sa crête de coq. Il est fier. Son sourire luit dans les ténèbres. Arrivé devant l'abri, il s'assoit à côté du seigneur félon. Sa vielle sonne quand elle cogne le sol. Il fait mine de n'avoir rien à dire. Il regarde autour de lui, l'air fat du baron assis parmi ses pairs. Robin s'humecte les lèvres, dissimule son irritation. Qu'il attende. Il a toute la nuit.

Alors Alan attend. Derrière eux, un rossignol coule son chant liquide sur les ailes grinçantes des grillons. Deux coquillards se lèvent dans la fumée grise du feu qu'on a couvert, s'invectivent puis se réconcilient. À leurs pieds, une brise d'été ride la face blanche d'une flaque. Et comme aucune remarque ne se fait entendre, Alan plonge sous sa chemise ses doigts cornés de musicien.

Une bourse tinte sur la mousse. Il l'a lâchée, négligemment, le regard faussement perdu dans les ombres du soir. Robin refuse d'y toucher. L'autre s'impatiente. Il l'observe en biais, pensant qu'il ne s'en rend pas compte. Ses mains s'agitent sur ses genoux. Elles grattent sa nuque, jouent avec la boucle de sa ceinture. Et finalement, il cède :

— Tu l'ouvres pas ?

— Je compterai plus tard.

Robin jubile. Alan attendait les exclamations, les remerciements. Il n'a que l'indifférence. Tant que le trouvère sera frustré de sa reconnaissance, Robin le tiendra.

— Je t'ai dit que je te faisais confiance, Alan.

Ce dernier se lève en hochant la tête. Il ne sait trop quoi faire de ce compliment. Alors il insiste.

— Y avait ce barbu qui causait beaucoup à la foire d'Southwell. Tu connais l'couvent d'Wallingwells ?

Robin, agacé, secoue la tête.

— Il paraît qu'Rosemonde Fitzhenry y loge. C'la fille bâtarde qu'le vieux roi Henri II a eu d'sa concubine Rosemonde Clifford.

Robin regarde Alan. Il cache sa surprise. Le trouvère a l'oreille qui traîne souvent au bon endroit. Il faudra s'en souvenir.

— La demi-sœur du Prince Jean, dit-il avec un large sourire.

Alan se perd dans les détails mais Robin n'écoute plus. Il est ailleurs. Il pense à Wallingwells. À la tête du Prince Jean s'il pillait le couvent où loge sa sœur. L'idée lui plaît.

— Merci, dit-il au poète.

Puis Robin se tourne vers les autres.

— Will, allume un grand feu. Petit Jean, rassemble les hommes.

Le Brabançon et le Normand s'enfoncent dans la nuit. La voix de Robin rattrape Alan qui s'éloigne :

— Tu as pris des nouvelles du mariage de Wendeval ?

Le trouvère se retourne. Il avait oublié d'en parler.

— Sûr ! J'ai ouï dire qu'les épousailles sont annulées. La p'tite Beaumont est morte.

Robin attrape machinalement la bourse. Morte ? A-t-il cogné si fort ? Il ne se souvient plus trop, à vrai dire. C'est pour le mieux, d'ailleurs. Y penser ne fait que l'affaiblir.

Réfléchir à la suite, maintenant. Préparer le prochain pillage. Quand il frappe, il veut que la rumeur s'excite. Wallingwells, donc. La demi-sœur du Prince Jean. Il faudra inspecter les lieux, pour ne pas attaquer au hasard. Mais pour l'heure, redistribuer le butin au peuple. Sinon tout cela n'a pas de sens.

Il s'est levé et se dirige vers Reus pour descendre le sac qui tourne dans ses branches.

Non, ne plus penser à Marianne. Ce qui est fait est fait.

Sous les branches de Reus les offrandes s'agitent et sonnent, et l'immense brasier allumé par Will déforme les visages. Les brigands patientent en file indienne. Robin, assis sous la ramure du grand chêne, distribue le fruit de leur rapine. Chacun avance silencieusement et récupère sa part. De petits groupes se forment, on compare. Ce denier pèse-t-il autant que celui-là ? Et celui-ci vaut-il autant que ce poivre ? Et peu à peu, les regards se fixent sur cette bourse pleine qui dort aux pieds de Robin. Jamais elle n'est ouverte, jamais partagée, jamais même effleurée. Elle sommeille, bienheureuse, suspecte. On craint de voir la confiance trompée comme elle l'a si souvent été.

Quand le cortège s'épuise, la bourse est toujours là aux pieds du félon. Robin appuie ses coudes sur ses genoux. Son regard où brillent les flammes prend le temps de se poser sur chacun de ses hommes. Il saisit la bourse, la fait danser au creux de sa paume. Le silence est tombé sur le camp.

— Cette bourse n'est pas pour moi.

Il s'est redressé.

— Avant de piller Edwinstowe, nous avons conclu un marché. Comme convenu, cette bourse est pour le groupe.

Une voix s'élève, bien cachée sous l'aile noire de la nuit.

— Et qui nous dit qu' tu nous chantes pas des histoires ?

— Pourquoi croyez-vous que depuis une semaine je partage vos repas, je couche sous ce même toit de branches ? J'ai été déçu comme vous. J'ai longtemps cru que la loyauté régissait notre monde. Que les traîtres et les couards étaient des exceptions. Mais le vieux roi et ses barons se sont chargés de me prouver le contraire. Et Richard ne vaut pas mieux que l'autre. Ce sont tous des cochons aveuglés de pouvoir. Ils prêchent la morale même qu'ils bafouent sans cesse, avares qu'ils sont de leurs privilèges. Sans cesse ils nous demandent de courber l'échine.

Robin cherche Garrett, un ancien serf aux mains usées par le manche de la faux. Il le désigne du doigt.

— Garrett ! Toi, qui ployais le dos toute l'année, combien de tes récoltes ton seigneur réclamait-il ?

— Près du tiers, répond l'homme.

— Toi, Wyat, combien de la production de ton moulin ? Et toi, Yvain, de la bière de ta taverne ? Oddo ? Combien de fois t'es-tu nourri de charognes avant de te résoudre à braconner leurs biches ? Et toi, Petit Jean ? Toi qui as tout perdu dans cette guerre, comment se porte ton seigneur ? A-t-il lui aussi perdu son toit ?

— Richard lui a confié un nouveau fief.

— Et toi, Will ? Quelles récompenses pour avoir parié tant de fois ta vie sur le champ de bataille au service de ces cochons ?

Will, silencieux, désigne son visage essorillé. Robin les pointe tous du doigt.

— Une fois qu'ils ont pris ta récolte, ta farine, ta bière, ton toit, ta sueur, ton courage, la dignité de ton père et la vie de ton frère, qu'ils t'ont interdit de te nourrir des animaux que la nature a placés sur la Terre, que donnent-ils en retour ?

Les brigands s'interrogent du regard.

— Nous leur donnons nos vies. Mais l'ont-ils mérité ?

— Non ! crie une voix.

— Le seul mérite de ces cochons est d'avoir des cochons pour pères ! Ils nous demandent de courber l'échine. Mais allons-nous nous laisser soumettre ?

— Non ! crient plusieurs brigands.

— Non ! Nous serons les insoumis de Sherwood ! Nous saignerons ces barons égoïstes !

Il brandit la bourse haut au-dessus de sa tête.

— Cette bourse, c'est le symbole de notre insoumission. Nous reprendrons aux barons et aux clercs ce qui nous appartenait ! Et cette richesse, nous la partagerons avec tous ceux qui souffrent comme nous avons souffert. Car un roi représente le peuple. Mais s'il en est indigne, alors c'est notre devoir de protéger le peuple du roi.

Un ancien teinturier aux bras safranés jusqu'aux coudes s'avance.

— Mais c' butin, on l'a gagné vu qu'on a mis nos vies en péril. Pourquoi qu' la tisseuse de Retford elle d'vrait en profiter ?

— À peine ses doigts touchent-ils les deniers qu'il raisonne comme ces cochons, repartit Robin avec un large sourire.

Quelques rires retentissent dans le crépitement des flammes.

— Je veux déchoir tous ces couards. Mais pour cela, nous devons être invisibles, insaisissables. Ces deniers achèteront nos alliés partout à Sherwood. Ils ouvriront leurs portes quand nous serons poursuivis. Ils prendront les armes pour couvrir nos retraites. Ils viendront renforcer notre armée, combattre pour nos idéaux. Ce denier que tu donnes aujourd'hui sera demain la main qui te donnera ton pain, qui soignera tes blessures.

Robin lance la bourse à Will. Ses yeux louvets se remettent à balayer les visages. Il laisse le silence s'installer de nouveau puis il ajoute, d'une voix trop basse pour forcer les larrons à l'écouter plus attentivement :

— Cette nuit, réfléchissez à ce que je viens de vous dire. Voulez-vous cesser de vous soumettre aux cochons et servir vos frères ? La loyauté est une vertu qui coûte cher.

Il marque une brève pause.

— Encore une fois, je ne retiens personne, je ne juge personne. Partir maintenant demande autant de courage que de rester. Celui qui part décidé me rend mieux service que celui qui reste à regret.

Quelques heures de sommeil, et Marianne s'éveille, couverte de sueur. Le dos rond de la meule s'est affaissé. Elle siffle.

Marianne sursaute. On l'a touchée. Non, c'est la caresse d'une branche de châtaigner. La voilà debout, sous la ramure des arbres. Elle halète si fort que sa propre respiration l'effraie. Elle a beau se tourner, il y a toujours derrière elle cette présence oppressante, ces grandes épaules d'homme qui menacent de la saisir, cette barbe hirsute prête à fouiller son cou.

Ils sont là qui dorment, les deux charbonniers. Qu'est-ce qui lui a pris ? N'a-t-elle rien retenu ? Quelle sotte ! Vite partir d'ici tant que la chance lui sourit.

Mais la forêt ne veut pas la laisser fuir. Elle la griffe, elle craque, elle grince. Elle ment sur les distances et les obstacles.

— Damoiselle Marianne ?

C'est la voix d'Umfrey. Ça y est. Elle est perdue. Tout va recommencer. Elle n'y survivra pas. L'homme s'est redressé, dans la lumière rouge de l'âtre.

— Vous allez partir comme ça ?

La terreur la paralyse. Il n'y a que son cœur qui se précipite, pressé d'en finir.

Le vieil homme a marché jusqu'à la meule en grattant son visage crasseux. Il s'est penché devant la bouche éteinte de la bête. Le voilà à présent qui s'approche.

Elle recule. Maintenant qu'il est si près, il semble triste de découvrir sa terreur. Mais il la respecte. Il lui tend trois morceaux de charbon, du bout du bras, pour ne pas l'effrayer davantage.

— T'nez, damoiselle. À Mansfield, d'mandez Almeric, sur la place du marché. C'est lui qui vous en paiera l' mieux.

Il tend son doigt sur la gauche.

— Suivez le son d' la rivière. Vous trouverez l' chemin qui vous mènera à la ville.

Les mains de Marianne se referment sur les trois pierres noires et, sans un mot, elle s'enfuit.

Elle court sur le chemin, les pieds nus et sanglants, honteuse, tant l'accueil d'Umfrey et Ilberd lui a été salutaire. Elle court et elle a beau voir l'irrationalité de son angoisse, elle en reste prisonnière. Elle lui ordonne d'échapper à cette terre inculte où les arbres se nourrissent de la violence des bêtes. Mansfield prendra soin d'elle. La ville est la forêt des hommes.

Le ciel blanchit au bout du chemin. Mansfield s'éveille. Occupé à ouvrir la grande porte, le sergent préposé à la récolte des taxes ne voit pas Marianne passer sous la barrière d'octroi. À peine l'enceinte franchie, elle est avalée par la foule. Interpellée par les barbiers, les vendeurs de pain ambulants et leurs grands paniers d'osier. Encerclée par des hardes de vieillards tendant leurs mains trop usées pour travailler. Bousculée par les bandes excitées d'adolescents et de vieux garçons laissant traîner leurs yeux sur les femmes qu'ils croisent. Elle se blottit dans les boyaux étroits de la cité, se fond dans l'agitation. Protégée par la foule, anonyme dans la multitude, soustraite au regard du danger.

C'est jour de marché. Le clocher crénelé de Saint-Pierre-et-Saint-Paul se dresse au-dessus de la foule. Il domine la place où le foin et le crottin couvrent l'odeur de l'encens. D'un coin à l'autre du marché, les bovins se répondent. Les fermiers crient leurs prix. Ils s'empressent de les vendre avant que l'hiver n'arrive. Une bête de trop dans l'étable, et c'est tout le troupeau qui manquera de foin.

Marianne s'est dirigée vers les étals de tissu. Elle a demandé Almeric. Une longue dame au nez rouge de bière lui a désigné un homme bouffi, entouré de sacs et de coffres.

Almeric la détaille de haut en bas comme on détaille les bêtes. C'est à peine s'il ne lui fait pas ouvrir la bouche pour lui compter les dents. Marianne lui montre les trois morceaux de charbon. Il les prend dans sa grosse main, sans cesser de la fixer. Il est déçu. Un long soupir sifflant fait trembler ses joues grasses. Enfin, ses petits yeux sournois roulent sur les trois petites pierres noires.

— Qui t'a donné ça ? questionne-t-il.

Sa familiarité est comme une gifle. Marianne lutte un instant contre sa colère.

— Umfrey et Ilberd, souffle-t-elle.

L'homme regarde de nouveau le contenu de sa main et hausse les épaules.

— Désolé, j'prends rien au-dessous d'la livre.

Et il fourre le charbon dans sa bourse. Marianne s'indigne :

— Veuillez me rendre mon charbon, monsieur.

Un sourcil se lève sur la face ronde de l'homme.

— De quoi tu causes ? Allez, va-t'en.

Un homme, derrière elle, a posé la main sur son épaule pour l'écarter. Elle pousse un cri. Surpris, il recule. Almeric est debout. Ils sont cernés de regards curieux. Marianne se redresse, profite de l'esclandre imprévu :

— Je ne partirai pas tant que vous ne m'aurez pas rendu les morceaux de charbon que vous m'avez volés.

Almeric pose ses deux mains sur ses hanches. Un rire glouton se répand à la surface de son corps en ondes grasses.

— Z'entendez la donzelle ? J'y aurais volé trois charbons !

Sa main tendue l'accuse.

— R'gardez-la ! R'gardez-moi ! Et c'est moi qu'ai besoin de crocheter les bourses ?

Autour d'elle, un rire moqueur saute de visage en visage. Dans ce bliaud fendu et sous ce manteau d'homme, on doute même de son honnêteté.

Une voix de femme claque au-dessus de leur tête :

— Almeric ! Rends-lui son charbon !

Les curieux s'écartent. La coule noire d'une abbesse se glisse entre les regards honteux qui embrassent la poussière. Elle avance le menton levé, les lèvres pincées. Elle a des yeux bleus et sévères. Almeric frotte ses mains l'une contre l'autre. Il sourit, confus.

— Ma mère, je n'peux pas acheter si peu…

— Tu reconnais, donc !

Le marchand transpire de honte. Il fourre sa grosse main dans sa giberne et tend le charbon. L'abbesse l'arrête.

— Garde ton charbon, Almeric, qu'il te brûle la paume !

Elle se tourne vers Marianne, lui tend un denier. Ses mains sont aussi froides que ses yeux.

— Prends, petite, et trouve-toi de quoi souper ce soir.

Sous leurs capuches noires, ils cachent leurs visages. L'ombre de l'encorbellement de cette vieille maison les dissimule davantage. Ils observent la foule compacte de Mansfield. Les mendiants exhibent le vide de leurs mains. Les serfs leurs joues creuses. Les lavandières leurs doigts rongés par la rivière.

Robin presse la bourse de cuir entre le mur et son dos. Will, Alan et Petit Jean attendent ses consignes.

Une vieille femme passe. Un enfant la soutient. Ses bras sont deux brindilles tremblant sous le poids de la faim. Ses yeux noirs ruminent la rancune. Il a reconnu l'injustice, mais ne sait pas sur qui jeter le blâme.

— Allons-y.

Les quatre hommes sortent de l'ombre. La vieille ne les a pas vus, mais le garçon aurait fui si son aïeule n'encombrait pas son dos. Robin s'agenouille, pour que l'enfant puisse le voir.

— Nous n'avons rien pour vous ! s'écrie la vieille.

Robin l'ignore. C'est le petit qu'il veut aider.

— Quand as-tu soupé pour la dernière fois, mon garçon ?

L'enfant lève son visage sale vers celui de Robin, détaille sa barbe, ses iris jaunes, son nez brisé. Il se méfie. Il esquisse un mouvement pour contourner le brigand. Robin le retient d'une poigne de velours.

— Y a deux jours, souffle l'enfant.

— Où sont tes parents ?

— Morts. L'mal des ardents. On a quitté la ferme y a dix jours.

— Nous n'avons rien pour vous ! répète la vieille.

Robin ouvre la bourse et dépose quelques deniers dans la petite paume.

— Tiens, mon garçon. De la part des insoumis de Sherwood.

Tirée de sa léthargie par le tintement de l'argent, la grand-mère a saisi l'avant-bras de son petit-fils. Le regard qu'elle lance à Robin est embué de honte. Sa main osseuse se pose sur celle du brigand, pas plus lourde qu'un oiseau.

— Ne m'juge pas, messire. J'étais grande travailleuse. C'est les hivers qu'ont trop cogné mes jointures.

Les « r » roulent comme des cailloux sur sa langue.

— Quel est ton nom, messire ?

— Robin.

— Robin d'où ?

— Robin de nulle part, répond-il. Je ne veux plus dépendre d'aucune terre.

La vieille caresse la capuche de loup de ses doigts minces.

— Robin *Hood*... dit-elle en appuyant le mot. Que Dieu te garde.

Robin les regarde partir. Il sourit. Ces mots rachètent tout. Voilà justice rendue ! Un peu de ce que ces cochons ont volé, dans la main de ceux qui en ont réellement besoin. Son entreprise prend sens. Il veut penser à tous ces hommes ligotés dans la cour d'Edwinstowe, à ce feu dévorant le manoir, mais la terreur dans les yeux de Marianne de Beaumont s'impose sans cesse. Il écarte le souvenir d'un hochement de tête. Qui peut lui reprocher de faire du mal puisqu'il en résulte un plus grand bien ?

Tout gonflé d'orgueil, il se dirige vers un vannier aux cheveux ras occupé à tresser un panier. Mais Will s'interpose.

— Changeons d'endroit.

Ses yeux de reptile jugent la foule, repèrent les regards trop fuyants, ses doigts comptent les couteaux qui dorment à sa ceinture. Petit Jean aussi semble inquiet. Robin s'esclaffe.

— Vous avez peur ?

— Tu m'as d'jà vu trouiller, Robin ?

Will arbore son regard froid de mercenaire.

— J' te dis qu'on d'vrait s' calter. J' le sens, j' veux dire.

Robin lui tape dans le dos.

— Tu te fais trop de souci, Will. Restez derrière moi, et tout se passera bien.

Le vannier montre un grand sourire où manquent deux dents. Il brandit un panier aux tresses trop lâches.

— Panier ?

Robin prend quelques deniers dans la bourse et lui donne. L'homme les compte d'un mouvement de la paume. À côté de lui, un rémouleur suspend la ronde de sa meule. Il soulève le couteau qu'il aiguise.

— C'est trop, messire, dit le vannier.

— Ce n'est pas pour le panier, sourit Robin, c'est pour la justice. De la part des insoumis de Sherwood.

L'homme se lève d'un bond. Il serre les deniers à s'en faire mal. Il agrippe son panier et disparaît dans la foule. Le rémouleur attrape la manche de Robin.

— Moi aussi, j' veux la justice.

Une pêcheuse de sangsues, les jambes constellées de morsures, s'interpose.

— Qu'est-ce qui se passe ?

— Il donne ses deniers pour la justice.

Dans le dos du rémouleur, Robin voit le vannier qui le montre du doigt. Quelqu'un tente de lui arracher la bourse. Robin empoigne une main minuscule. C'est celle d'une petite fille. Elle disparaît entre les jambes des curieux. La foule se presse autour d'eux.

— Il faut partir ! crie Will.

Mais déjà deux rangées d'épaules les séparent. Les courants des corps les entraînent en sens inverse. Robin essaie d'écarter les hommes qui l'entourent, mais la bourse ne lui laisse qu'une seule main libre. Il veut aider ces gens, pourquoi l'agressent-ils ? Petit Jean perd son sang-froid.

— Allez au diable !

Il a tiré sa hache. Son tranchant se reflète dans tous les regards. Devant lui, un homme à genoux tient son flanc couvert de sang. Un cri de femme. La foule se disperse. Quelques vauriens armés restent pour tenter leur chance. Will, Petit Jean et Robin se regroupent.

— Où est Alan ? demande-t-il.

— Je l'ai vu fuir, grogne le Normand.

Robin exhibe le poignard de son père. Will a un couteau dans chaque main. Petit Jean fait tourner le manche de sa hache. Les vauriens reculent.

Dans la ruelle, la voix du sergent de la prévôté résonne. Il est suivi de quatre piquiers. Les trois brigands s'envolent dans une venelle sombre. Ils courent dans la boue des alcôves, bousculent quelques marchands. La ville oppose à leur course tonneaux, cochons et charrettes. À l'approche de l'enceinte, ils ralentissent le pas, dissimulent les lames, ajustent les capuches. Mais deux soldats les arrêtent à la porte.

— Personne ne sort, y a du grabuge.

Derrière eux, le cliquetis des cottes de mailles. Will donne un coup d'épaule à Robin qui trébuche. Les soldats détournent trop longtemps le regard. Le premier s'effondre, une balafre en travers de la joue, le second se plie en hurlant sur son doigt tranché qui s'agite dans la fange.

Les trois brigands quittent Mansfield à la hâte. Devant eux, Sherwood. Ils bousculent églantiers et genêts, enjambent ronces et fougères, s'évanouissent derrière ses remparts de chèvrefeuille.

Robin avance à travers la futaie. Il a besoin d'être seul. La colère se diffuse dans tous ses membres. Il serre les poings, les lèvres et les mâchoires pour épuiser la violence qu'elle inspire à son corps. Quel déshonneur ! Se ridiculiser ainsi face à Will et Petit Jean ! Pire, face à cet Alan-a-Dale. Et quelle ingratitude de la part de ces maroufles qu'il voulait aider ! Il passe sa main dans sa barbe noire. Il lui faut une excuse. Impossible de céder sur cette dimension de son entreprise.

Will l'a rejoint. Appuyé contre un tronc couché par la tempête, il patiente en mâchant sa pipe pleine d'écorce mouillée. Robin l'interroge du regard.

— C'est trop dangereux, Robin. On n'a pas plus d' raisons d'aller en ville que l' pinson dans sa cage. J' sais que t'y tenais. Désolé.

— Je ne peux pas abandonner. Sinon tout ça n'a plus de sens.

— Les deniers gagnés sans labeur valent tripette. C'est pas un cadeau qu' tu leur fais, j' veux dire. C'est un service qu' tu leur rends.

Robin hoche la tête.

— Tu as raison.

C'est vrai, pourquoi se déplacer ? S'ils ont besoin d'aide, qu'ils viennent la chercher ! Et l'endroit devra leur inspirer la peur. Ou du moins le respect. Il leur faut un gardien. Il revoit les offrandes danser dans les branches de Reus. Il sourit.

L'abbesse a posé ses mains sur ses genoux. Ses yeux bleus dissèquent Marianne en silence. Gênée, elle ôte un brin de paille de sa chemise de lin. Ses pieds nus sont noirs de boue. On entend les gémissements des malades derrière le drap blanc qui sépare leur dortoir de celui des nonnes. Le plafond de l'hospice semble plus haut que le ciel. Quatre murs nus le hissent loin des humeurs des corps.

— As-tu trouvé où dormir ?

— Oui, merci, ma mère, j'ai pu souper à l'auberge banale. Ils m'ont aussi prêté une paillasse sous l'escalier.

La religieuse l'écoute, le menton haut et sévère. Un rictus imperceptible arque la commissure de ses lèvres. Les mots tombent de sa bouche avec la rigueur des heures liturgiques. On dirait qu'elle récite.

— Bien. Que me vaut ta visite ?

— Je voulais vous remercier de m'avoir aidée hier.

— Et ?

— Je me sens honteuse de vous demander cela, ma mère…

— Fais donc.

— Le denier que vous m'avez donné hier était toute ma fortune. Je me demandais si vous accepteriez que je vous aide à l'hospice ? Contre le gîte et le couvert ?

L'abbesse enfouit son menton dans sa main. Elle réfléchit. Ses yeux sondent de nouveau Marianne.

Sans un mot, elle se lève.

— Tes mains.

Longuement, elle inspecte ses ongles. Ses paumes froides soulèvent les manches de la chemise, tournent et retournent les avant-bras de Marianne.

— Ouvre la bouche.

Son visage est si proche que Marianne sent l'odeur de suif et de cendre du savon gaulois. La religieuse plaque ses doigts de pierre sur chacune de ses dents. L'inspection lui semble interminable. Elle ferme les yeux. Quand cessera donc cette humiliation ?

L'abbesse fait un pas en arrière, se penche, inspecte ses hanches. Elle se redresse et recule encore. Quelque chose la tracasse.

— Es-tu vierge ?

— Oui, répond Marianne.

À peine s'est-elle entendue qu'un long frisson lui fend le dos. Elle a mesuré l'ampleur de sa douleur, goûté la profondeur de son traumatisme ; elle se souvient trop bien des instants terribles qu'elle a vécus sous le joug du brigand ; mais elle n'a jamais posé de mots sur leurs conséquences. Non : elle n'est plus vierge. Le constat claque comme une porte qu'on ferme. Plus de mariage. Une immense tristesse tombe sur ses épaules. Quelle fièvre le baiser d'Adam avait éveillée dans son corps ! C'était une joie pure, enivrante de promesses. Mais désormais, ces promesses auront la teinte amère des bleus qui auréolent ses plus vulnérables secrets. Plus de mariage, plus jamais. Elle s'effondre dans les bras de l'abbesse.

— Excuse-moi.

La voix de la religieuse est froide et vide.

— Je devais te poser la question. Toutes les moniales ici sont chastes.

L'abbesse est partie depuis plusieurs heures. Elle lui a promis un travail. Assise sur l'une des paillasses du dortoir, Marianne observe. Un vieillard joue aux osselets avec deux orphelins. Une nonne plaisante avec un malade.

Un travail. Marianne s'est reconstruite sur cette seule promesse.

Elle regarde le plafond de chêne peint, heureuse d'oublier ses soucis, d'enfin se tourner vers la lumière. Les moniales de l'hospice ont les gestes de Beth. Elle a subitement soif de porter secours à tous ces malheureux. Jamais cette quiétude ne lui a paru si précieuse. Elle veut la partager. Donner une part de son réconfort.

Sur une paillasse voisine, deux vieilles s'échangent du pain et de la laine. Elle saisit quelques phrases.

— Beaucoup de deniers ? demande la plus bossue.

— Un coffre entier ! répond l'autre en exhibant ses dents brunes. Et ces coqueberts les jetaient dans la foule ! Alors j' te créant qu' ça s'est bousculé autour. Ça faisait tant d' chahut qu' le sergent est venu.

— Il vient toujours, çui-là, quand les deniers se plaignent.

Les trois nigauds ont cavalé jusqu'au bois. L' sergent a interdit qu'on touche aux sous. Souillés, qu'il disait, vu qu' certains viendraient du pillage d'Edwinstowe. Comment qu'il s' nomme déjà, le félon du manoir ?

— J' sais plus bien.

— Enfin, paraît que ses brigands se cachent dans la forêt.

Marianne cherche à camoufler le tremblement de ses jambes. Elle prend une longue inspiration. Courage. Elle est à l'abri. Elle s'éloigne rapidement, se laisse tomber sur un tabouret de bois. Elle joint les mains pour remercier le Seigneur. Respirer. Prier et ne plus perdre le chant de la lumière.

L'abbesse est revenue au dernier soupir du jour. Elle a posé un manteau sur les épaules de Marianne, l'a chaussée de sabots de bouleau. Avec un sourire, elle l'a entraînée dans les rues boueuses.

En bordure de l'enceinte, une grande maison. Une bougie vacille sur le pas de sa porte. L'abbesse frappe.

— Ma mère, entrez, chuchote un homme caché par la lumière.

La porte s'ouvre tout entière, éblouissante de clarté et de rires. Elle pousse Marianne à l'intérieur. Le portier les précède. Il boite. Une foule de poils s'échappe des manches de sa chemise et inonde le dos de ses mains. Il se retourne parfois et fixe Marianne avec un contentement sinistre. C'est une maison de marchand changée en taverne clandestine. Des hommes au regard soûl braillent et s'esclaffent dans un brouhaha rugueux. Deux jeunes femmes promènent leurs pots à bière entre les tables en bois de pin. Elles remplissent les gobelets, répondent aux clins d'œil paillards d'un balancement de hanches. La longue coule noire de l'abbesse fait taire les rires. Les hommes se lèvent, se décoiffent.

Le portier leur désigne un escalier de pierre. Marianne y monte, pressée par l'ombre de sa protectrice. Une marche, deux marches, les rires reprennent. Mais cette fois-ci, ils font chœur, comme si, en bas, l'on riait d'une même chose.

À l'étage, un long couloir partage cinq pièces. Quatre sont closes. Les doigts froids de l'abbesse s'enroulent autour du poignet de Marianne. Derrière une porte, le râle d'un homme et les cris d'une femme. Derrière la suivante des rires et des gémissements. Marianne se débat.

— Où m'emmenez-vous ?

Aucune réponse. La poigne de pierre l'attire vers la porte ouverte. C'est une chambre exiguë presque vide. Un châlit cordé et son matelas de paille, un pot de chambre, solitaire. Une fenestrelle tout opaque de nuit. Marianne est assise de force. Une bougie fait danser l'ombre de l'abbesse qui referme la porte. Le matelas se froisse lorsqu'elle la rejoint. Marianne frémit. Elle a subitement très froid.

— N'aie pas peur, lui chuchote la religieuse.

Aucune chaleur dans ses gestes ni sa voix. Sa main osseuse passe dans ses longs cheveux noirs, distante.

— « Ô profondeur de la richesse, de la sagesse, de la science de Dieu ! Que ses jugements sont insondables et ses voies incompréhensibles ! » Connais-tu ce passage de l'épître aux Romains ?

Marianne ne répond pas.

— Alors tu comprends comme il est orgueilleux pour nous, Ses créatures, de vouloir aller à l'encontre de Sa volonté ? Le dessein de Dieu nous dépasse. C'est humilité que de l'accepter. Rien n'arrive au hasard, vois-tu. C'est Sa main qui guide la tienne. Tu ne dois pas en avoir honte.

Marianne regarde l'abbesse.

— J'ai compris ta souffrance tout à l'heure. Nos épreuves sont des messages que Dieu nous envoie. Au travers de cette blessure, Il t'a confié une mission. Il a voulu te montrer à quel point peuvent souffrir les femmes. Et s'Il t'a faite si belle, s'Il t'a donné ces manières audacieuses qui attirent le désir brutal des hommes, ce n'est nul accident. Il te demande d'user de ces talents pour attirer sur toi leur passion débordante. Car tu ne voudrais pas que les femmes de vertu subissent le martyre que tu as dû souffrir, n'est-ce pas ?

L'abbesse lui saisit le menton. Elle tourne son visage vers la lumière. La bougie révèle tour à tour ses yeux noirs, ses minces lèvres rosées, le fil sombre de ses sourcils.

— Il y a de l'eau pour ta toilette. Je compte sur toi pour te montrer digne de la place que le Seigneur t'a choisie.

Elle se lève. Sa flamme dévoile un placard creusé à même le mur. Une clef est fichée dans la porte de bois, une lanière de cuir pendant à sa boucle. Un coffret se recroqueville dans le fond de la cache.

— Tu exigeras de chaque client six deniers pour la chose. Je t'en prendrai quatre pour le loyer de la chambre.

L'abbesse a ouvert le lacet pour passer la clef au cou de Marianne. Mais Marianne se redresse, chancelante. Elle arrache le collier.

— Je ne vous laisserai pas faire.

La clef tinte aux pieds de sa geôlière.

La gifle prend Marianne par surprise. Elle s'effondre. Sa joue brûle, et le rire de l'abbesse grêle sur sa tête.

— Si tu savais tisser, si tu savais filer, tondre ou tanner, tu ne serais pas venue me voir. Les ribaudes de ton genre n'ont rien à faire dans les ordres. Tu devrais me remercier de te l'avoir fait comprendre de la douce manière.

La coule noire glisse jusqu'à la porte.

— Et ne fais pas ces yeux d'agnelle qui s'étonne quand le loup la croque. Si Dieu n'avait pas voulu mener ton destin dans cette impasse, Il t'aurait donné la force de repousser ton époux d'infortune.

La porte claque. Un verrou grince, définitif. Derrière, la grosse voix du portier. Marianne s'approche et entend l'abbesse chuchoter :

— Elle est encore farouche. Tu devras la mater un peu. Dans un mois, on viendra de Nottingham pour elle.

Marianne se précipite jusqu'à la fenêtre. Elle s'ouvre, mais trop étroitement. Elle se retourne face à la chambre. Le coffret dans le placard ! Elle s'en saisit et tambourine le cadre de granit pour l'élargir. Trop bruyant. Vite, le lit devant la porte. Elle frappe encore. Le coffret se fendille. Plus fort. Une pierre tremble, glisse et tombe dans la nuit. On l'entend soulever la poussière de la rue. Tout va plus vite à présent. Les autres pierres se déchaussent les unes après les autres. On frappe à la porte. Elle se faufile par la fenêtre la tête la première. Ses hanches coincent. Sous sa chemise, le souffle chaud de la taverne qui pénètre par la porte entrouverte. Les cris du tenancier. Elle pousse de toutes ses forces. Des mains râpeuses se ferment sur ses chevilles. Elle se tortille, se cabre avec rage. Les mains glissent. Elle aussi. Une pierre tente de la retenir, lui brise une côte. Elle tombe. La terre de la rue l'accueille d'un coup terrible dans le dos. La respiration suspendue, Marianne se redresse et court. Les ruelles se déroulent devant elle, obliquent et se croisent. Soudain, l'enceinte s'ouvre sur les fougères, la tourbe et l'aubépine. La liberté l'appelle, tapie sous les feuilles.

Elle a couru sans but jusqu'à l'aube et s'est endormie au creux d'un tronc garni de mousse. Peu à peu, la peur l'a quittée, chassée par la douleur. Sa côte lui fait mal, sa jambe gauche aussi. Un gros bleu lui marque le dos.

La forêt ou la ville ? La ville ou la forêt ? La sauvagerie des bêtes ou la folie des hommes ? L'abbesse avait raison, sa vie est une impasse. Plus de refuge nulle part. Et ce Loxley de malheur qui laisse traîner son nom partout où elle passe. Elle a osé l'appeler son époux ! On la montre du doigt, mais quel mal a-t-elle fait ? Le baiser d'Adam ? Peut-être... C'est vrai qu'elle a senti cette fièvre bouleverser tout son corps. Cette fièvre l'a-t-elle changée ? Y a-t-il dans le mouvement de ses hanches cette indolence qu'avaient les serveuses de la taverne ? Et si c'était le cas ? Porte-t-elle la responsabilité du désir d'autrui ? Est-ce à elle de tempérer l'ardeur des hommes ? On accuse Ève du péché originel, on calomnie Hélène de Troie et Cléopâtre. Elles ont fait chuter leur mari ! Eh bien ? Pourquoi alors acclame-t-on le mari de Grisélidis ? Son époux d'infortune... Elle ne voulait pas, elle. Alors pourquoi porterait-elle la faute ? Cette impasse, c'est sa faute à lui.

Elle s'est dressée d'un bond, terrorisée. Non, ça ne peut pas être la seule issue. Il doit forcément y en avoir d'autres. Son époux ? C'est vrai qu'ils sont liés. Juridiquement. L'horreur d'un côté, la jouissance de l'autre. Trop de souvenirs affreux, trop de peur aussi. Et s'il recommençait ?

Elle marche. Ses pas la portent au hasard à travers ronces et orties. Elle se laisse guider. Qu'importe ? Elle n'est attendue nulle part. Les merles fuient devant elle. Ils rient ensemble. Ils rient d'elle.

Et si elle n'avait d'autre choix ? Recluse ? Impensable. S'enterrer vivante dans une cellule de pierre et attendre sa pitance des passants ? Finir ses jours étouffée de solitude, achevée par la faim ? Non. Loxley et ses brigands campent dans Sherwood. Un frisson d'horreur serpente dans son cou. Courage. Courage ! Seule dans la forêt, elle mourra. Seule dans la ville… bien pire.

Ce sera son bourreau pour le reste de ses jours. Mais il sera le seul.

Robin attend, assis sur les racines de Reus. Au-dessus de lui, le grand chêne fait tinter son immense ramure encombrée d'offrandes. Les coquillards se sont éparpillés tout autour dans la clairière. Ils discutent par petits groupes assis dans l'herbe que la brise d'été agite. Will est debout à la droite de Robin. Il fume de l'écorce de saule. À sa gauche, Alan gratte sa vielle, près de la bourse pleine des deniers attendant d'être redistribués. Robin l'a promu trésorier. Petit Jean n'est pas là. Il patiente plus loin dans la forêt, au carrefour des chemins de Mansfield et de Nottingham. Il guette ceux qui nouent un ruban noir aux branches du grand peuplier mangé de gui. C'est le signal convenu. Alan a lancé la rumeur dans le comté. Il connait des trouvères plus bavards que lui.

Peu de gens sont venus. Quelques serfs chassés de leurs terres par leur seigneur pour ne pas s'être acquittés du cens. Une femme dont le mari a été pendu pour braconnage et un berger au troupeau décimé par les chiens du prieur de Rufford.

Alors que le soir emporte lentement le ciel, Robin pense à Wallingwells. Il a pris quelques jours pour repérer les lieux. C'est un petit prieuré juché sur une colline bordée d'un lac et percée d'une grotte. Rosemonde Fitzhenry y est bien. Il a vérifié. Ce sera une opération retentissante.

Deux ombres apparaissent à la lisière de la clairière. Une femme marche derrière Petit Jean. Les bras croisés devant elle, on dirait qu'elle se protège.

Robin plisse les yeux. Son cœur frappe un grand coup dans sa poitrine. Il connaît ces cheveux noirs, ces sourcils trop courts.

Marianne de Beaumont.

Comment est-ce possible ? Ce coquebert d'Alan lui avait dit qu'elle était morte ! Aussitôt, il se reprend. Ne rien laisser paraître. Il crispe ses doigts sur l'écorce du chêne et prend un air indifférent. De sa vie, il n'a jamais eu aussi peur.

Elle s'arrête un peu trop loin de lui. Elle se balance d'un pied sur l'autre et ses mains tremblent de colère. Ses yeux l'évitent. Ses lèvres ruminent en silence une phrase qu'elle n'ose pas prononcer. Elle jette des regards furtifs derrière elle. Elle hésite à partir.

Et subitement, elle tombe à genoux. Elle sanglote. Ce n'était pas de la colère, c'était de la peur. Robin reprend position contre l'arbre. Il croise les doigts et écarte les jambes.

— Qu'est-ce qui vous amène, damoiselle ?

Elle ne répond pas. Ses pleurs ont même redoublé depuis qu'il a parlé. Petit Jean s'accroupit et tente de la relever. Mais quand ses mains se posent sur elle, elle sursaute et se dégage, terrorisée. Elle reprend son souffle et fait signe au Normand que tout va bien.

— Messire, dit-elle en avalant sa salive, je suis venue vous demander justice.

Elle a parlé d'une voix à peine audible, sans le voir, le regard perdu sur sa gauche.

— Depuis... Depuis que vous êtes venu à Edwinstowe...

Elle soupire longuement, son joli cou crispé de hoquets.

— ... la comtesse m'a fait chasser. Je n'ai plus de toit, et ma seule richesse est ce bliaud déchiré et ce manteau de laine.

Robin a fait un signe à Alan.

— De combien as-tu besoin ? demande-t-il.

Elle le fixe, à présent. Ses mâchoires se crispent et ses lèvres se courbent de dégoût.

— Je ne veux pas d'argent. Je veux un mariage.

Un rire nerveux échappe à Robin.

— Nous marier ? Il n'y a pas de prêtre, ici.

Elle baisse la tête. Ses doigts ont arraché deux grosses poignées de terre.

— Nous sommes… Nous sommes mariés par la force des choses. Il vous manquait mon consentement, je vous le donne.

Les brigands éparpillés dans la clairière se sont approchés. Ils ont senti la gravité du moment dans l'épaisseur du silence. Oddo et Garrett ont allumé des torches.

Robin serre les poings. Il se sent pris au piège.

S'il la renvoie, qui sait ce qu'elle fera pour se venger de lui ?

Autour du grand chêne, les coquillards resserrent le cercle. Ils chuchotent, gloussent. Quand leurs yeux se posent sur la jeune fille, ils brillent d'envie. Jamais ils n'ont vu de peau si pâle, de mains si gracieuses. La petite l'a senti, et la terreur lui soulève la poitrine par saccades.

— Quel intérêt aurais-je à te prendre avec nous ? dit-il. Tu nous encombrerais.

La marier à Will ou Petit Jean ? L'idée lui est insupportable. Ils posséderaient quelque chose que leur chef n'aurait pas ? Impensable. Il ne peut pas la laisser aux autres.

— Je laverais les vêtements, je préparerais les repas. Je connais les plantes, aussi. Je soignerais les blessures et les maladies.

Surtout pas Petit Jean. C'est le plus grotesque de tous. Ses mains tremblent tant il crève de désir. Non, il ne peut pas la laisser aux autres. S'il y a une femme dans ce groupe, ce sera la sienne. Et les festivités feront oublier aux brigands l'échec de Mansfield.

Il fait le tour de l'arbre en silence. Les larrons le suivent avidement des yeux : ils attendent le verdict.

— Très bien. Reste parmi nous. Mais laisse-moi trois jours pour te donner ma réponse. En attendant, tu auras l'occasion de faire tes preuves.

Les larrons lèvent les bras et crient de joie. Marianne se recroqueville sous la lumière des torches. Elle pleurniche encore.

La longue haie d'honneur des brigands s'ouvre en silence devant eux. Elle sinue hors de la forêt jusqu'à la petite église d'Edwinstowe nimbée de pleine lune. Ils marchent sans bruit. À leur passage, les coquillards sourient et hochent la tête pour ne pas éveiller le village. Ils jettent sur eux des semences, et leur crépitement sur le chemin se mêle au froissement des feuillages. Puis, un à un, ils prennent leur suite. Alan est parti en avance pour réveiller le prêtre. Apparemment, il le connaît bien : le clerc lui aurait fourni des ossements quand le trouvère vivait du trafic de reliques.

La nuit est chaude. Sa main tremble dans celle de Robin. C'est une torture de l'y laisser si longtemps. Pour la cérémonie, elle a ôté son voile et laissé ses boucles noires couvrir ses épaules. Quand ils sortent du couvert de la forêt, elle trébuche. Elle est épuisée. Les deux mois écoulés ont été les plus terribles de sa vie. Après les trois jours que Robin a pris pour se décider, il a fallu attendre les quarante jours qu'exige la coutume. Et chacun d'entre eux a été pour elle pire que la veille. Dès qu'elle aperçoit la silhouette de Robin, son cœur se soulève. À chaque craquement de forêt, elle sursaute, de peur qu'il ne soit là, dans son dos, avec ce regard qui hante ses souvenirs. Il la frôle, et ses jambes s'effacent sous le poids de son corps. Mais le pire, c'est sa voix. Dès qu'elle l'entend parler, elle panique. Plusieurs fois, elle a renversé le gruau en bondissant de frayeur. Et cette solitude ! Personne dans le camp à qui elle puisse se confier. Il y a le vieux Garrett qui parfois lui sourit, mais les autres l'observent comme des loups qui rôdent. Leurs ombres la suivent dès qu'elle se rend à la rivière et ils plaisantent quand ils s'aperçoivent qu'elle y trempe le seau plutôt que les cheveux. Elle sent qu'ils n'osent rien car elle est la promise du maître. Mais ce ne sont pas les pires. Leur audace s'arrête aux gloussements et aux boutades. Et quand ils vont trop loin, le respect qu'ils ont pour Robin leur fait baisser la tête. Petit Jean est différent. Ses yeux n'ont pas cette peur superstitieuse des coutumes. Petit Jean attend. Et cette attente l'use. Dès qu'elle tourne la tête, il est là, assis sur une souche, appuyé contre un tronc, et il soutient son regard. Ses iris bleus semblent dire : ne t'éloigne pas trop du feu quand les ombres descendent sur Sherwood. Alors la nuit tombe, et à la tension de la journée succèdent les insomnies. Quel que soit l'endroit où ils dorment, éparpillés ou regroupés, elle ne peut fermer l'œil. Chaque bruissement est une menace, chaque silence aussi. Une respiration s'interrompt, et elle croit voir une ombre se faufiler près d'elle. Dès que ses muscles se détendent et qu'elle commence à sombrer dans le sommeil, elle se réveille aussitôt, prise de panique. Et Robin est sur elle, son visage tout proche. Il lui faut secouer la tête et retenir ses cris pour voir l'image se dissoudre dans le maillage des branches. Nuit après nuit, ses visions sont plus incarnées, rendues plus vivaces par la fatigue. Alors elle se répète qu'elle a fait le bon choix. Elle mange à sa faim, et les hommes la protègent des bêtes sauvages. Personne ne l'a touchée, maltraitée ou forcée. Elle est bien mieux ici que dans la cellule de l'abbesse. Elle s'habituera.

Et voilà le jour de son mariage, plus triste que dans ses pires cauchemars. Que de souffrances, depuis l'aurore ! Chaque détail de sa préparation a remué le couteau dans son cœur. Pas de bain joyeux avec Beth, de tresse dans les cheveux. Juste ses boucles noires dans l'onde froide de la rivière, sous le regard des brigands. Pas de bliaud orné, une chemise de lin jauni empruntée par Alan à une amie de Nottingham. Quand, le soir tombé, il a fallu ôter son voile et avancer vers Robin tête nue, ses mains étaient moites de honte. Mais que pouvait-elle espérer d'autre ? Là est la place que Dieu lui a faite.

À l'entrée d'Edwinstowe, elle aperçoit le chemin bordé de hêtres qui mène au manoir. Elle revoit le regard fier de Beth quand elles s'y engageaient il n'y a pas trois mois. Un spasme la saisit. Elle s'écroule. Robin s'est arrêté, il attend, en tête du silencieux cortège. Il soupire, irrité. Affolée, elle se redresse aussitôt et lui reprend la main en baissant la tête.

Le prêtre attend devant les portes de Sainte-Marie d'Edwinstowe. C'est un homme rondouillard avec, sur les deux grosses joues qui lui cachent ses yeux, une couronne de cheveux roux. Il tremble en voyant Robin approcher sous sa capuche de loup. Les coquillards ont formé un cercle silencieux autour d'eux. Pas de musique ni de hourras. De peur d'éveiller le village, Robin a demandé à tous de retenir les cris. Leur mariage sera susurré comme un secret.

Le prêtre s'avance vers eux, le plus discrètement possible.

— Vous n'êtes pas parents proches ? chuchote-t-il. Et tous les deux chrétiens ? Bon. Quelqu'un ici s'oppose-t-il à ce mariage ?

Les brigands se regardent. Petit Jean fait tourner une natte entre ses doigts.

— Qui sont vos témoins ? dit le prêtre à voix basse.

Will s'avance à la droite de Robin. Pour Marianne, c'est Garrett.

— Parfait. Il ne me reste plus qu'à vous demander solennellement d'échanger vos consentements. C'est aussi le moment de vous recueillir, de penser aux obligations qui vous lient et de rendre grâce à Dieu qui, pour bénir toutes les épousailles à venir dans ce monde, assista aux noces de Cana. Fiancé, prenez la main droite de votre promise.

Alors Robin la fixe. Il pose ses mains sur ses épaules, la force à s'agenouiller devant lui. Le prêtre le regarde faire, sans rien oser dire. Elle s'exécute en tremblant, le ventre bourdonnant d'humiliation. Puis il ôte son arc, en pose la tranche sur son épaule, comme pour l'adouber.

— Oui, je, Robin, consens à te prendre pour femme.

Elle n'a plus de salive. Ses lèvres sont sèches et collantes.

— Oui, je… souffle-t-elle.

Elle ne va pas y arriver. L'arc appuie plus fort sur sa clavicule. Elle n'ose pas lever la tête. Elle sait que ses yeux jaunes tremblent de fureur. Autour d'eux, c'est toujours le silence. Mais il est devenu pesant, chargé du regard impatient des brigands.

— Oui, je, Marianne, consens à te prendre pour mari.

Elle essaie de penser à son errance dans la forêt, à la chance qu'elle a de dormir près d'un feu et de manger à sa faim. Mais le murmure de Robin la fait sursauter.

— Promets-tu devant tous de m'être fidèle jusqu'à la mort ?

— Oui, je le promets, bredouille-t-elle.

— Lève-toi.

Le prêtre asperge un anneau doré d'eau bénite et murmure une prière. Puis il le tend à Robin. Il prend la main droite de Marianne et, selon la coutume, passe la bague successivement sur trois doigts avant de le glisser sur l'annulaire de sa main gauche. Il chuchote la phrase consacrée :

— De cet anneau je t'épouse, de mon corps je t'honore, de mon bien de te dote.

Et les brigands pouffent sous cape.

Le prêtre pose un voile pourpre sur la tête de Marianne et les bénit.

Ça y est. La voilà liée jusqu'à sa mort à cet homme à la capuche de bête. Et sa vie sera à l'image des deux derniers mois. Elle serre vainement les poings pour empêcher les tremblements qui la saisissent de prendre possession de son corps. Les brigands les embrassent tour à tour et les félicitent tout bas. À chacun, Robin et Marianne donnent un denier. Le prêtre pousse les grandes portes de l'église. Il se penche vers Robin et susurre :

— Vous m'excuserez si je ne fais pas sonner les cloches. Veuillez me suivre pour l'office.

Mais Robin lui tourne le dos. Il s'adresse tout bas à ses brigands :

— Assez de cérémonies, place à la fête, à présent !

Une vingtaine de sourires abîmés fleurissent dans la nuit. Quatre larrons soulèvent la mariée de terre. Et, cérémonieusement, on l'emporte à bout de bras dans la gueule sombre de Sherwood.

Partie III

AUTOMNE 1193

Waleran de Beaumont, comte de Warwick, à sa chère épouse, Margery d'Oily, comtesse de Warwick.

Le roi est pris. Il n'avait qu'une idée en tête, quitter la Palestine où il s'était fâché avec tous. Nous sommes partis trop vite de Messine. Il a refusé d'attendre la fin de l'hiver. Pour éviter Marseille, Richard nous a fait embarquer sur la Franche Nef, *cap sur Venise. Mais alors que nous approchions du but, quelques pirates nous ont forcés de toucher terre sur la côte croate. Le roi s'est déguisé en marchand, et nous avons pris la route de la mer du Nord par le Saint Empire. Mais notre naufrage a dû sonner jusqu'aux oreilles de Léopold d'Autriche, car le duc avait fait mettre des espions sur la route de Vienne. C'est qu'il avait maille à partir avec le roi des Anglais depuis que Richard a fait jeter sa bannière dans les douves d'Acre. Son serviteur a fait preuve de trop d'imprudence, et l'on nous a découverts. Le duc d'Autriche nous a fait jeter dans les geôles de Dürnstein. Le roi est pris, et le duc demande à sa mère Aliénor d'Aquitaine une rançon déraisonnable.*

Je pense souvent à toi, ma très chère épouse, mais surtout, je te le confesse, à ma fille Marianne dont la mort me pèse plus que mes fers.

Donné à Dürnstein le troisième de janvier mille cent quatre-vingt-treize.

À cet instant, la taverne de Retford est la plus silencieuse d'Angleterre. Ramassés contre le mur de la cuisine, les chalands plissent leurs yeux à chaque coup de poing. Trois tables sont renversées. Les pots à bière répandent leur liquide blond sur les dalles. Au milieu, le prêtre s'acharne. Quand son poing se lève, sa coule brune glisse et dévoile les poils gris de son bras. Sous lui, un jeune goitreux croasse de douleur. Le tavernier accourt, sa femme sur ses pas. Il est allé lui demander de l'aide. Elle trotte, ses mains énormes d'accoucheuse fouillant dans les replis de ses hanches grasses. Il leur faut mobiliser leurs quatre bras pour maîtriser le clerc.

— Ce maroufle m'a emblé ! crie-t-il. Il m' fait crapahuter trois jours pour une chaumière aussi rôtie qu' saint Laurent ! Trois deniers, qu' ça m'a coûté !

Ils le maintiennent, le temps que sa bile refroidisse. Sous sa tonsure blanche, il a le visage en sang. Ses larges sourcils s'arquent au-dessus de son grand nez d'aigle. Pourtant, son regard brun brille d'intelligence. Il faut s'approcher pour apercevoir la douleur tourner en cercles malades sous ses paupières. On comprend alors que ce n'est pas le temps qui a blanchi ses cheveux. On en croise parfois, de ces hommes que le malheur a vieillis trop vite. Lambert Stafford est de ceux-là.

D'un coup d'épaule, il se dégage.

— Ça va, ça va. J' suis calmé.

Les gobelets s'entrechoquent de nouveau. Le tavernier verse un peu d'eau sur le visage du goitreux. Il redresse les tables. L'accoucheuse saisit le bras de

Lambert. Sa poigne formidable a maîtrisé trois générations de futures mères. D'un doigt autoritaire, elle fait approcher le voleur.

— Gil, rends ses deniers au prêtre.

— C'est qu'il m'en reste que deux, bredouille le coupable.

— Ça ira bien, donne.

Les pièces d'argent se blottissent dans la paume immense de la femme. Gil s'enfuit. D'un geste sûr, la sage-femme glisse l'argent entre son tablier et son énorme poitrine. Elle sourit à Lambert.

— Pour la boisson qu' vous avez gâtée.

— C'est cher payé.

Elle hoche son menton velu. Son mari accourt comme un chien espérant sa caresse. Il porte un pot de bière. Elle la verse dans deux gobelets.

— On dit à Retford qu' vous courez après un trouvère ?

— Oui. Alan-a-Dale.

— J' connais c't oiseau-là. On peut p'têt' s'entendre.

Elle vide son gobelet d'une traite et lui fait signe de la suivre.

Une minuscule bergerie s'appuie contre le mur de la taverne. La femme plie son énorme corps pour passer sous la porte. Lambert entre dans le cloaque noir saturé de la sueur des bêtes. Les yeux imbéciles de trois brebis le fixent. Dans un coin, quatre agneaux dorment dans la paille.

— V'nez voir.

L'accoucheuse s'est baissée et a tiré un agneau dans la lumière pâle d'une fenêtre. Elle introduit ses gros doigts dans la laine blanche. Une plaie apparaît. Elle est toute vivante de vers.

— J' trouille qu' les aut' l'attrapent aussi.

Le prêtre n'ose pas lui dire que Dieu et lui ont été en meilleurs termes. Il a besoin de trouver le brigand. Alors il étale sa sacoche sur la paille.

— T'nez-le ferme, dit-il.

Il tire la langue, alors qu'il cherche dans la poche de cuir. Une petite fiole d'étain roule dans sa paume comme un œil de golem. Il fait sauter le bouchon, verse une larme d'eau bénite. Les vers se réveillent. Le prêtre dessine une croix au-dessus de la plaie frémissante. Il prend sa voix la plus pénétrée possible.

— J'vous adjure, vermines, par l'père, l'fils et l'Saint-Esprit, et par les mille milliers et dizaines et centaines de mille et par saint Wigbert, sainte Leofwynn et sainte Alkelda et par tous les saints de Dieu, n'ayez pas en vot'puissance ce petit agneau blanc, n'restez pas ni demeurez dans sa peau ni dans sa chair !

Lambert ferme les yeux un instant pour laisser l'accoucheuse croire à un intense dialogue avec le Verbe. Mais il ne pense qu'à cette ignoble odeur de putréfaction. Une fois de plus, il maudit son Créateur. Pourquoi cette chair et ce sang ? Il le reproche souvent à Dieu dans ses accès de rage : pourquoi a-t-Il fait les fleurs si délicates, la sève du pin si parfumée et placé dans ses plus belles créatures de si infâmes composants ? Voilà la cause de la dualité de l'homme. Une âme pure et un corps de souillures. Cette chair et ce sang nourrissent tous les vices.

Il ramasse sa giberne et se lève. C'est assez de prières pour une bête.

L'accoucheuse le conduit sur un chemin qui sinue sous la frondaison rousse de Sherwood.

— J'vais vous dire, et j'vous laisserai à votre affaire. Mais votre homme, c'est un redoutable. Fait partie des sujets du roi des voleurs.

— L'roi des voleurs ?

— Robin à la capuche, qu'on l'nomme par ici. Un ancien seigneur qu'la félonie a poussé dans ces bois. Avec ses coquillards, ils emblent les voyageurs. Surtout les puissants et les clercs comme vous. Et les deniers qu'ils gagnent, ils les donnent à ceux qu'ont l'besoin. Mais vous fiez pas à ces histoires, c'est des démons. J'en connais qui les ont vus s'changer en loups à la nuit tombante. Quand ils ont trop faim, ils s'cannibalisent. Y en a un qu'a perdu ses oreilles à cause de ça. Paraît même qu'leurs flèches chantent la mort avant d'la donner.

Lambert s'impatiente.

— Et Alan-a-Dale est avec c'roi des voleurs ?

— À ce que j'entends, j'veux dire. Il est venu une fois à la taverne. Mais ça r'monte à deux printemps.

— Et comment j'les trouve ?

La femme pose une main sur son front.

— C'est là une aut'paire de manches. C'est qu'ils gîtent jamais au même endroit. Ils changent avant que l'herbe n'étouffe. Pour pas laisser d'traces. Le shérif, vous voyez. Mais sur ce chemin, y a la meule d'un charbonnier. Parfois les coquillards viennent faire leur feu dans la fumée du sien.

Le prêtre tire un denier de sa giberne. C'est le dernier. Il le donne à l'accoucheuse et, après un bref salut de la tête, s'engage sur le chemin.

C'est le même arbre qu'il y a quatre ans. Les squelettes de poule, de porc et de cheval, les membres de bois, les parchemins couverts de formules magiques murmurent dans son feuillage roux. Il a grandi au rythme des arbres. Qui le connaît s'en rend compte. Ses bras sont plus lourds, plus longs. Ils vibrent encore de la force du printemps.

Sous son immense ramure, Robin attend, assis sur ses racines. Sa capuche de loup masque ses yeux jaunes et, de la main droite, il tient son grand arc comme une crosse d'évêque. Il mâche une feuille de laurier. Autour de lui, des torches grésillent et répandent leur odeur de résine dans l'air nocturne. Will est debout à sa droite. À sa gauche, Alan gratte sa vielle, assis sur un grand coffre. Depuis quatre ans, ce manège a pris trop d'importance. Il est trop chronophage. Robin perd son calme.

— Qu'est-ce qu'il fait ?

— Sois patient. C'bientôt fini.

Petit à petit, Robin a appris à mieux cibler ses assauts. Privilégier les opérations risquées et rémunératrices. Elles laissent plus de temps pour la redistribution. Parfois quelques coups de poing quand la cible est renommée et que cela fera parler. Ils sont presque une trentaine, désormais. Mais le groupe se réduit chaque hiver. Pour les besoins du siège, il a dû former quelques compagnons au maniement de l'arc. Un piégeur les a rejoints. Il passe ses journées à la tourbière, dans le sillage des bécassines. Robin veut que les flèches de ses archers grondent comme les fantômes.

Marianne s'est révélée une bonne recrue. Les hommes partent plus hardis au combat maintenant qu'ils savent qu'elle saura les soigner. C'est elle qui a eu l'idée de mariner la viande pour pouvoir la manger sans faire trop de feu. Comme une femme attire moins les soupçons, c'est elle qui va en ville pour échanger le butin contre du pain ou des armes.

Petit Jean émerge de Sherwood. Il traîne avec lui un meunier au ventre rebondi, les yeux bandés. Les ronces accrochent ses chausses, le font trébucher.

Robin sourit.

— Tiens, tiens…

L'homme est devant lui, et ses mains se lèvent d'instinct pour ôter le bandeau. Il tremble.

— Enlève-lui, Petit Jean.

La vue recouvrée, le meunier tombe à genoux.

— Messire Robin, j'implore votre aide !

Petit Jean relève l'homme. Robin le fixe de ses yeux d'ambre. Il passe ses doigts dans sa barbe noire, agacé.

— Daniel… Daniel, tu ne manques pas de cran.

Le meunier baisse la tête. Il a retiré son capuchon, qu'il malaxe entre ses doigts farineux.

— J'vous en supplie, messire. Le shérif m'étrangle. Il m'a emblé six boisseaux d'farine pour la dîme saladine ! La croisade est finie, que j'y ai dit. Oui, mais la rançon du roi, qu'il a répondu. Et messire, vu qu'le Wendeval est pas marié, il a pas grand monde à nourrir. J'vous créant qu'il engrange la farine pour faire grimper les prix. L'hiver dernier, à Nottingham, j'en ai vu à moi qu'on vendait au marché pour le double. J'la r'connais à ma meule qu'est neuve et qui la rend grise.

Robin hoche la tête. Il se tourne vers Will.

— T'en penses quoi, Will ?

— J'en pense qu'il y a des usuriers.

— Messire, s'il vous plaît ! gémit l'homme.

— Regarde-moi, meunier.

Le roi des voleurs lui a redressé le menton.

— Déjà, il y a deux ans, je t'ai donné. Et depuis j'en entends sur toi qui me coupent l'envie. Quand mes hommes fuyaient les sergents de Woodborough il y a deux étés, ils m'ont dit que tu leur avais laissé porte close.

— Mais, messire, je n'étais pas chez moi !

— Tu mens, Daniel. Tu mens, car tu n'as pas encore choisi ton camp. Ce shérif que tu calomnies devant moi, je sais que tu as demandé son aide l'an passé. Depuis, Rémy le Bochu est toujours dans sa cage à Nottingham. Tu crois que c'est par esprit de concurrence qu'il moulait son grain chez lui à l'aide d'une pierre ? Il était comme toi aujourd'hui, il n'avait pas le choix.

La sueur perle sur le front du meunier.

— Mais, messire, la loi l'interdit ! Si chacun moud sa farine lui-même, je meurs !

— Daniel, je pensais que j'avais été clair avec toi. Tu viens, je te donne. Mais si tu prends, c'est ma loi que tu suis. Pas celle de ton cochon de Wendeval. Tu prends, nous sommes compagnons. Sinon, c'est trahison. Es-tu mon compagnon ?

Daniel respire bruyamment, de son souffle de bête. Il regarde Alan, Will et Petit Jean, apeuré.

— Oui, messire !

— Alors, prouve-le-moi.

Robin a appuyé son dos contre Reus. Il croise les bras, crache sa feuille de laurier. L'autre se décompose.

— Mais comment, messire ? Je...

— Abandonne ton moulin. Viens te battre à nos côtés. Montre-moi que tu es insoumis, que tu es prêt à faire tomber ces cochons.

Daniel recule. Ses yeux balaient brièvement les flancs du coffre. La pression est trop forte. Il sanglote.

— Mais, messire... La Giselle a trépassé l'an dernier. Sans offense, mais la forêt l'hiver, vos coquillards, c' pas une vie pour mes deux filles...

Robin a bondi de son trône d'écorce, soulevé Daniel par le col. Ses yeux incendient la face du meunier. Il serre le poing, décidé à frapper. Mais il hésite trop longtemps. L'homme lui fait pitié, à présent. Il le laisse choir dans l'herbe.

— Petit Jean, débarrasse-moi de ce couard. Il nous fait perdre notre temps.

Le bandeau noir tombe sur les yeux de Daniel. Il panique. Ses bras s'agitent maladroitement devant lui comme s'il fouillait le vide.

— Attendez ! Attendez, messire ! Much, mon jeune fils. L' shérif lui fait confiance. Hier, l'y a causé qu' le prince Jean organise une chasse au faucon à Clipstone. Wendeval y sera. Et beaucoup d'aut' cochons, comme vous dites !

Robin lève un sourcil.

— Quand ? demande-t-il.

— L'avant-veille d'la Nativité.

Sous le bandeau, les yeux du meunier roulent en silence. Les mains dans son dos, Robin calcule.

— Dix deniers, cela te fera tenir pour l'hiver ?

Daniel s'agenouille de nouveau. Il joint ses paumes devant le seigneur de Sherwood.

— Oh, merci, messire !

Alan ouvre le coffre. L'immense main de Petit Jean s'abat sur l'épaule du meunier pour le maintenir en place. Robin fait passer la bourse de Daniel à Alan. Au retour, il l'intercepte. Il ouvre la bourse, en verse le contenu dans sa paume. Les pièces tintent tristement comme le chant du pouillot. Il tend un denier.

— Voilà un denier. Ton fils Much, tu nous l'enverras une fois par semaine. Alan l'attendra le jour de Jupiter, près de Rainworth Lake. Fais en sorte qu'il ait des choses à nous dire. Tu auras les neuf deniers restants au fur et à mesure.

Daniel hoche la tête, servile. Il frémit quand il palpe le cuir mou de la bourse vide. À tâtons, il y introduit la pièce. Petit Jean le soulève par la tunique comme un chat par la peau du cou. Il le replace sur ses pieds, le pousse devant lui jusqu'à la forêt.

— Petit Jean ?

Le colosse n'est plus qu'une ombre.

— Oui, Robin ?

— Il en reste ?

— Trois encore. Simon d'Ravenshead : l'abbaye de Newstead a réduit les terres d'sa ferme sans réduire sa taxe. La veuve Cecily de Scarcliffe, son seigneur a truqué ses poids et mesures. Et une certaine Joan veut qu'tu bénisses son nourrisson. Elle marche depuis York.

Les neuf deniers de Daniel cascadent dans le coffre.

— Renvoie-les. Qu'ils reviennent dans deux jours. Donne à Joan de quoi coucher cette nuit. Explique-lui que je ne suis pas un prêtre et encore moins un saint.

Alan referme le coffre. Will l'aide à le soulever. Robin lance un regard en arrière. La silhouette du Normand s'est fondue dans les ombres. Il les rejoindra plus tard. Il connaît le chemin.

Le seigneur félon et ses deux sergents pénètrent sous les branches noires de Sherwood. En quatre ans, la forêt et la nuit ont perdu beaucoup de leurs mystères. La superstition demeure, malgré tout. Un fichu handicap. Pour faciliter les déplacements nocturnes, il a fallu jalonner certains chemins de fanions de tissu pour éloigner les faunes. Chaque coquillard possède un phylactère censé le protéger des démons et des bêtes sauvages. Le pillage du couvent de Wallingwells a été un échec tactique. Le butin fabuleux et Rosemonde Fitzhenry fessée devant ses pairs ont marqué l'apogée de son insoumission. Mais le groupe l'a payé cher. La désertion l'a fait fondre de moitié. Et le reste, Robin a lutté six mois pour le garder solidaire. Une leçon magistrale. Que la prêtraille asservisse autant que les barons, soit. Mais on ne touche pas à la religion. Will n'a pas peur, Petit Jean comprend, Alan se moque mais serre les mâchoires. Les autres n'ont pas su dépasser leurs peurs infantiles. L'attaque de Wallingwells, l'humiliation des moniales leur ont paru impies. La nuit, ils en faisaient des cauchemars.

Comme toujours, à l'angle de la petite église d'Edwinstowe, Alan s'arrête. Le trouvère connaît le prêtre. Il causera avec lui si le bruit le réveille. Will et Robin ont porté le coffre jusqu'au minuscule cimetière. Là, ils ont ouvert la fausse sépulture de Marianne de Beaumont. La comtesse de Warwick l'avait fait creuser au lendemain de l'attaque du manoir d'Edwinstowe. C'est là la cache de leur trésor. Robin en sourit chaque fois. L'ironie lui plaît.

— Robin ?

C'est la voix de Will. Plus pointue que d'habitude. Il parle alors qu'ils repartent vers la futaie, sa pomme d'Adam haut dans la gorge.

— J'voudrais t'dire… Tu devrais t'méfier. Ta distribution, elle fait grincer des dents. J'en entends qui s'plaignent. Ils disent qu'on vit dans la misère et que tous les risques qu'on prend profitent à d'autres.

— C'est exact, répond Robin, irrité que le sujet soit si souvent remis sur la table. S'ils sont mécontents, qu'ils partent. Et tu peux les accompagner si ça te chante.

Will lui saisit le bras. Son front de reptile aux oreilles creuses se plaque contre le sien.

— Écoute-moi ! Foutu d'orgueil ! Écoute-moi ! J'suis plus digne de confiance ? N'insulte pas c'qui nous lie, j'veux dire. Ça m'les cogne. J'te dis de te méfier. J'serai pas toujours dans ton dos pour t'abriter. Et c'dont j' veux t'entretenir, c'est que si tu t' moques trop des compagnons, c'est pas les barons qui t'auront. On naît pas judas, on l' devient par la force des choses.

Il relâche son étreinte et s'écarte, haletant de rage. Robin l'observe. Gênante, cette familiarité. Il va devoir prendre ses distances. C'est la malédiction du chef. Condamné à une solitude stratégique. Trop proche de ses soldats, il perdra son autorité. On meurt plus facilement pour un idéal. Or l'idéal ne ronfle pas la nuit. Il n'a pas de poux et ne glisse jamais quand il se lave à la rivière. La familiarité, c'est le dédain, à la fin. Il rejoint Will, la fidélité se récompense, tout de même.

— Merci, Will. J'y penserai.

Le Brabançon sourit. Et Robin se sent très seul.

Alan les attend à l'entrée du village. Ils s'engagent sur le chemin de pierre qui ouvre le flanc sauvage de Sherwood. Ils plaisantent. Alors, Will donne une bourrade au trouvère qui trébuche. Un éclair d'or percute la terre. Un crucifix a glissé de la manche du musicien. Volé dans le butin. Il le cachait là pour le revendre. Il suffit de voir l'effroi trembler dans ses yeux pour en être sûr.

Marianne se dépêche. La rivière est déjà toute noire. Les étourneaux ont cessé de siffler sur les cimes. Ils se collent les uns contre les autres. Elle s'assoit entre deux pierres, s'asperge le visage et le corps. Grelottante et nue, elle se précipite vers la berge. Elle passe sa chemise de laine et observe alentour. La nuit resserre la forêt autour d'elle. Elle ne se sent pas tranquille. Elle a peur des autres. Ils étaient deux la dernière fois à la regarder faire sa toilette. Elle attrape l'une des grandes coules noires volées à Wallingwells, l'enfile aussi. C'est ce qu'elle possède de plus chaud. Enfin, elle tresse ses cheveux, les ramasse sur ses tempes et attache son voile. Jamais elle ne les lâche. C'est la seule chose qu'elle ne veut pas concéder à son sort.

Marianne s'engage sur le sentier qu'empruntent les brigands et les bêtes. Elle marche trois pas en silence et s'arrête, recommence. C'est la saison du brame. Les cerfs sont nerveux. Mieux vaut éviter de se trouver sur leur route. Le chemin serpente sur le flanc du coteau. En haut, une poignée de troncs s'illuminent déjà de l'orange des flammes. Quelques braises dansent ensemble entre les branches. Le premier feu d'automne. C'est toujours une fête pour la troupe.

Une silhouette se dessine sur le haut du sentier.

Elle reconnaît la carure du colosse normand. Encore lui.

— Marianne ?

— Laisse-moi passer.

Petit Jean a déplacé la montagne de son corps en travers de sa route.

— J'veux seulement te parler.

— Tu veux toujours *seulement parler*.

Elle s'écarte du chemin et tente de le contourner par la droite. Mais sa grosse main lui attrape le bras.

— Sois gentille avec moi.

Sa main libre s'est glissée autour de ses hanches.

— Je suis la femme de ton chef.

— Et alors ? Il est pas obligé d'le savoir.

Le cœur de Marianne cogne à toute allure. Elle sent ses jambes se dérober sous elle.

— Et s'il l'apprend ?

Elle l'a dit en le regardant droit dans les yeux. Il soutient son regard. Elle lutte contre la peur qui la paralyse. Brusquement, la main du géant se referme sur son cou et la plaque contre un tronc.

— Pourquoi ? Tu lui dirais ?

Son visage est si proche qu'elle sent son haleine d'ail.

— Petit Jean !

La voix de Robin a retenti derrière la colline. Le colosse s'écarte. En relâchant son étreinte, son énorme main glisse sur la poitrine de Marianne. Il sourit.

— J'suis là ! crie-t-il.

Le chef des brigands apparaît sur le haut du chemin. Il lui fait signe.

— Viens !

Elle laisse Petit Jean prendre de l'avance, le temps de retrouver son souffle. Puis elle lui emboîte le pas, abattue : la scène n'a même pas étonné Robin. Au moins l'indifférence du mari de Grisélidis était-elle affectée. En espérant ce mariage, elle pensait naïvement qu'il honorerait son devoir d'époux comme elle honore ses obligations d'épouse. Mais il lui parle peu, la consulte rarement. Souvent dans la nuit il se lève pour dormir à l'écart et revient avant l'aurore. Et certains soirs, sa sueur puant la bière, il vient la prendre par la main et il l'entraîne dans la forêt, à l'abri des regards. Elle pensait qu'elle s'y habituerait. Mais c'est toujours aussi terrifiant de le voir s'allonger sur elle et de penser qu'à présent c'est là son devoir. Chaque fois elle fuit le plus loin possible de son corps. Elle fait l'inventaire de ses privilèges. Elle mange à sa faim. Elle n'a pas froid la nuit. Et Robin finira bien par se rendre compte de tous ses efforts, il l'aimera un peu. Il n'y a pas de vaine douleur. Le sort a fini par récompenser Grisélidis pour son sacrifice.

Le brasier a rassemblé les compagnons dans sa lumière. Il réchauffe les mains et sème les sourires. À la force des épaules, Marianne ouvre sa place dans la ronde des hommes. Ils résistent, puis cèdent en riant. Les yeux se tournent vers elle, tout ardents de flammes.

— Les gars, v'là l'hiver !

— Hé, quand Marianne fait la nonne, y a plus de doute possible !

Les rires fusent. Marianne sourit pour ne pas perdre la face.

Elle a appris à ne plus s'offusquer des plaisanteries paillardes. En revanche, elle ne se tait plus. Qu'un brigand la frôle de trop près ou lui donne une tape sur les fesses, aussitôt elle l'invective. Elle sait à présent que la vie dans ce camp est un combat. On attend d'elle qu'elle réponde, qu'elle se défende. Il n'y a que l'agressivité qu'ils respectent. Alors ils cachent leur désir derrière la moquerie. Plus elle s'endurcit, plus ils la traitent comme une mère. Malgré cela, elle a toujours aussi peur. De Petit Jean, surtout. Il rôde partout où elle passe. Elle s'épuise à toujours être sur ses gardes, à lui aboyer inlassablement les mêmes reproches. Souvent, le soir, quand la tension du jour retombe, les sanglots l'emportent sans prévenir.

Marianne regarde autour d'elle. Will n'est pas là.

Les coquillards aussi s'en sont rendu compte. Les murmures cessent. Robin l'appelle, et le Brabançon émerge du couvert. Il tient Alan-a-Dale par le bras, ses mains liées dans son dos. Il le pousse à genoux au milieu du cercle. Will a son masque sévère de mercenaire. Il saisit les cheveux du trouvère, lui tire la tête en arrière. Ses pommettes sanglantes et son œil tuméfié surgissent de l'ombre du feu. Devant tous, Robin jette un grand crucifix doré. Il laisse aux larrons le temps de le voir. Il s'avance :

— Notre ami Alan avait un petit secret. Régulièrement, il piochait dans le grand coffre. Il avait même une jolie cache où il gardait un petit pécule pour ses vieux jours.

Les coquillards se regardent. La peur est là, qui plane. Marianne sent venir le pire. Le pire est toujours à craindre quand son mari a ce regard.

— Par cet acte, tu as prouvé que tu n'avais rien compris.

Alan sanglote, supplie Robin de lui pardonner.

— Tu as prouvé que tu ne valais pas mieux que ces châtelains, cette prêtraille, que nous voulons combattre. Tu t'es laissé corrompre. Tu as trahi tes frères. Pour cet acte de trahison et selon les lois qui nous unissent, je te condamne à la mort.

Le regard d'Alan est vide. Il a souillé ses chausses.

Petit Jean sort du cercle. Il serre ses poings d'ours.

— La mort ? Énondu, personne t' force à faire ça, Robin ! Pourquoi qu' tu le chasses pas simplement ?

— Il a perdu ma confiance. Il connaît nos refuges.

— Tu n' vas pas tuer l'un d' nos frères sans personne pour lui donner l'extrême-onction ? Autant c' vaut lui promettre l'enfer.

Un murmure saute de lèvre en lèvre. Robin se souvient de Wallingwells. Ce maudit Normand n'a pas tort.

— Quelqu'un ici tient une bible ? demande Will.

Les têtes se tournent les unes vers les autres. Personne ne sait lire. Pourquoi auraient-ils une bible ?

— Je n'en ai pas, mais je connais une prière.

Marianne regrette aussitôt son aveu. D'un signe de tête, Robin lui ordonne de le suivre. Will dresse le coupable, le pousse devant eux.

Alors, un vent glacial se lève. Les troncs grincent, agitent leurs branches en une danse macabre. Quelques cerfs lancent à l'unisson leurs longs raires moroses. Dans les yeux des anciens de la troupe, Will et Robin portent de nouveau leurs tuniques de loups. Et ils se signent de les voir s'enfoncer dans l'ombre sans un regard en arrière.

Ils ont marché quelques instants dans la tempête. Le vent couche la forêt. Il hurle et il passe. La forêt reste. Alors il revient.

Ils agenouillent Alan sous un châtaigner furieux. Marianne s'avance, elle crie sa prière par-dessus les hurlements du vent. Will maintient le trouvère effondré devant l'inéluctabilité de son sort.

Robin prend ses distances, le temps que Marianne termine. Il la regarde agiter ses lèvres dans le vacarme des feuilles. Il est agacé d'avoir à subir ce folklore idiot. Les mots ne changeront rien au drame de la mort. Les larmes non plus. Ne voient-ils pas comme toutes ces croyances les asservissent ? Soit il y a un Dieu et Son plan ne fait pas grand cas de nos existences particulières, soit il n'y en a pas, et le temps qu'on perd à espérer une autre vie est égaré pour toujours.

Il a tiré le poignard de son père et fait jouer sa poignée dans ses paumes. Il lui échappe, se fiche dans la terre. Il le ramasse en jurant. Un homme accepte sa vie avec ses douleurs et ses injustices. Il se mouille pour la changer, s'enorgueillit de ses cicatrices. Lever les yeux au ciel en attendant un miracle est couardise. Il y a un mot pour une vie sans douleur : la mort.

Marianne lui fait signe. Alan le regarde, dégoulinant de suppliques. Will hoche la tête en silence. Ses yeux verts luisent d'une férocité bestiale.

— Rentre au camp, Marianne, dit Robin.

Elle s'enfuit sans un mot.

Will s'écarte. Robin passe ses doigts dans les cheveux bruns du trouvère. Alan lève les yeux. Le maroufle. Il ose le regarder avec ses yeux débordant de conscience.

— Y a une petite, à Nottingham.

— Tais-toi.

— Je l'aime bien, tu sais. Elle a les ch'veux d'la Vierge Marie. Le crucifix, c'était pour elle.

Les mains de Robin tremblent. Il serre les doigts pour maîtriser son bras. Il appuie la lame de son poignard contre la gorge du traître. Il la sent qui pulse, chaude et vivante. Lui, l'archer, n'a jamais été si près de la mort. Il appuie, Alan déglutit. Il déglutit pour lui rappeler que c'est sa vie qu'il ôte. Il ne veut donc pas mourir, ce couard ?

La nausée l'engloutit brusquement. Elle l'étrangle. Il vacille. Plus de force nulle part. Même le poignard est trop lourd. La lame se fiche dans la bruyère.

Will attrape le couteau et, d'un geste souple, tranche la gorge du trouvère. Robin regarde le sang d'Alan goutter sur les feuilles mortes, il le regarde s'effondrer, tête la première, convulser gauchement, les bras désarticulés le long de son corps et les fesses tournées vers le ciel. Un dernier spasme fait luire brièvement son gros anneau épiscopal.

Et la nausée l'emporte. Robin vomit de peur et de colère. Il vomit la lâcheté qu'il a vue en lui-même et qu'il veut oublier.

Will redresse son chef. Il arrache une touffe de fougères et lui essuie la bouche. Il glisse le poignard sanglant entre ses doigts.

— Va leur dire qu'tu l'as tué. Je m'occupe d'la fosse.

Lambert secoue sa coule trempée en jurant. Elle goutte sur ses sandales. Après la tempête de la nuit, voilà plusieurs heures qu'il avance dans le brouillard. Le chemin s'invente devant lui et disparaît dans son dos. De chaque côté, un écran de troncs noirs. Derrière, on ne sait si c'est la forêt ou le vide. Le ciel trop bas ronge les arbres. Tout semble figé sous les nuées de brume. Parfois, le cri timide d'un roitelet. Une corneille vient aiguiser son bec sur une branche. Elle repart sans bruit.

Le brouillard cerne Lambert de si près que le son des cailloux qui roulent sous ses pas lui semble décuplé. Même ses pensées résonnent trop fort. Il se met à siffler pour ne pas penser à Libet. Bientôt, il trouvera Alan-a-Dale. Et alors il pourra comprendre. Et peut-être se réconciliera-t-il avec le Père.

Une ombre a filé. Lambert s'arrête. Le silence est toujours aussi dense. Il n'avait pas remarqué l'odeur de brûlé. Une fumée sombre rampe sous le brouillard. En avançant un peu, il distingue un minuscule chemin creux qui descend dans la forêt. La fumée vient d'en bas. Du haut de la colline, on aperçoit la meule du charbonnier. Elle dort. Pas de feu près du cabanon. D'où vient donc cette fumée ? Sous ses talons, la terre se détache de la pente et roule. Quelque chose passe dans le chemin, juste sous la meule. Le prêtre se fige. Il tire un crucifix d'argent de sa giberne. Il n'a pas d'autre arme.

Un bourdonnement sinistre déchire le brouillard. Une flèche fend le sol à ses pieds. Et toujours ce silence à rendre sourd.

— Hé ho ! crie-t-il.

Pour toute réponse, un nouveau bourdonnement vient se ficher plus près de ses sandales.

— J'cherche le roi des voleurs !

Des rires moqueurs répliquent de toute part.

— Pose ta giberne devant toi et retourne d'où tu viens, rugit une voix.

Le visage du prêtre s'enflamme. Qu'on l'attaque, soit. Mais ils ne s'en tireront pas avec ces méthodes de pleutres.

— Viens me l'dire en face, merdaille d'couard ! hurle-t-il.

Une silhouette immense apparaît sur la gauche du chemin, se pend d'une main au bras mince d'un saule, saute lestement au sol. Le brigand avance lentement hors de la brume. Deux longues nattes blondes pendent de chaque côté de ses épaules de Goliath. Il a une hache au flanc, une longue perche de batelier dans son énorme poing. Une dizaine d'ombres se détachent des troncs. Sur la droite, la silhouette d'un archer au visage couvert d'une large capuche. Il se tient droit et calme. L'assurance d'un chef.

— Donne ta giberne à mon ami, dit la voix.

D'autres brigands s'approchent. Lambert ôte son sac et le tend à bout de bras. La grosse main s'en saisit. Alors le clerc tire la sangle vers lui. Le géant surpris fait un pas en avant. Sa tête penchée est à portée de main. Avant que les autres n'aient pu réagir, Lambert lui assène un violent coup de crucifix sur la tempe. L'homme vacille. Le long bâton sonne sur le sol. Mais déjà le prêtre s'est mis à l'abri des larges épaules du Normand. Les autres n'osent pas intervenir, de peur de blesser leur compagnon. Lambert arrache l'une des flèches plantées là alors que son genou frappe l'entrejambe du colosse. Le gaillard s'effondre, gémissant. Lambert appuie la pointe de sa flèche contre son cou.

De sa main libre, il vide sa giberne. La petite fiole d'étain, un quignon de pain dur et une grosse gourde roulent sur le corps du géant. Il lance alors à l'archer à la capuche :

— V'là tout mon trésor. Mais descends d' ton perchoir tant qu' c'est l'heure de confesse !

Une ombre s'agite sur la gauche. L'archer lève le bras. L'ombre retrouve son calme.

Subitement, le colosse se cabre, attrape le pied du prêtre. Le souffle de Lambert l'abandonne quand son dos heurte l'humus. L'homme est sur lui, son tibia en travers de son torse. Il grimace de colère.

— Petit Jean !

Le cri de l'archer l'arrête. Il est apparu sans un bruit, une flèche parée sur son grand arc rougeâtre. Il a des yeux de loup, jaunes et farouches.

— Je suis Robin. C'est moi que tu cherches ?

— Non.

— Qui alors ?

— Alan-a-Dale.

Le rire de Robin est limpide comme de l'eau claire. Il tend sa main aux doigts durcis par la corde cirée.

— Tu me plais, corbeau.

Les larrons défilent devant lui. Un à un, ils le saluent. Ils ont tous ce sourire soulagé. Ils avaient peur. Mais pourquoi ? On le presse de bénir, de confesser. Pour le moment, il s'y refuse. Il scrute les visages tout vivants de flammes, espère et redoute de revoir Alan. Jamais il n'a pu oublier ses traits. Voilà encore une belle injustice : le teint blanc de Libet, son sourire piqué de deux fossettes, ses hanches maternelles, ses douces mains de femme s'estompent chaque jour un peu plus. Il est tellement en colère contre Lui ! Depuis ce jour de printemps, tout s'est soudain mis à glisser. Sa vie n'est plus qu'une chute.

Une jeune femme aux cheveux noirs retire une cuisse de lièvre du feu. Elle la pose sur un mince tranchoir de pain sombre. Robin s'en saisit et s'approche.

— Alan n'est pas là ? demande Lambert.

— Je te conduirai tout à l'heure.

L'homme laisse les bûches siffler un instant.

— Tu es moine ?

L'ombre de la nuit passe sur le visage de Lambert. Il hoche pensivement la tête.

— Je l'ai été. Un moment. À l'abbaye d' Fountains.

Il tend la main au roi des voleurs. La poigne de Robin est franche.

— Tuck. C'est le surnom qu'ils m' donnaient là-bas. Mais pas pour la gloutonnerie, comme vous pouvez l' voir.

Il montre ses deux poings encore encroûtés du sang de Petit Jean.

— C'est plutôt que j'en ai « bordé » plus d'un.

Il a un rire triste.

— Avant, j'étais prêtre à Stafford.

Robin lui offre la viande fumante.

— Tu saurais célébrer la messe, demain ?

Tuck saisit l'offrande et hésite. Il désigne le ciel.

— J' sais pas trop. J' suis pas très en règle avec Lui, j' veux dire. J'ai toujours eu des soucis avec la hiérarchie.

— Ils en ont besoin, répond le brigand en désignant ses compagnons. Les derniers mois ont été durs. Mange, tu comprendras.

La torche de Robin repousse la nuit. Lambert marche derrière lui. Les brigands les ont regardés partir, les yeux brillants d'espoir. Pourquoi Alan vit-il à l'écart du groupe ? Est-il lépreux ? Ou galeux ? Le prêtre passe une main dans ses cheveux blancs. Elle lui revient pleine de sueur. Sueur froide, aussi, sur ses pommettes saillantes. Saura-t-il lui pardonner ? Il le faut, pour elle. Mais il craint la colère qui sommeille en lui. Quand elle se réveille, Lambert devient Tuck le bagarreur, Tuck le violent, le hargneux, le frère Tuck que l'abbé de Fountains a dû bannir de sa communauté. Libet, elle, savait le maîtriser. Son sourire n'avait peur de rien. Elle irradiait d'amour et de tendresse. Libet, c'était Dieu. C'était son Christ, son Sauveur. Sa vie avait perdu tant d'ombres quand elle y était entrée. Et Toi, Dieu jaloux de la Bible, elle Te faisait donc concurrence ? Et cet Alan qui pille les églises ! Il se mord les lèvres. Il les revoit, les yeux de sa concubine. Sur sa bouche tordue, ses yeux si doux, que la vie abandonne dans une dernière larme. Voilà son seul souvenir ? La tristesse lui allait si mal. Alors, il faut pardonner. Pardonner au pilleur boucher de l'avoir fait tant souffrir qu'il en avait oublié son devoir. Elle était partie sans les derniers sacrements. Lui, le prêtre de Stafford, qui avait recommandé à Dieu tant d'inconnus, avait oublié l'extrême-onction. Sa belle au sourire aimant, en enfer ! Oui, assommé, abruti de douleur, il avait oublié. Qui ne l'aurait pas été ? C'est cela, Ta justice ? Oui, pardonner. Peut-être ainsi ira-t-elle près de Toi. Puisque c'est ce qu'il faut lui souhaiter.

Les longues ombres des troncs glissent sous les ronces au passage de la torche. Une rivière coupe le sentier.

Sur l'autre rive, entre deux grands pins rouges et tordus, une croix de bois et le tertre noir d'une tombe fraîchement creusée oscillent dans la lumière des flammes. Le maroufle. Il n'est pas malade, il est mort.

— Le maudit coquebert !

Il a crié en se jetant dans l'eau froide. Il a crié contre les cailloux qui lui tordent les chevilles. Il a crié contre les griffes des ronces de la rive. Il a crié en arrachant la croix.

Il la frappe contre l'écorce d'un bouleau, maintenant. Elle craque quand elle se brise, et ce craquement décuple sa fureur. Un simple bouleau plus fort que

Sa croix ! Il arrache sa giberne. Il la pose à sa droite et plante ses doigts dans l'humus noir. Juste à côté de la sépulture du brigand, il creuse un trou long comme sa paume. Il y jette son crucifix.

— Voilà pour Toi, lance-t-il au ciel.

Il rebouche le trou.

Il s'assoit. Il regarde les deux tombes. Et ce néant que ses mains ont creusé dans son sol, il le retrouve en lui-même. Plus vaste, plus effrayant encore. Il n'y a plus rien. Plus d'espoir de réconfort, plus d'objet pour sa colère. Que la nuit qui ne cesse de le renvoyer à lui-même. Plus rien. Rien que la peur d'avancer seul.

Il s'est redressé, tout transpirant de panique. Et alors qu'il déterre le pauvre symbole de ferraille, il se maudit. Il maudit sa couardise. Il a peur de Lui. Peur de la rejoindre.

— On l'a exécuté, dit la voix de Robin. Je sais pas si ça peut aider.

— J'veux pas savoir. Pas tout d'suite, répond Tuck, comme un loup qui protège sa chasse.

— Il avait volé un crucifix, dans le coffre qu'on redistribue. Il est mort sans l'extrême-onction. Ils ont peur là-haut. Ils ont peur du fantôme.

Tuck plante ses yeux bruns dans ceux du brigand.

— Je t'ai dit d'la fermer.

— Qu'est-ce qu'il t'a fait ?

— Pas tes affaires. Tais-toi.

— Qu'est-ce que tu voulais faire ? Le tuer ? Il est mort.

— J'voulais lui pardonner.

— Pardonne-lui, alors. Ça change quoi, qu'il soit vivant ou mort ? C'est ta colère. Tu voudrais qu'il te sourie ? Qu'il admire ta magnanimité ?

Le brigand dit vrai. Mais Tuck ne veut pas voir l'ampleur de sa faute. Sa culpabilité est une bête trop puissante. Alors il se jette sur Robin et il se bat, puisqu'il ne sait plus rien faire d'autre.

Longtemps ils sont restés allongés sous les arbres. Son nez lui fait de nouveau mal. Cet homme est un sacré cogneur. Malgré sa pommette fendue, Robin sourit. Voilà la pièce manquante. Un prêtre colérique, un larron qui s'ignore. La caution religieuse de sa rébellion. De quoi rassurer les superstitieux. Le prêtre a essoré sa violence jusqu'à la dernière goutte, puis il a parlé. Alan, pour un ciboire d'étain, a éventré sa femme. Et lui, rongé par la douleur, qui oublie de lui donner les derniers sacrements. Il croit sa Libet en enfer. Il pleure à côté, maintenant. Robin l'entend qui essaie d'étouffer ses sanglots. Alors il ne dit rien. Il le laisse faire. Cette rage, il l'a connue, il y a longtemps. Un long cri d'impuissance.

Robin réveille le prêtre. Il faut rejoindre les autres. Tuck suit Robin à travers les fougères, les yeux voilés de fatigue et de culpabilité. La lumière du matin souligne les bleus de son visage.

— Merci, dit-il.

Robin se retourne, surpris.

— J'en avais besoin. J'vais la donner, ta messe.

Robin a choisi Reus pour célébrer l'office. Tuck s'avance sous le chêne et sourit. Toutes ces offrandes païennes lui plaisent. Robin aime ça, chez lui : il a le sens de la provocation. Le prêtre consacre un peu de pain. Les brigands se regroupent en silence. On laisse Marianne se placer devant. À Will et Petit Jean, Robin a raconté tout bas les évènements de la nuit. Pour éviter que leurs ecchymoses ne les inquiètent.

Tuck se dresse sur l'une des racines de l'arbre que la brume matinale enveloppe avec des airs d'encens. Il fait asseoir tout le monde. Alors il écarte les bras et, d'une voix monotone, il entame sa longue litanie latine.

Robin regarde ses hommes. Ils sont rassurés par ces mots qu'ils ne comprennent pas. Il leur suffit d'une croix, d'une tonsure et d'une coule. Le reste importe peu. Chacun entend ce qu'il veut qu'on lui dise.

Nottingham se dresse sur la terre nue. La pluie a tant abreuvé ses rues que les maisons se penchent les unes vers les autres comme pour ne pas glisser dans la boue. Le château se dresse sur une colline aux airs de falaise. Sa longue échine grise domine les toits de chaume.

Marianne frappe à la porte du boulanger. C'est une entrée minuscule creusée à l'arrière de la maison. En cas d'incendie, ou de révolte. L'odeur du pain chaud s'insinue sous la porte, torture son estomac. Elle entend traîner des sabots sur la pierre. C'est le fils. Le pas du père s'élève et s'abat comme un marteau sur sa forge.

Il ouvre. Sur sa figure blanche de farine manquent les sourcils mangés par l'ardeur du four. Elle baisse sa capuche. Un regard à droite, puis à gauche. On est seuls. Marianne tire de sa gibecière un encensoir de cuivre. Il le fait rouler dans ses paumes poudreuses, hoche la tête. La porte se referme.

Une nuée de choucas s'élève des remparts. Une bourrasque d'altitude souffle les oiseaux et troue les nuages, dévoilant par endroits le bleu du ciel.

Des voix s'engouffrent dans la ruelle, effraient une famille de cochons affamés d'ordures et s'éloignent vers la grand-place.

La petite porte s'ouvre de nouveau sur le fils du boulanger qui lui tend un grand sac de toile. Au fond, trois grosses miches de pain. Marianne est déçue :

— C'est tout ?

Il soupire, pressé.

— Oui. L'grain s'monnaye cher cette année.

— Qu'est-ce qu'il se passe, là-bas ?

Le jeune homme répond en claquant la porte :

— C'est le prince Jean sans Terre qui visite. L'shérif l'accompagne.

Bientôt, la nuit s'abattra sur Nottingham. Marianne le sait, mais comment résister ? Son ancien fiancé est là, qui parade sur la grand-place. La curiosité chatouille son imaginaire. À quoi ressemble-t-il ?

Mille bougies brillent sur l'enceinte du château. Le chant joyeux de la chapelle s'étire dans le crépuscule. Un immense attroupement inonde la place. Il couvre chaque escalier, chaque margelle. Marianne se hisse sur le chambranle d'une fenêtre. Une procession de bannières scinde la foule. Deux cavaliers portent les armes du shérif et du prince sur leurs juments brunes. Elles lèvent leurs naseaux vers le ciel, tirent sur leurs mors, paniquées par les vivats. Derrière elles, les Shires noirs des seigneurs paraissent démesurés. Marianne plisse les yeux. Le jeune frère du roi porte la barbe courte et les cheveux longs. Son manteau à col de zibeline couvre la croupe de sa monture. Il est doublé d'hermine et rehaussé d'or. Il salue paresseusement de sa longue main gantée de loutre. William de Wendeval chevauche dans son ombre. Marianne tord le cou, mais le manteau du comte de Mortain cache son visage. Un mouvement de foule. Le destrier du shérif se cabre. Il part de biais, écume aux lèvres, hochant sa lourde tête. Le prince a pris trois foulées d'avance.

Et Marianne le voit, le shérif, agacé, qui écarte mollement l'assemblée de sa main où scintille la prothèse de son pouce. William de Wendeval, celui qui devait être sa vie. Ses traits trop jeunes pour ses cheveux blanchis, son front que le souci a sillonné d'avance. Il manque à ses gestes l'énergie de son âge. Ils sont comme ralentis par un souffle contraire.

Il est temps de partir. Elle a vu ce qu'elle devait voir. Un sentiment tiède la saisit. Ce n'est pas la déception attendue. Curieuse douleur. Marianne balaie le cortège d'un regard vaincu. Aux châtelains succèdent les barons, puis les chevaliers, les écuyers et les servantes. Longue déchéance vestimentaire jusqu'à sa queue piétonne.

Soudain, une silhouette à la démarche familière lui coupe le souffle. Elle manque de tomber. Ses yeux brûlent. Trop de joie d'un coup dans cette vie qui l'en a tant privée. Son cri n'est qu'un sifflement faiblard. Et au bout du cortège, devant son visage inondé de bonheur, Beth passe sans la voir.

Marianne interroge les badauds qui s'éparpillent. Ils se pressent avant que la nuit n'aveugle les venelles et ne dissimule les crocheteurs de bourses. La plupart l'ignorent et continuent leur route.

Je ressemble à une mendiante, se dit-elle.

Mais une dame s'arrête. Elle a le regard doux.

— Où puis-je trouver le shérif, ma dame ? demande Marianne. Je cherche une femme qui travaille pour lui.

Wendeval a dû arriver un peu après l'attaque de Robin. Margery lui aura confié sa nourrice.

La femme se tourne et, tout en soulevant son bliaud de sa main gauche, désigne une ruelle sur la droite.

— Remonte cette ruelle, ma fille. Le shérif loge au château d'habitude, mais il doit être au manoir, vu que le prince est là.

— Le manoir ?

— Oui, tu ne peux pas le rater. C'est la seule demeure qui est toute de pierre. Au pied de la colline, là-bas, derrière la rue des Forges. Hâte-toi avant qu'il ne fasse trop noir !

Marianne la remercie et se presse. Il n'y a déjà plus de femme dans les ruelles boueuses. Les seules qui restent sourient trop fort. Un porcher la siffle en frappant du bâton le cuir de ses cochons. Les regards se font tranchants, malgré sa coule de moniale. Ils s'échauffent à mesure que la nuit fraîchit la bise citadine. Elle entre dans une ruelle bordée par le flanc nu de la colline. Des rires tombent du château. Il dort, plus haut, caché par les ténèbres. Une grande maison pousse ses parois de pierre jusqu'au milieu de la chaussée. Le manoir.

Un mince rayon de flammes encadre la large porte aveugle au centre de la façade. Le bâtiment est massif, rectangulaire. Sur son toit d'ardoises, une longue cheminée s'efface dans l'ombre de la falaise. Marianne s'approche de l'entrée. Un lion terrasse un renard sur son épais linteau. Elle inspecte ses doigts à la faible lueur des torches. Ses ongles sont noirs. Machinalement, elle crache dans ses mains pour en ôter la terre. Un vif sentiment de honte l'arrête. Que dirait Beth si elle la voyait faire ? Inquiète, elle arrange sa chevelure noire. Elle est pleine de nœuds huileux. Elle craint d'avoir le visage terreux, de n'être pas présentable. Et si sa nourrice ne la reconnaissait pas ? Et si elle la chassait comme une vulgaire mendiante ? Ou pire, et si elle la reconnaissait, mais la chassait quand même ?

Marianne est soudain baignée par une vive lumière. Une grosse silhouette d'homme se tient sur le pas de la porte, immobile. L'anse d'un seau grince dans sa main.

— Excusez-moi, commence Marianne, aveuglée.

— Passe ton ch'min, répond une voix grave.

— Y a-t-il chez vous une nourrice du nom de Beth ?

— T'es chez l'shérif ici, p'tite. Y a pas de nourrice chez l'shérif comme tu d'vrais l'savoir.

— Pas de Beth non plus ? Elle herborise aussi.

— Écoute, j'ai pas l'temps d'causer ce soir, l'prince Jean est de visite.

Le rire de Beth a retenti dans la maison. Il venait de la lumière, derrière le servant. Elle s'avance.

— Laissez-moi passer, je l'ai entendue, derrière vous.

Mais l'homme l'arrête de sa grosse main.

— M'oblige pas à t' rosser. J' veux pas d' gueuse comme toi chez l' shérif.

— Beth ! Beth !

Marianne a crié tant qu'elle a pu dans l'ouverture de la porte. L'homme l'empoigne et la pousse si violemment qu'elle trébuche et tombe dans la boue. La porte claque sur elle.

Elle se redresse en pleurant. Elle est certaine que c'était son rire. Que faire, maintenant ? La savoir ici sans pouvoir la rejoindre est un véritable supplice.

Elle tourne les talons, mais un cri la retient. La porte s'est rouverte. Dans son rectangle de lumière, cette ombre qu'elle reconnaîtrait parmi mille autres. Elle est soudain blottie dans ses bras immenses. Les souvenirs, les caresses, les secrets, la verveine, tout est là. Joue contre joue, front contre front, paumes contre paumes, elles pleurent. Beth caresse de ses mains le visage de sa fille. Ses joues luisantes de bonheur, elle la palpe tout entière. Elle veut être sûre de son rêve.

— Ma toute petite ! articule-t-elle entre deux sanglots. Ma belle ! J' te croyais morte ! J' te croyais morte !

Et elles s'embrassent de nouveau sur le pas de la porte.

Dans le cellier, Beth a fait bouillir de l'eau et remplit un grand baquet. Elle a tendu des draps autour. Elle coiffe délicatement les cheveux trempés de sa fille, les dénoue, les libère. Marianne déguste chacune des caresses du peigne de corne. Elle regarde la vapeur s'enrouler sur elle-même, monter se lover entre les poutres du plafond.

— Tu es sûre que le shérif n'est pas là ?

— Non, ma belle, au château. Et pour un moment.

Brusquement, elles se taisent. L'émotion apaisée, il faut parler des choses qu'on ne veut pas dire. Et l'explication leur fait peur. Au fond d'elles-mêmes, elles savent. Mais cela ne suffit pas. Il faut tout partager, même ce qui fait mal. Beth a toujours été plus forte. Elle commence :

— J' fais des cauchemars, souvent... Je te redis tout c' que je t'ai dit à Warwick. Sur le mariage, j' veux dire. Et tout c' que j' dis arrive. En mal et même en pire. Alors j' me bats pour t' protéger, mais j' finis toujours à terre.

Marianne attrape le bras de Beth. Dans la rue, le cri de l'arrière-guet qui réveille une sentinelle endormie. Elles attendent qu'il passe.

— Tu n'y es pour rien.

Beth se racle la gorge. Elle doit cracher cette question qui la torture depuis tant de nuits.

— Ce... Ce monstre... Est-ce qu'il t'a... ?

— Oui.

Après toutes ces années, il n'est pas plus facile d'en parler. Dès que les mots réveillent les souvenirs, la douleur surgit aussi entière qu'alors. Marianne a simplement appris à mieux les rendormir.

— Margery t'a chassée après ça.

Ce n'est pas une question.

— Le bailli m'a conduite dans la forêt. Il m'a laissée là. Au milieu de nulle part.

Beth resserre son étreinte. Marianne inspire. Elle a besoin de courage.

— Ce n'est pas un monstre, tu sais.

— Qui ça ?

— Robin.

Elle se sent obligée de le dire. De le défendre.

Beth s'est glissée devant elle. Sa colère ride l'eau du bain. Ses doigts pâlissent à force d'étrangler le bois du baquet.

— Marianne... Tu causes comme si tu l'connaissais.

— Je vis avec sa troupe. Dans la forêt.

La vieille femme s'est levée. Elle arpente la pièce, ses mains agrippant la cheminée, ses hanches, son chignon, indécises. Sa bouche tremble de colère.

— Parmi les brigands d' ce porc ?

Marianne la regarde, peinée. Beth ne sait rien de ce qu'elle a vécu. Elle ne peut pas savoir.

— Pourquoi es-tu allée t' fourrer là-bas ?

— Je l'ai épousé.

La surprise de la nourrice est si grande qu'elle tombe à genoux.

— C'était ça ou putain. Ça ou putain. J'ai erré deux nuits seule dans la forêt sans rien manger. Sans l'aide de deux charbonniers, je serais morte de faim ou dévorée par les loups. L'abbesse de Mansfield m'a enfermée dans un bordel. Personne ne m'a laissé le choix. Robin a été le seul à bien vouloir m'accueillir. Pendant un an je n'ai pas dormi. Je manquais de faillir quand je le croisais. Mais au moins j'ai de quoi me nourrir.

De grosses larmes roulent sur les joues de la nourrice. Elle s'est approchée de Marianne et lui embrasse le visage. Elle la serre contre elle, puis elle plante ses grands yeux dans les siens.

— Il faut que tu quittes ce brigand.

Un malaise étourdissant s'installe. Combien de fois Marianne a-t-elle rêvé de vivre ce moment ? Mais ce n'est pas la joie qui lui noue la gorge. C'est la culpabilité. Il y a ces pains qui dorment dans l'entrée. Elle est la femme du chef, à présent. Elle a des responsabilités. Elle ne veut pas abandonner Robin. Elle ne peut pas. Elle a promis devant Dieu de lui être fidèle jusqu'à la mort.

— J'herborise pour l' shérif, tu sais, dit Beth pour changer de sujet. C'est lui qui m'a demandée à la comtesse. J' suis bien mieux traitée ici qu'à Warwick.

Elle montre son bliaud neuf, un sourire sans joie sur les lèvres. Marianne l'interrompt :

— Il est marié ?

— Pas encore. À force d'insistance, Margery lui a fiancé Gundred. Les épousailles auront lieu au château cet hiver. Y aura un tournoi, de grand' fêtes.

Marianne hoche la tête. Elle est jalouse de Gundred. Elle a sa mère, son père et maintenant un beau parti. Elle n'a plus rien, elle.

— T'as ouï dire pourquoi Jean sans Terre est à Nottingham ? lui demande la nourrice.

— La chasse au faucon à Clipstone ?

— C'est l' shérif qui l'a invité. Il veut lui faire la cour. T'es pas sans savoir qu' Richard croupit dans les geôles du duc d'Autriche ? Eh bien, Aliénor peine fort à trouver la rançon vu que l' royaume a trop saigné de toutes ces croisades. Et Jean sans Terre ronge son frein. Il a jamais été aussi proche d' la couronne. Wendeval sait que, pour prendre le royaume, il a besoin de tous les alliés possibles.

— Mais le shérif n'a pas besoin de lui. C'est Richard qui lui a donné son titre. Il n'a pas intérêt à…

Beth a rapproché son visage rond. Elle chuchote, à présent.

— Pas si sûr, j' veux dire. Si l' shérif m'a d'mandée comme herboriste, c'est qu'il est malade. Son pouce, celui-là qu'est caché, c' pas une blessure de guerre.

— Qu'est-ce que c'est, alors ?

— La lèpre.

Beth sourit, maternelle. Elle est fière d'en savoir tant sur le monde.

— Elle progresse vite, d'puis un ou deux mois. Tu sais comme il faut s' méfier de l'ambition d'un homme qui se meurt ! Tiens, jusqu'à tout à l'heure, Wendeval se souciait surtout d'engranger des deniers. Mais tout soudain, il cause plus que d' la cour royale.

J' te créant que c'est sa ladrerie qui l' trouille ! S'il est découvert, c'est la disgrâce. Léproserie, crécelle et tout l' reste. Alors il veut attraper un titre qui l'abrite de tout ça. Voilà pourquoi il fait la cour au prince Jean, vu qu' Richard est prisonnier. Et comme Robin a fort humilié l' prince en rossant sa sœur à Wallingwells, si Wendeval lui amène sa tête, ce s'ra une belle opportunité pour s' bien faire voir, j' veux dire. C'est pour ça qu' tu ferais mieux de quitter sa troupe. Avant qu' la forêt ne brûle.

Marianne bondit hors de son bain. Elle enfile sa chemise, encore ruisselante.

— Je dois le prévenir.

— T'as perdu la tête ? T'entends pas c' que j' viens de t'entretenir ?

Cette fois, c'est la nourrice qui lui attrape le bras. Marianne se dégage brutalement. Elle regrette aussitôt sa violence. Ses paumes humides sur les joues de Beth, elle murmure :

— C'est mon mari, maintenant.

— Le monde est rempli de mauvais maris. Crois-en mon expérience.

— Mais son idéal est juste. Sais-tu que ton shérif engrange le blé et spécule sur la famine ? Tous ces barons jouissent de la sueur des paysans, des forgerons, des tanneurs. Et jamais ils ne lèvent un doigt pour travailler.

Beth fronce les sourcils.

— Oui, mais qui nous protège quand la guerre est à nos portes ?

— Les remparts ! Et les fils des paysans qui les ont élevés !

— C'est lui qui t' met ces drôles d'idées dans l' crâne ? J' te préviens, j'te laisserai pas partir !

Marianne la fixe en essorant ses cheveux au-dessus du baquet. D'un pas résolu, elle marche jusqu'à la porte. Elle prend son sac de pains et se tourne vers sa nourrice. Ses yeux noirs sont ardents de courage. Alors avec ce soupir que soupirent les mères, ce renoncement que l'amour demande quand il se fait plus puissant que la peur, Beth lui tend un chaud bliaud de laine et une bourse pleine d'herbes et d'onguents.

— Promets-moi de revenir me voir. Ou j'irai moi-même t'en tirer par la peau du cou.

Depuis son arrivée, cette femme l'intrigue. Il y a quelque chose chez elle qui tranche avec la grossièreté de ceux qui l'entourent. Elle a le visage sale comme eux, les cheveux poisseux et ses bras sont comme les leurs, griffés de ronces. Mais ses doigts sont trop fins, la manière dont elle pousse la mèche noire qui lui partage le front trop étudiée. Sa grimace quand elle débite le gibier qui pend aux branches du saule trahit son manque d'habitude. Certes, elle jure parfois, elle se défend quand un brigand l'approche trop, mais ses insultes sont choisies : elle ne blasphème jamais. De noble origine, à coup sûr. Mais alors, que fait-elle ici ? Lambert l'observe distribuer la soupe. Depuis qu'il est là, elle fuit la confession. Que cache-t-elle ? Que cachent-ils ?

Le colosse s'est assis sur la souche à côté d'elle. Elle a eu un imperceptible sursaut. Elle s'est écartée de lui. Petit Jean lui chuchote à l'oreille et lance de furtifs regards en direction de Robin. Mais le roi des voleurs leur tourne le dos. Il se tient face aux flancs sombres de la forêt. Wyat et Will sont partis au coucher du soleil. Il semble guetter leur retour.

Lambert se lève et les rejoint.

— Bonsoir, dit-il.

Et il s'assoit sur une pierre. Petit Jean s'est tu, gêné.

— La nuit s'annonce fraîche.

Mais ni le colosse ni Marianne ne répondent. Alors le géant se lève.

— J'vais reprendre du bouillon. À plus tard, Tuck.

Dés qu'il s'éloigne, la jeune femme semble se détendre. Elle continue à boire sa soupe, les yeux dans le lointain.

— Marianne, t'es jamais venue t' confesser.

Ses yeux noirs le fixent. Ils le supplient d'arrêter. Alors Lambert vient s'asseoir près d'elle. C'est bien ce qu'il pensait. Les confessions les plus terribles débutent avec ce regard.

— J' veux pas trop insister, Marianne. Mais qu'est-c' qui t'a amenée dans la troupe du roi des voleurs ?

Elle a un sourire triste.

— Je suis sa femme.

Il camoufle son étonnement pour ne pas la blesser. Robin, il n'y avait pas pensé. C'est qu'aucune tendresse ne transparaît dans ses gestes et, quand il s'adresse à elle, c'est pour lui donner des ordres, comme à un soldat. Il hoche la tête avec un air compréhensif.

— J' crois savoir qu' Robin avait un domaine, tantôt. Vous étiez mariés avant d' gagner la forêt ?

Un cri les interrompt. Des hurlements et des acclamations lui font écho. Marianne se lève et Lambert la suit. Les brigands se sont regroupés autour des flammes.

Wyat et Will ont surgi des frondaisons. Ils tiennent un grand sac de toile qui se tord en tous sens avec des cris de crécelle. Les hurlements d'animaux des larrons font redoubler les sursauts du gros paquet brun. Ils le jettent durement devant le feu. Robin s'écarte, il regarde, dissimulé par la nuit et les arbres. Will ouvre le sac et dévoile une paysanne d'âge mûr aux cheveux hirsutes et roux comme des flammes. Elle se protège derrière les pans d'un grand manteau de laine. Les brigands rient, grimacent et dansent dans la lumière et, dans une sorte de rituel païen, ils bondissent à tour de rôle autour de la victime. Chaque fois, elle tressaille, elle crie. Elle pleure d'effroi. Lambert sent sa colère s'éveiller. Il serre les poings. Ce n'est pas cette cérémonie impie qui choque son âme de clerc : à chaque sursaut de la paysanne, Marianne sursaute avec elle. Une profonde terreur se lit dans ses iris noirs.

Alors Robin rompt le cercle. Sa capuche de loup sur son front, il marche lentement, en tenant son grand arc rouge comme une crosse d'évêque.

Aussitôt, la femme s'écroule, le visage souillé de morve et de larmes. Elle joint les mains, recule en rampant, comme devant une apparition démoniaque.

— Non, balbutie-t-elle, non, messire ! Messire, j'vous en prie !

Robin reste muet. Il s'accroupit, caresse avec ses doigts le manteau de laine.

— Tu as un joli manteau, Ida.

Les larrons ricanent autour d'eux. Elle détourne la tête comme si elle craignait qu'on ne la frappe.

— C'est toi qui l'as tissé ?

Elle hoche la tête. Alors Robin passe ses doigts sous son menton pour la forcer à lui parler en face.

— Avec quelle laine ?

Ses yeux fuient le regard du brigand. Une larme reste prisonnière du petit duvet roux qui lui couvre les lèvres.

— Avec celle d' mes moutons.

— Ah ? Ton voisin Raymond t' les a rendus ?

Elle sanglote.

— Non, messire, la laine des uns que j'ai marchandés avec les deniers qu' vous avez bien voulu m' donner.

— Combien en as-tu acheté ?

— Trois. C'est l' prix qu' vous m'aviez donné, messire.

Robin s'est levé.

— Alors explique-moi, Ida, pourquoi on t'a vue au marché de Worksop avec six bêtes ?

Elle regarde autour d'elle, affolée.

— C'est l'Raymond qui m'a demandé d'lui rendre service.

— Il te vole tes moutons, puis il te demande d'aller les vendre ?

La femme a ouvert la bouche mais elle ne sait quoi répondre.

— Et si je suis bien renseigné, Raymond marque la laine de ses bêtes avec du charbon. Pourtant tes six moutons étaient teints avec de l'argile.

Il s'arrête face à elle avec une moue méprisante..

— Tu sais ce que je déteste plus encore que le mensonge ? C'est qu'on se joue de moi et qu'on aille s'en vanter devant les autres.

Il a passé son doigt sous l'agrafe d'étain qui ferme le manteau.

— Pitié ! Laissez-moi me racheter !

Il lui ôte l'habit.

— Marianne, viens ici.

La jeune femme s'approche du feu. Lambert voit bien comme elle tente de maîtriser son effroi. Robin lui met la pelisse sur les épaules, puis lui caresse les joues.

— Tu me disais que tu avais froid.

— Robin, je t'en supplie, ne lui fais pas de mal.

La bergère grelotte dans sa chemise de lin. Robin ignore Marianne.

— Ida, enlève ta chemise.

La femme se laisserait tomber plus bas encore si elle n'était déjà allongée par terre. Alors Lambert sort de la foule. Il se dirige vers la femme. Il a tiré son crucifix de sa giberne et le pose sur son front. Il a dû agir vite, et il trouve les paroles sur le vif.

— Prie, Ida. Prie d'avoir échappé au courroux de Robin the Hood, roi des voleurs. C'est la main d'Dieu qui lui inspire la bonté dont il a fait preuve envers toi. C'est la main d'Dieu qui ce jour d'hui retient la sienne. Ida, souhaites-tu endosser ta responsabilité et subir l'courroux d'cet homme ou veux-tu t'racheter par la pénitence ?

— Pénitence ! gémit-elle. Pénitence !

Il trace une croix dans le vide.

— Bien, le Seigneur tout-puissant t'pardonne tes fautes. Tu f'ras une donation à notre sainte vierge qu'est cachée là-bas dans les arbres. La moitié du prix que t'as vendu tes trois moutons.

La femme plonge sa main dans sa chemise et en tire une bourse qu'elle porte autour du cou, au bout d'un cordon de cuir. Elle la vide dans la paume du prêtre.

— Va, maintenant. Et puisque t'aimes causer, raconte autour de toi qu'on s'moque pas impunément du roi des voleurs.

Alors la femme se redresse, et, presque nue dans sa chemise, s'enfonce dans les bois. Les brigands l'acclament, et Robin pose une main sur l'épaule du prêtre.

— Notre sainte vierge ?

Et il sourit. Tuck lui donne les deniers. Ils lui brûlent les doigts.

Robin observe les ténèbres blanchir dans la ramure des chênes. Il ne peut plus dormir. C'est un grand jour, aujourd'hui. La fameuse chasse au faucon à Clipstone. Il a envoyé Marianne changer du pain à Nottingham il y a quelques jours. Elle lui a rapporté les rumeurs de la ville. Le shérif voudrait sa tête pour se faire bien voir de ce traître de Jean sans Terre qui, après avoir trahi son père, se retourne contre son frère. Clipstone. Le moment est parfait. Une occasion rêvée de leur faire payer leur traîtrise du Mans. Son pillage fera scandale. Il montrera à l'Angleterre ce qu'il entend quand il parle de justice. Les richesses illégitimes de ce prince félon redistribuées au peuple, et le shérif embarrassé devant toute la noblesse.

Doucement, la forêt s'étire. Le vent s'est levé d'un seul coup. Sous les branches du grand chêne, Tuck donne la messe. Robin ne sait quoi penser du prêtre de Stafford. Depuis qu'il est là, les brigands sont plus tranquilles. Ils se déplacent volontiers la nuit s'il est du cortège. Ils montrent plus d'ardeur aux combats s'il célèbre la messe. Mais son petit manège avec Ida lui a laissé sur la langue une sensation d'amertume. Il a peur que sa morale cléricale ne vienne gripper ses plans. Mais c'est un bagarreur. Et Robin les aime. Ils sont loyaux et courageux. Et il est facile de les faire plier en agaçant leur orgueil.

Quand le prêtre termine, Robin prend sa place sur les genoux de l'arbre. Il lève ses mains devant lui :

— Compagnons. Je vous créant que ce jour d'hui est un jour que chanteront les trouvères ! Un jour dont l'Angleterre parlera pour les siècles à venir. Un jour qui va modifier son visage. Car aujourd'hui, nous attaquons Clipstone, la résidence de chasse d'Henri II, le manoir des rois !

Le visage de Tuck se décompose. Robin ne l'entend pas protester parmi les vivats des brigands.

— L'Angleterre va trembler sur ses fondations. Car nous sommes ces fondations ! Et le prince Jean va ressentir la colère du peuple. Nous allons lui montrer que, lorsqu'on affame les serfs et les yeomen, que, lorsqu'on confisque les libertés et les domaines, c'est tout son manoir qui s'effondre ! Nous allons lui montrer qu'il ne possède rien qu'il ne nous doive ! Que son pouvoir n'est qu'une dette ! Et plus jamais il ne se sentira en sécurité sous le toit des châteaux qu'il bâtit sur nos épaules !

La clairière gronde de poings levés, de jurons et de cris.

— Comme je vous l'ai déjà expliqué, Tuck et Marianne viennent avec nous. Chacun connaît son rôle ?

Des murmures virils et des hochements de tête lui répondent.

— En place ! Nous partons.

Les hommes se lèvent, rassemblent leurs affaires. Dans sa coule noire, Marianne distribue aux plus petits d'entre eux les habits de moniale volés à Wallingwells.

Tuck attrape le bras de Robin. Aussitôt, Will s'interpose. Le prêtre furieux fait son possible pour ne pas éclater devant les autres.

— On avait pas causé d' ça.

— Tu m'as appelé le roi des voleurs. Tu t'en doutais.

— Qu'on allait piller la résidence d'un roi en présence du prince Jean ?

Tuck regarde Will. Le Brabançon est trop près. Alors il ajoute, plus bas :

— Je n'veux pas d'violence. Tu connais mon histoire.

Et voilà. Il brandit sa morale en travers de sa route. Robin soupire, irrité :

— Oui, je la connais. Tu voulais pardonner à un brigand. Alors, pardonne aux trente autres. Occupe-toi d'eux. Tous ces pécheurs donnent une partie de leur butin pour nourrir les pauvres et les malheureux. Tu penses que le shérif en fait autant ? Ou ton abbé de Fountains ? Regarde-les, ils ont besoin de toi. Aide-les à devenir de bons chrétiens.

Robin pose son doigt sur le torse du clerc.

— Car si c'est la violence qui te gêne, alors charité bien ordonnée commence par soi-même.

Il tourne les talons et prend la tête de la troupe. Will s'engage à sa suite, le regard en arrière et la main sur ses couteaux. Petit Jean a rejoint Tuck. Il lui murmure des paroles fraternelles. Robin enfile la coule que sa femme lui tend.

Sous la capuche noire, son œil jaune observe le prêtre.

Il crache et lève le bras au-dessus des têtes. Tuck grogne plus qu'il ne mord. Il va venir.

Dans la lumière rousse de Sherwood, l'étrange meute de moniales progresse en file indienne. Les brigands marchent au large des chemins pour ne croiser personne. Chacun garde le dos du prochain aussi proche que possible. On se relaie pour prendre la tête du cortège quand la rosée trempe trop les vêtements du chef de file. On pense à ce qui vient. On prie un saint, un génie de source ou de fontaine. Les phylactères fraîchement bénits par le prêtre tournent dans les paumes tremblantes. Il faut faire vite. Rien de pire que le trajet qui précède l'attaque. Une fois que tout commence, l'instinct s'éveille, et on peut reposer sa conscience. Mais avant, on ne fait qu'imaginer le pire.

Ils atteignent bientôt la Warmebroke. C'est là la frontière du domaine de Clipstone. Son courant couvert de feuilles mortes s'ouvre par endroits sur de larges trous d'eau claire où les carpes soulèvent des nuages de vase. Le vent dénonce déjà les écuries que la forêt cache encore, la crécelle des autours et des faucons qui réclament la lumière sous leurs capuchons de cuir.

Robin lève le bras.

Les brigands se regroupent pour la dernière fois. Ils s'accroupissent dans les buissons. Il observe chacun de ses soldats. Ils échangent des noix contre des pipes ou des écorces de saule. Marianne a penché son visage au-dessus de l'onde et nettoie son visage. Elle doit être présentable. Will épluche calmement une branche de bouleau. Il ne mange jamais avant l'assaut. Vieille habitude. Les lèvres de Tuck s'agitent en silence dans sa courte barbe blanche. Ses doigts tracent une croix sur le front soucieux d'un coquillard. Confession de dernière heure.

Bientôt, ils se disperseront en deux groupes. Marianne et Tuck prendront la tête des moniales. Le prêtre s'est laissé convaincre. Il ira avec eux, ainsi que Will. Petit Jean dirigera le groupe des archers. Ils attendront la fin de l'assaut sous le couvert de la forêt. Au signal, ils tireront leurs flèches pour couvrir la fuite du groupe des moniales. Robin tourne la tête. Marianne a quitté la rivière. Elle tire sa coule sur ses chevilles nues. Le Normand s'est approché d'elle. Robin le voit qui lui chuchote à l'oreille. Marianne a un mouvement de recul mais il la retient par le bras. Les yeux de Petit Jean brûlent de désir. Devant lui, devant ses brigands, le Normand convoite sa femme. Robin se dresse, les mâchoires serrées. Il avait remarqué son manège. Mais c'était avant le mariage. Il lui avait semblé que leur union avait suffi à détourner ses ardeurs. Mais peut-être Petit Jean s'était-il seulement mieux caché ? Il aurait dû agir alors, être ferme. À ne rien faire, il a perdu son respect. Les autres le savent, à coup sûr, et on rit dans son dos. Régler le problème avant que les cors ne sonnent le départ des fauconniers. Sinon, il les perdra tous.

Robin traverse sa troupe. Les brigands se sont tus en reconnaissant son regard. Petit Jean s'éloigne de Marianne, l'air innocent. Robin saisit son énorme bras et le tire à l'écart.

— Je le vois, tu sais ?

— Tu vois quoi ?

— Que tu convoites ma femme.

— Ah.

Il rit.

— Tout le monde le voit.

— Petit Jean, ton attitude me déshonore.

— Vrai ? Donne-la-moi, alors. J' veux la marier.

Il s'est levé et il fixe Robin avec insolence.

— Elle est déjà mariée, c'est ma femme.

Les compagnons se sont retournés, ont suspendu leur mastication et regardent le géant. Ses lèvres blanchissent, ses énormes poings se crispent. Alors sa voix résonne comme dans un chœur d'église.

— Répudie-la, Robin. Nous, on voit bien ici qu' tu t'en bats l'œil. Tu l'honores à peine une fois le mois. Une femme comme ça, donne-la-moi, et elle enfantera dix fois d'ici à la Saint-Jean.

Le silence tombe sur la meute. Les brigands rentrent la tête, gênés d'être associés à la rébellion du Normand. Ils attendent une réplique. Robin contient sa rage. Son autorité contestée, sa virilité moquée devant les autres, la pire des humiliations. S'il cède à la colère, il cède sur son autorité. Alors il s'éloigne, le visage fermé. Son regard de loup survole la troupe. Il ôte son arc.

— Garrett, dit-il en tendant la paume ouverte vers le vieux serf, donne-moi ta perche.

L'homme se lève, lui tend son long bâton de batelier.

Robin bondit sur un gros rocher qui dort dans la rivière. Il frappe la pierre.

— Tout comme la trahison, l'insolence a un prix. Alan-a-Dale a payé celui de sa tromperie. Petit Jean, tu as contesté mon autorité devant tous. Si tu veux vraiment prendre ma place, alors viens me rejoindre sur ce rocher avec ton bâton. Si tu chois dans l'eau, tu me reconnais comme maître et tu tiens ton rang. Si je chois dans l'eau, je te laisse la charge du groupe. Alors tu pourras épouser Marianne et vivre de nouveau de larcins minables dans ce camp puant la pisse d'où je vous ai tirés.

Et, dans le silence ahuri qui suit, Marianne reconnaît dans ses yeux la violente soif de domination qui hante ses cauchemars.

Quelle sotte ! Quelle naïve d'avoir cru que le mariage le changerait.

Elle se laisse tomber à genoux. Elle crève de honte. Et Beth qui lui proposait de l'accueillir ! Et elle qui récite le discours de ce félon comme une excuse pour tout. Son autorité ! Voilà l'unique souci de son mari. Et elle, sa femme, n'est qu'une part du butin. Elle ne vaut pas plus qu'un trophée, qu'un attribut de son pouvoir. Que Petit Jean gagne ce duel, et il lui remettra Marianne, sceptre du chef de meute. Une étrange nausée la saisit.

Les acclamations des brigands lui font redresser la tête.

Le colosse a rejoint le roi des voleurs sur le rocher. Sans attendre, Robin lui assène un coup violent dans les côtes. Les rires des larrons l'accompagnent. Petit Jean grogne, se tord comme un arc. Son pied glisse soudain sur la mousse. Son bâton fend l'air dense de la forêt. Il le plante dans le lit de la rivière. S'appuyant sur la perche, il reprend position d'un bond souple.

Les coquillards se sont levés, surpris par la dextérité du chevalier normand. Ils s'approchent pour mieux voir.

Le géant pare le coup que Robin lui envoie dans les genoux pour précipiter sa victoire. Il saisit le bâton du roi des voleurs de sa poigne de titan. De sa main libre, il lance sa perche dans un mouvement circulaire pour l'assommer. Robin s'est accroupi. L'arme du colosse siffle juste au-dessus de sa tête, emporte son énorme bras droit jusqu'à son épaule gauche. Le félon en profite, abandonne son bâton, s'élance vers le Normand. Un râle rugueux échappe à Petit Jean quand le coude de Robin frappe son ventre.

Une clameur aiguë accueille la prouesse.

Petit Jean titube et doit lâcher la perche de Robin pour reprendre son équilibre. L'archer en profite pour porter un nouveau coup de poing. Le géant l'a anticipé. Il a fait un pas en arrière, l'évite, pivote sur lui-même. Son bâton frôle la rivière. Robin crie de douleur.

Aucun cri parmi la troupe. Personne n'ose parler.

Son adversaire recroquevillé, Petit Jean lève sa perche au-dessus de sa tête. Le coup de grâce. Mais le félon a vu la faille s'ouvrir dans la garde du colosse. Il lance son tibia contre le genou du géant. L'articulation plie et craque. Petit Jean ne crie pas. Ses bras s'agitent en silence et son corps crève la surface de la rivière.

Les acclamations des brigands résonnent très loin d'elle. La nausée se tord toujours dans sa gorge. Marianne aurait pu partir dans les bras de ce géant qui émerge de la Warmebroke tout trempé de défaite. Mais rester dans ceux de Robin ? Il l'échangerait comme un vulgaire outil. Il la garde tant qu'elle lui est utile. Elle le voit bien maintenant, le mariage n'était qu'une imposture destinée à affirmer son autorité, à rassurer les superstitieux.

Petit Jean a reconnu sa défaite. L'issue du conflit scellée par une poignée de main, il a pris la tête du groupe d'archers. Il fend la forêt en boitant. Marianne avance entre Tuck et Robin, devant la file des fausses moniales. Autour d'elle, la forêt semble engourdie. Les mouvements des brigands sont comme ralenti, et tous les sons lui parviennent feutrés et lointains. Elle a le sentiment de flotter au-dessus de son corps.

Une clairière perce le feuillage, éblouissante de lumière matinale. Clipstone déploie progressivement sa longue silhouette. Ses murs faseyent dans la vapeur des herbes. Autour de ses vieilles façades de granit, se déploient deux longues ailes de pierre blanche. Extensions et écuries bâties par Henri II.

Une longue file de chevaux s'étire hors de l'enceinte de bois. William de Wendeval mène la chasse, son faucon au poing. Il est suivi du prince Jean et de son autoursier. Deux imposants rapaces femelles s'ébrouent sur son perchoir d'argent. Elles tournent leurs capuchons aveugles, écartent leurs ailes pour trouver l'équilibre. Emma de Burgh et la comtesse d'Aumale ont aussi leurs oiseaux. Le comte de Derby exhibe naïvement son immense gerfaut payé du sang d'or et de cuivre de son riche comté. Robin aussi l'a vu, qui, derrière Marianne, retient son rire moqueur. Le plus grand faucon du monde n'a pas sa place dans une chasse de bas vol. La longue lame de ses ailes n'est pas taillée pour la forêt.

Les barons et leur suite saluent les moniales d'un hochement de tête. Et Marianne, son chapelet autour de l'index et l'annulaire, dessine devant elle de fictives bénédictions. La noble file processionne dans la clairière, disparaît dans le ventre roux de Sherwood.

Alors les brigands rient sous les coules noires et savourent leur tour. Les palissades sont toutes proches. Les soldats du prince ont cessé leurs jeux de dés à la vue des nonnes. Ils se lèvent et, mains sur les hanches, attendent d'exercer leur pouvoir.

Tuck et Marianne retirent leurs capuches. Elle sourit aux soldats, et ils sourient en retour. Elle désigne le visage tuméfié du prêtre et s'écoute comme si une autre qu'elle parlait. Elle explique que le moine et les nonnes ont été attaqués sur le chemin du nouveau prieuré de Newstead. Elles ont fait longue route depuis York et ont perdu tous leurs vivres.

— Et vot' escorte ? demande le sergent.

Décimée dans l'embuscade. Les moniales ont eu très peur, elles se damneraient pour un peu d'eau fraîche et de pain.

Le sergent crache un épais jus d'écorce et fait un signe de la main au sommet de la palissade.

— Entrez. Je m'en vas vous m'ner à la cuisine.

La porte du manoir s'ouvre en tirant sur ses chaînes. Le sergent fait un clin d'œil à Marianne et l'invite à avancer. Les fausses religieuses pénètrent lentement dans l'enceinte. Un soldat flatte les fesses d'un brigand en riant.

— Si elles sont prêtes à s'damner, j'veux bien les aider !

Le cortège se disloque. Le coquillard vexé s'approche du soldat. Marianne s'est figée. Elle ne saurait dire qui se cache sous la sombre capuche. Une main noueuse, mangée de poils blonds, s'échappe de la manche et dessine une croix.

— Par l' blanc fessart d' la Sainte Vierge, dit la voix de l'homme accordée en flûte de femme. Souviens-toi qu'il n'y a que le Christ qui m' cogne.

Et la procession reprend sa marche, muettement hilare parmi les moqueries des soldats désignant du doigt leur compagnon mouché par une nonne.

Dans la grande cour, Robin, les mâchoires serrées, observe. Deux serfs mènent le bois dans les cuisines. Des valets portent de grands coffres qu'ils déposent dans les chambres. La tension lui serre la gorge. Autour d'eux, on s'affaire sans les craindre, on ne soupçonne ni leur insolence ni l'ivresse de leur impunité. Il vit pour cette toute-puissance. Sa science a une saison d'avance sur la leur. Ils ignorent un futur qu'il connaît. C'est lui qui le dessine en cet instant.

Le sergent les laisse dans les cuisines déjà enveloppées de l'odeur des ragoûts. Les cuisinières courent comme des ombres. L'une d'elles distribue des gobelets aux moniales, y verse de l'eau claire. Elle rompt le pain de ses doigts trop gras. Sous une grosse poutre, le cadre sombre d'une porte. Une brise fraîche s'en échappe. L'escalier qui mène au *great hall* et à la chambre du prince.

La cuisinière retourne à sa course. Les cris, le tambour des tranchoirs, le tintement des marmites, le sifflement des bûches. Dans cette cohue infernale, personne ne voit les moniales disparaître sous la voûte de pierre.

Dans la grand-salle, deux jeunes servants alignent des coffres contre les murs. Une religieuse s'adosse à la porte. Un long poignard glisse de la manche d'une autre. Les valets n'ont pas le loisir de crier. Le premier s'effondre en gargouillant de sang, le second a juste le temps d'entendre siffler le couteau que Will a lancé du coin de la pièce. Il titube, l'œil percé, un air ahuri figé sur la face.

Tuck, livide, a attrapé le bras de Marianne. Il l'a conduite près de la cheminée, pris d'un besoin absurde de la protéger de la violence des autres. Il ne réalise pas comme il tremble. Marianne le soutient. Et pourtant, il tourne son nez d'aigle en tous sens comme une bête farouche, certain de son courage.

De grands sacs bruns sortent des coules. On les gave des baguiers qu'on ne prend même pas la peine d'ouvrir. On fait sauter les dorures des coffres à vêtements. On arrache les pierreries des manteaux et des capes. On tranche toutes les soieries et tissus qu'on n'emporte pas. Un rire fuse, nerveux. Un autre. C'est leur plus insolent assaut, leur butin le plus opulent. Piller le prince Jean ! Un coup qui courra les oreilles de toute l'Angleterre.

— Silence ! souffle brusquement Robin.

Il a pris le tour de garde à l'escalier. Un pas lent résonne soudain, comme fatigué par les marches trop hautes. Les brigands alignés devant les sacs font paravent de leurs coules. Robin s'adosse au mur. Il calme son souffle et fait taire son cœur. C'est le halètement d'une femme. Il fait glisser son poignard sous la manche de son habit.

La cuisinière. Elle passe sans le voir, s'approche des autres de sa démarche d'oie.

— Sans offense, mais j'me d'mandais où c'est qu'vous aviez déguerpi ! Si l'cœur vous en dit…

Elle se fige et étouffe un cri. Elle a aperçu le sang des valets qui serpente entre les dalles. Aussitôt, Robin glisse dans son dos. Il plaque sa main sur sa bouche et pose sur son cou gras la lame de son père.

— Pas un bruit, dit-il.

Une terreur ineffable soulève la large poitrine par saccades. Les yeux de la cuisinière roulent sur eux-mêmes. Robin tressaille. La voilà de nouveau, l'indomptable jubilation de soumettre. Il attrape le cou de la femme et, plus il serre, plus son excitation le déborde. Il la pousse devant lui, entre dans la chambre de Jean sans Terre et referme la porte.

Marianne a vu la porte claquer, figée d'épouvante. Elle s'attendait à des cris, à des coups. Mais il n'y a rien que le silence. Un silence terrible qui laisse trop d'espace à son imagination.

Ses genoux s'entrechoquent, mollissent et cèdent. Elle s'écroule sur les dalles. Elle se tord sur le sol froid, prise de spasmes, les yeux vides, hébétée de douleur. Tuck la prend dans ses bras, la relève sans qu'elle puisse réagir. Alors, la nausée revient. Elle est soudain écœurée par les cendres de l'âtre, par cette odeur putride qui lui semble suinter des pores de sa peau. Elle sent sur son cou le baiser froid du crucifix. Elle l'arrache à la ceinture du prêtre et s'en frappe les bras et les cuisses. Elle se mutile au sang, en proie à une honte mortelle. Se défaire de cet épiderme suppurant, de sa pestilence ! Tuck la désarme et l'immobilise. Elle se laisse étreindre, les bras ballants, ahurie. Elle fixe le plafond, dégoûtée d'elle-même.

Partie IV

HIVER 1194

Margery d'Oily, comtesse de Warwick, à William de Wendeval, haut-shérif du Nottinghamshire et du Derbyshire.

Très cher William, il est de mon devoir de vous prévenir au plus vite. J'ai reçu de mon époux Waleran de Beaumont, le comte de Warwick, une lettre terrible. Richard a été libéré. Waleran est toujours prisonnier à Mayence où Aliénor d'Aquitaine l'a laissé comme otage à l'empereur.

Vous connaissez la brutalité du Cœur de Lion. Si Richard atteint Anvers, j'ai bien peur qu'il ne s'en prenne durement aux alliés du prince Jean. Je vous supplie de vous méfier, au nom des promesses qui unissent nos deux familles.

Donné à Warwick le dixième de février mille cent quatre-vingt-quatorze.

Quatre gros pains patientent dans son sac, contre la cheminée.

— C'est lui qui t'a fait ça ? demande Beth, en changeant le bandage des cuisses de Marianne.

Marianne ne répond pas. Depuis Clipstone, les insomnies sont revenues. Elle n'a pas desserré les mâchoires depuis un mois. Tuck a bien essayé de la faire parler, mais la colère de Marianne est trop entière. Elle fixe les flammes, le front ridé d'ombres. Parfois, elle sursaute. Elle ignore pourquoi. La nourrice est inquiète. Elle pose sa grosse main sur son front pâle.

— T'es brûlante, dit-elle.

Elle tire un bouquet de verveine de son coffre de simples et lui frotte le dos.

— Ne m' laisse pas dans l' silence, ma belle, raconte-moi.

C'est trop dur. Trop de fureur et à présent trop de honte. Elle s'est tant aveuglée, elle a tant nié sa souffrance.

— Je le veux mort.

Beth s'est agenouillée devant elle.

— Qu'est-ce qu'il t'a fait ?

— À moi, rien.

— Quoi alors ?

— Il a forcé une cuisinière à Clipstone. Devant moi.

La nourrice soupire. Elle la fixe avec des yeux tristes.

— Fuis-le, ma fille. Le shérif t' prendra à son service si j'lui demande. Il me doit beaucoup.

— Est-ce que tu connais un moyen ? De le tuer ?

— J' peux t' quérir le shérif. J' vois pas meilleur moyen. Et tu sais qu'il a promis cent deniers pour sa tête ? Presque une demi-livre !

Marianne serre les poings sur ses cuisses.

— Non, Beth. Je veux le faire moi-même. Et tu connais les plantes.

Beth lui caresse doucement les cheveux. Elle chuchote, à présent :

— J' comprends ta colère. Mais c'est pas une raison pour s' mettre mal avec Dieu.

Elle a pointé son doigt vers le plafond.

— Dieu ? ricane Marianne. Il ne fait pas grand cas de mon sort.

— Marianne ! Je t'interdis d' blasphémer. J' suis pas une empoisonneuse. Et tu n'es pas forcée de le tuer toi-même. Donne-le au shérif, il sera pendu. Ta vengeance sera faite, et ta place au paradis ne s'ra pas perdue pour ce porc.

Marianne soupire. Elle est trop fatiguée pour combattre.

— D'accord.

Elles se vêtissent avant de quitter la chaleur des cuisines. L'hiver a surgi sans prévenir. Les murs sont tapissés de givre. On a doublé l'épaisseur de paille pour éviter qu'on ne glisse sur les dalles gelées. Une longue file de vassaux patiente sur les marches.

William de Wendeval tient conseil dans son grand fauteuil orné. Il a fait couvrir les murs de larges fourrures, le sol de foin et de fleurs séchées. Un sergent au visage rougi d'alcool et un prêtre qui fait tourner sous ses joues un noyau de prune l'assistent. Devant eux, le prieur de Worksop ponctue ses phrases de soupirs et de vastes ronds de bras.

— Comprenez-moi, messire, je n'avais pas osé vous en entretenir, de peur de vous agacer. Mais sachez que ce roi des voleurs et ses bandits, lors de la dernière Saint-Jean d'été, m'ont emblé cent quinze boisseaux de seigle et quatre-vingts de houblon. Ils ont rapiné aussi tous mes cuirs de cerf, et mon scriptorium n'a depuis, pour relier ses manuscrits, que la peau de nos moutons. Alors, vous comprendrez, messire, qu'il me sera difficile cette année de m'acquitter du vinage.

William de Wendeval soupire longuement, l'air las. Il se gratte l'avant-bras d'un doigt de fer.

— C'est très curieux ce que vous me dites là, Stephen. Car, voyez-vous, l'intendant de…

Il a levé les yeux au plafond, puis se tourne vers le prêtre qui ronge son noyau comme un campagnol.

— L'intendant de... ? À la Saint-Jean ?

Le clerc déroule un registre dont il suit les inscriptions avec le doigt.

— Norbury, dit-il avec un horrible bruit de succion.

— L'intendant de Norbury, reprend le shérif. Lui aussi a reçu la visite de Robin à la capuche à la dernière Saint-Jean d'été. Comment expliquez-vous, mon père, que l'intendant de John Fitzherbert ait vu le brigand le même jour dans le Derbyshire à plus d'un jour de marche ?

Alors que le prieur prépare sa réponse, le shérif a hoché légèrement la tête : il a vu Beth lui faire signe.

— Enfin, messire, c'est sûrement grand mensonge ! Vous ne pouvez comparer Worksop, enfin… Vous connaissez les lieux. Norbury s'est toujours acoquiné de félons. Souvenez-vous de Sweyn qui en fut déjà dépossédé pour avoir si bien soutenu la rébellion d'Hereward the Wake !

Le shérif s'est levé. Il a tendu sa paume entre eux, et elle est comme un mur de silence. Stephen a fait un pas en arrière, et le voilà qui baisse solennellement la tête.

Wendeval emmène Beth et Marianne dans le renfoncement d'une fenêtre. Il a posé sa main dans le dos de Beth et la fait asseoir avec le respect qu'on doit à une mère. Il apparaît dans la lumière. Il cache bien son secret. Mis à part le gantelet de fer qui couvre sa main là où la prothèse couvrait son pouce, la lèpre a préservé les traits de son visage. Il est aisé d'attribuer ses cheveux blancs aux soucis de sa charge et les cernes noirs à la fatigue due à ses obligations. Il paraît certes plus vieux que son âge. Il se déplace lentement. Mais l'azur de ses yeux est encore vif et perçant.

— J' dois vous présenter quelqu'un, souffle Beth.

William regarde Marianne.

— Je suis Alia, la nièce de Beth.

Elle sent sa nourrice contenir sa surprise d'un raclement de gorge. Mais elle ne dit rien.

— Que puis-je pour toi, Alia ?

Marianne n'arrive pas à le dire.

Alors Beth se penche vers le shérif :

— Elle sait où Robin the Hood se cache !

Les yeux du shérif se sont agrandis. Il pose son gant de fer sur la main de Marianne.

— Il a quitté le comté, dit-elle.

Mais Marianne s'arrête au milieu de sa phrase. Elle a eu la vision de Tuck torturé par les hommes de Wendeval. Elle ne peut pas lui faire ça. Ni au vieux Garrett qui a toujours été si gentil avec elle. Ni à Oddo ni à Wyat qui ont fourni tant d'efforts maladroits pour la consoler après Clipstone. C'est à Robin qu'elle en veut, pas aux autres.

— Non, souffle Marianne, tout cela est un mensonge. Je ne connais pas Robin the Hood et je n'ai aucune idée de l'endroit où il est.

Beth a reculé d'un pas. William de Wendeval fronce les sourcils.

— J'ai dit ça pour la récompense. Je suis désolée d'avoir menti.

Et elle s'enfuit. Derrière elle, Beth se confond en excuses.

La nourrice s'est assise sur un gros coffre. Elle a fourré sa tête dans ses mains.

— Marianne…

Ses yeux brillent de colère.

— Je suis navrée, Beth. Mais je veux le faire moi-même.

— Pourquoi ? Pourquoi toujours choisir le chemin de la souffrance ?

Marianne fond en larmes.

— Choisir ? Ma vie m'échappe depuis cinq ans !

Beth s'avance, toute gauche de honte.

— Je t'en supplie, Beth, laisse-moi seulement reprendre les rênes de mon destin. Je ne veux plus qu'on décide pour moi.

Beth ouvre la porte du cellier et disparaît. Marianne entend ses pas lourds traverser un couloir. Elle revient, tenant un morceau de vélin et une brindille tirée du feu. Elle s'assoit à côté de Marianne et, du bout de la branche brûlée, elle dessine un champignon.

— C'est un calice de la mort. Tu en trouveras sous les chênes et les châtaigniers. Le chapeau est verdâtre et poisseux. Et l'odeur n'est pas très agréable, un peu sucrée comme une rose fanée. Il te suffira d'en mettre quelques morceaux dans son écuelle. En quelques heures, il sera mort.

Sur le pas de la porte, Marianne serre longuement sa nourrice en pleurs dans ses bras. Son sac de pains sur l'épaule, elle part sous le ciel sec d'hiver. Elle rejoint Sherwood à l'instant où l'église de Clifton sonne la mi-journée. À plusieurs reprises, elle entend des pierres rouler derrière elle. Elle se retourne, persuadée qu'on la suit. Mais elle ne voit que la forêt. Alors qu'elle approche de la Soar, elle aperçoit une ombre filer entre les arbres. Était-ce un animal ? Un soldat du shérif ? Par précaution, elle reste cachée jusqu'au crépuscule dans les joncs givrés de la rivière.

Elle ne voit passer personne.

Il a neigé jusqu'au jour. Un voile laiteux s'est posé sur le ciel, et le soleil roule derrière. Tout est blanc et muet. Derrière les chênes nus, Robin et Petit Jean observent Much qui approche. Il quitte le couvert de Sherwood et le Nottinghamshire. L'enfant s'engage sur l'eau glacée de la Soar en remuant les bras pour ne pas tomber.

Un craquement de glace. Much s'est arrêté au centre du courant endormi. Il crie pour qu'on vienne l'aider. Mais Robin ne se montre pas. Ses yeux d'ambre détaillent patiemment le front de branchages du Nottinghamshire. Il attend la fuite d'un groupe de corneilles, une branche qui s'agite, un paquet de neige qui tombe d'une cime. Il veut être sûr que Much est venu seul.

Le fils du meunier avance en pleurant. Enfin son petit pied se pose sur la frontière blanche du Leicestershire. Il regarde autour de lui, triste de ne voir personne. Une larme brille au coin de son œil.

Un loup hurle dans la gorge de la rivière. Un autre lui répond. Alors Much met ses mains tremblantes en cornet autour de sa bouche. Dans l'air tranchant de l'hiver, son cri de coq retentit. C'est le signal.

Robin sort du couvert, Petit Jean sur ses pas. Le géant ramasse l'enfant, le place sur son dos. Robin pose sa fourrure sur le corps grelottant, et la forêt se referme sur eux.

Un mince chemin de terre noire serpente dans le sous-bois tout bosselé de neige. Plus ils approchent du camp, plus la trace des loups coupe la piste. C'est une meute d'une dizaine de bêtes que les carcasses attirent. Les brigands les enterrent, les loups les déterrent, ils les hissent dans les branches, les loups hurlent dessous tout le temps de la nuit. Brusquement, les arbres s'ouvrent sur une immense place de terre nue entourée d'épais remblais de neige. Trois brasiers crépitent jusqu'aux premières branches. Depuis l'attaque de Clipstone, la troupe a tant gonflé qu'on croirait une petite armée. Robin l'a partagée en trois bataillons, un sous son commandement, un sous celui de Will, et un pour Petit Jean.

Il se méfie du Normand, à présent. Il le garde près de lui le plus souvent possible. Il est plus malin qu'il ne semble. Maintenant qu'ils se sont fait un nom et qu'on les craint dans tout le comté, il saisira toutes les occasions pour reprendre sa place.

Petit Jean a assis Much devant les flammes, lui a servi un gobelet de bouillon. L'enfant souffle dessus, les sourcils froncés.

— Quelles sont les nouvelles, Much ? questionne Robin.

Much fait la grimace en avalant le liquide brûlant. Il expire en tirant la langue pour qu'elle refroidisse.

— Sherwood est grosse de chiens, dit-il. Des meutes partout qui flairent pour vous. Deux sergents du shérif sont v'nus au moulin. Ils d'mandent à tout l' monde si on a vu le roi des voleurs. Il promet une demi-livre à qui donnera vot' tête, Robin. Ça fait rire mon père. Ça va lui coûter cher, qu'il dit, vu qu'il a aucune idée à quoi qu'elle ressemble, vot' tête. Et aussi que personne n'a d'avantage à vous donner. L'hiver est pressé, qu'il dit, et ceux qu'ont besoin d' la demi-livre ont plus vite fait d'venir vous la d'mander.

— Et ses épousailles avec Gundred de Beaumont ?

— Toujours escomptées. L' shérif a fait chercher quelques barons en avance. Y a plus d' troupiers à

Nottingham que d' putains. C'est mon père qui dit. Il trouille qu' le tournoi et l'épreuve d'archers soient troublés.

Robin hoche la tête, les yeux tournés vers lui-même et le sourire vague. Il a réussi. Voilà que l'Angleterre vacille. Il possède une armée, à présent. Il faut continuer, renverser tous ces cochons et donner le pouvoir à ceux qui le méritent.

Il va partir. Il a longtemps réfléchi. Les humiliations, les menaces, les pillages, il les acceptait comme une pénitence. Il espérait voir l'amour de Dieu surgir des ombres les plus noires de l'homme. Mais le meurtre des valets, le viol de la cuisinière, il ne peut l'accepter. Il se sent complice. Il voulait racheter la mort de Libet, et voilà qu'il est passé du côté de celui qui l'a tuée. Il est allé trop loin.

Il a retrouvé Alan-a-Dale. C'est assez. Il a cru décrypter les signes de Sa volonté. Mais il s'est perdu en route. Depuis Clipstone, la culpabilité pèse sur ses épaules. Il s'éveille nauséeux et se couche avec ce terrible sentiment d'escroquerie. Qu'entendent ces brigands à l'amour de Dieu ? Ils cherchent des excuses pour rester les mêmes. Il va partir.

C'est elle qui le retient, avec son regard triste. C'est pour elle qu'il a longtemps hésité. Peut-être partira-t-elle avec lui ?

Il rejoint le roi des voleurs, assis sur une souche à distance des autres. Il s'isole de plus en plus. Rarement il se mêle aux rires des brigands. Il les regarde de loin, d'un regard de propriétaire. La maladie du pouvoir le dévore en silence. Il est le seul à ne pas le voir.

— Robin ? J' vais quitter la troupe.

Il attend le sourire. Le voilà. Il est devenu prévisible. Il sourit quand il devrait crier, crie quand il devrait rire, rit quand il devrait pleurer. Lambert déteste la beauté hypocrite de ces lèvres. Il déteste ces yeux jaunes où le courage se confond avec la peur. Rien de pire qu'un lâche qui s'ignore.

— Tu vas partir, Tuck ?

Le brigand se lève et sa main serre le bras du prêtre. Fausse familiarité.

— Oui. J' peux pas rester.

— Mais comment vont-ils faire sans toi ?

— Comme ils ont toujours fait.

La menace, maintenant. Il y a toujours une menace quand la caresse a échoué.

— Et Libet ?

Lambert se mord la lèvre. Pas de menace, simplement cet ignoble chantage. Il serre les poings. Sa voix dérape :

— J'aurais jamais dû t'en causer.

— Pourquoi ? Tu voulais pardonner ! Et te voilà qui sers l'amour du Verbe aux plus assoiffées des âmes.

— T' cache pas derrière eux, Robin. T'es l' plus instruit et l' pire de tous.

Le sourire à nouveau. Et ce regard familier qui veut imposer l'amitié. Qu'y a-t-il de vrai dans cet homme ? Lambert sursaute quand Marianne, arrivée dans son dos, lui tend sa ration de ragoût. Robin s'empare de l'aubaine :

— Marianne, Tuck veut nous quitter !

— C'est vrai ? demande la jeune fille, attristée.

— C'est vrai. J'peux pas rester quand Robin tue et viole.

Marianne recule d'un pas. Ses mots lui ont fait mal.

— Tu fais peur à Marianne, Tuck.

Le prêtre attrape Robin par les bords de sa capuche. Il bave et postillonne tant sa colère déborde.

— Ah oui ? hurle-t-il, c'est moi qui la trouille ?

— Lâche-moi, Tuck.

— Qu'est-c'que tu caches derrière c' triste mariage ?

— Tu ne comprendrais pas. Tu n'entends rien à la politique.

Le prêtre éclate de rire tant il est surpris. Il lâche prise et s'éloigne. Son auréole de cheveux blancs brille sur son visage vermeil. Instinctivement, il s'est posté devant Marianne. Il a placé son avant-bras devant elle, pour la protéger.

— La politique ?

Robin sourit, méprisant. Il marche en cercles autour d'eux.

— Quand le mal t'arrive, tu te recroquevilles dans ton église et tu miaules pour que ton Dieu te sauve. Et quand rien n'arrive, tu te persuades que la faute t'incombe. Moi j'agis, voilà ce qui nous distingue.

Tuck a saisi son crucifix comme un marteau. En prenant soin de toujours se tenir entre le brigand et Marianne, il le serre tant qu'il peut pour évacuer sa colère.

— Épargne-moi ton batelage, maudit maroufle ! Que viennent faire ces valets que t'as tués, cette femme que t'as forcée, dans ta politique ?

— Tu es un naïf, Tuck. Regarde autour de nous. Crois-tu que le monde puisse changer sans blessures ? On n'obtient rien avec des sourires. C'est une guerre que je mène. Une guerre pour la justice. Et je ne connais pas de guerre qui ne fasse de victimes. Si le malheur de cette femme et de ces valets peut permettre à dix yeomen de racheter leurs dettes et à dix autres de négocier un cheval pour leur village, alors mon action est bonne.

Tuck pointe son doigt sur le roi des voleurs.

— Tu t'caches sans cesse derrière c'te maudite charité ! Si tu veux mon avis, tu confonds vengeance et justice.

— Toute justice est une vengeance, Tuck. La loi du talion de ta Bible le dit clairement.

— N'cause pas d'*ma B*ible. T'y entends rien. L'talion dicte au contraire une loi universelle. Elle fixe un prix pour chaque outrage. Elle entend cesser la spirale d'violence de la vengeance.

— Un prix ? La voilà, ta justice universelle ? Les puissants violentent et paient quand les pauvres croupissent en prison faute de moyens ?

— Tu changes d'sujet. T'aurais pas cogné c'te pauvre cuisinière, ç'aurait rien changé à ton entreprise. Elle a pas payé l'prix d'ta justice, mais d'ta fièvre de pouvoir.

Pour la première fois, Robin perd son sang-froid. Tuck a touché le point sensible. La colère du brigand est encore plus terrible maintenant qu'elle est troublée de peur. Marianne enfonce ses ongles dans l'avant-bras de Tuck. Elle est terrifiée.

— N'essaie pas de me dire ce que je peux ou ne peux pas faire ! rugit Robin. Cette injustice que tu dénonces, qu'en sais-tu ? Qui te dit qu'elle n'a pas pris de plaisir, cette cuisinière ? Tu n'es qu'un moinillon, tu ne connais rien aux femmes. Elles commencent toutes par dire non !

Marianne s'est élancée devant le prêtre. Dans sa main, il voit briller une lame.

Marianne est contre Robin, le couteau au bout de son bras levé. Sa colère agite tous ses membres. Elle s'entend crier :

— Je t'interdis ! Je t'interdis !

Robin lui saisit la main et, d'une torsion douloureuse, la force à lâcher l'arme. Puis ses bras s'enroulent autour d'elle. Il pose sa barbe râpeuse contre son front et chuchote comme à une bête affolée :

— Chut… Ce n'est pas grave, ce n'est pas grave…

Et Marianne pleure en entendant de nouveau les mots d'Edwinstowe. Soudain, elle ne souhaite plus aussi urgemment sa mort. Elle veut d'abord qu'il reconnaisse. Qu'il lui présente des excuses. Qu'il prenne enfin sur ses épaules la responsabilité qu'elle souffre depuis ce jour terrible. L'entendre de sa bouche, le voir dans ses yeux. Voilà ce qui manque. Que le reste du monde l'accuse, tant pis. C'est entre elle et lui. Qu'il dise qu'il l'a forcée. Qu'il dise qu'il le sait. Que c'est elle la victime, pas lui.

Un immense malaise a submergé le camp. Plus personne ne respire. On se regarde de biais, de peur de croiser le regard du roi des voleurs. Il est venu s'asseoir parmi eux avec son large sourire. Mais ils sentent bien que rien ne va. Ils ont entendu les cris du prêtre, surpris le geste de Marianne. Maintenant ils ont peur. Le clerc est leur église. La lumière de Dieu dans cette sombre nature. Ceux qui courent Sherwood depuis longtemps chuchotent que Clipstone était de trop, qu'ils croient Robin incapable de commander un si grand nombre. Ils tressaillent quand on évoque le butin qui repose sous la tombe vide d'Edwinstowe. Ils disent qu'il est maudit.

Lambert a mouillé un linge dans la Soar et l'applique sur le front de Marianne.

— Viens avec moi, dit-il.

Elle secoue lentement son visage perlé de larmes et de rivière.

— Non, j'ai encore des choses à faire ici.

Il n'insiste pas.

— Très bien. À Dieu.

Il lance un regard aux brigands qui, plus bas, font mine d'observer les flammes. Il n'y aura pas d'au revoir. Il neige de nouveau. De gros flocons chuintent sur les langues du feu. Sans un mot, Lambert s'enfonce entre les troncs noirs qui retiennent la nuit. Un loup hurle dans le lointain. Un autre lui répond, plus proche.

— Ils pleurent, dit un brigand.

Et chacun se perd dans la contemplation de sa solitude neuve.

Robin reconnaîtra-t-il sa faute ? C'est la question qui sort Marianne de sa couche de fougères. Elle repousse silencieusement la neige des fourrures pour ne pas le réveiller. L'un des trois feux est mort. Abandonné. Une dizaine de nouveaux ont déjà déserté. Le froid, sans doute. Le départ de Tuck, peut-être.

Robin refusera d'admettre. C'est une évidence. Il niera tant qu'il ne sera pas contraint. Elle a vu la peur le déstabiliser, hier. Il faut qu'il ait peur.

Mais la neige recouvre tout. Le dessin de Beth ne lui sera pas utile. Les champignons ont étouffé depuis longtemps sous son manteau blanc. Un souvenir d'enfance lui revient. Dans la cuisine de Warwick, Beth fait de la confiture d'arilles. Elle ôte les graines des baies rouges de l'if et l'avise qu'elles sont mortelles. Sa grand-mère les réduisait en poudre et les mettait à bouillir avec les feuilles de l'arbre. Son grand-père enduisait ses flèches du poison quand il partait à la chasse.

L'idée s'impose à elle, dans le tumulte de ses songes. Paralysie, asphyxie, mort lente et terrifiante. Propice à la confession. Il lui faut une hêtraie. On trouve souvent les ifs sous les hêtres. Elle se souvient d'en avoir vu le long de la Trent. Elle tourne le dos au halo pâle du soleil et oblique vers le nord.

À cet endroit, la rivière résiste encore aux assauts de la glace. Trois martins-pêcheurs affamés se disputent les branches qui surplombent les dernières fentes d'eau vive. Les solides fûts gris des hêtres sont là. Marianne ôte la neige d'un tronc mort et s'y assoit. Elle frictionne ses pieds durcis par le gel. On dirait de la pierre tant ils sont pâles et froids. Dans l'ombre de la hêtraie, une silhouette arachnéenne étend ses bras tordus, mangés de fourrure verte. De petites perles rouges constellent le sol blanc. Les arilles et leur if.

Alors qu'elle coupe quelques rameaux, une rumeur lointaine se fait entendre. Un cheval hennit, des chiens aboient, des cris d'hommes. Et tout cela se perd parmi les branches. Elle se redresse. Deux ombres filent entre les troncs et traversent la rivière.

On attaque le camp.

Ce maroufle de shérif arrive trop tôt ! Comment a-t-il su ? Elle s'en veut d'avoir révélé qu'ils avaient quitté le comté. Cela l'aura mis sur la piste. Et puis elle se souvient alors de cette sensation d'être suivie quand elle revenait au camp. Il a dû mettre un de ses sergents à ses trousses. Elle soulève son bliaud et s'élance le long de la Trent. Vite, Rainworth Lake. C'est le point de ralliement en cas de problème. Les autres y seront. Et Robin aussi, avec un peu de chance. Elle ne veut pas voir sa vengeance lui filer ainsi entre les doigts.

Un tonnerre de sabots réveille Robin. Un cheval a éventré la mousse à deux pas de leur abri de branchages. Marianne n'est plus là. Il sort de sa cache, mais déjà il est hors de danger. La bataille résonne plus bas dans la forêt, au centre du camp. Son isolement le sauve. Il se dit que c'est pour le mieux. Il est le symbole de la lutte et, s'il meurt, elle s'éteint avec lui. En bas, quatre cavaliers brandissent de grands gourdins qu'ils abattent autour d'eux. Deux meutes de chiens aboient dans l'ombre des troncs. Les brigands agitent des torches au menton des bêtes. Petit Jean fait tournoyer sa hache au-dessus de sa tête. Will lance ses couteaux en reculant vers son chef. Robin tire son *longbow*. Ses quatre coudées de bois d'if sont couvertes d'encoches. Il les a comptées hier, cent quarante et une. Il presse la bouche d'une flèche contre la corde cirée. Sa respiration saute chaque fois qu'un os craque sous le coup d'un sabot ou d'une férule. Le bois d'if se courbe sans un bruit. Il sépare ses doigts, et le fameux vrombissement emplit l'espace. La flèche atteint la gorge d'un soldat. Il s'écroule en gargouillant et sa monture s'enfuit, le traînant par le pied. *Cent quarante-trois*, pense-t-il. Plus qu'une pour atteindre le chiffre de l'Apocalypse. Au même instant, la hache de Petit Jean emporte le genou d'un cheval. Son cavalier, la jambe piégée sous le flanc de l'animal, est aussitôt assailli de brigands.

Alors, les chiens déferlent dans la clairière. Ils surgissent des arbres comme une nuée de rats, plantent leurs canines dans tout ce qui sent le sang et la sueur. Deux d'entre eux frôlent Robin. Attirés par les cris, ils ne l'ont pas vu. Il y a des hommes derrière. Robin ne les a pas entendus. Des flèches hérissent le sol tout autour des foyers. Dix coquillards tombent comme foudroyés. Des archers aussi. Ils n'ont aucune chance. Les brigands l'ont compris, et la plupart détalent en tous sens. Une poignée y croit encore.

— Retraite ! crie Robin.

Will le rejoint. Il abat un soldat dans le dos du roi des voleurs. C'est un adolescent qui s'écroule dans les orties avec un air surpris. Will pose son pied sur le jeune visage et retire son couteau de son front. Les deux hommes s'enfoncent dans la futaie et abandonnent aux hommes du shérif les dépouilles des courageux et les blessures des faibles.

La nuit est tombée avec tant de hâte qu'on croirait avoir rêvé le jour. Ils sont une douzaine à patienter sur la rive. Oddo et Wyat talonnaient Will et Robin. Marianne aussi est là. Elle était la première. Il s'en réjouit. Elle devait être hors du camp à chercher ses simples. Elle a dû courir au lac aux premiers bruits du combat. La plus obéissante de tous. Petit Jean aussi les a rejoints. Robin espère que d'autres viendront. Mais personne ne se montre.

Il règne un grand silence. On n'ose pas parler de peur d'effrayer la bonne fortune. Robin n'a pas eu besoin d'interdire le feu. On s'est allongé côte à côte sans espérer dormir. Les images de la matinée tournoient dans son esprit. Pourquoi ces massues au lieu d'épées ? Et ces archers qui ne touchaient que les bras et les jambes ?

Alors que brûle la deuxième bougie, une branche grince dans la profondeur de l'ombre. Une silhouette approche en boitant. C'est le vieux Garrett, une large entaille à la cuisse.

On le couche sur une fourrure. On allume un petit feu pour chauffer quelques pierres plates et le fer d'une épée. Robin déboucle la ceinture et retire les chausses du serf. Elles sont rigides de sang. Marianne apporte son sac de simples et son miel. Elle a ramassé de l'argile sur la rive du lac pour fabriquer son onguent. Une larme roule sur sa joue.

Robin sent la main usée de Garrett qui s'agrippe à sa manche.

— Ils ont pris une dizaine d'ent' nous.

— Morts ?

— Non, prisonniers.

Il tousse, mais il n'a pas la force de cracher.

— J'les ai entendus causer, Robin. Ils parlaient d'dresser des potences pour les épousailles du shérif. Veulent faire des exemples pour trouiller ceux qui souhaiteraient nous r'joindre.

Un voile mat tombe sur ses yeux bruns. Ses lèvres se tordent quand Marianne applique son mélange sur la plaie.

— Tu as des parents dans la région? lui demande Robin.

Il faut un moment au coquillard pour répondre. Il compte ses morts.

— Un d'mes compères couche à Retford.

— On t'y mènera demain. Tu y resteras le temps qu'il te faudra. Quand tu reviendras, nos dix compagnons seront de nouveau des nôtres.

Le front de Will est sillonné de questions. Il frotte nerveusement le tour de ses conduits auditifs. Robin connaît ce regard.

— Dors, dit-il à Garrett.

Puis il se dirige dans le fond de la clairière, où un saule rabougri abrite deux gros rochers sculptés par les tempêtes. Sans un mot, Will et Petit Jean suivent leur chef. Le Normand couvre la pierre glacée de son manteau de laine. Les autres larrons détournent pudiquement le regard. Ils laissent aux sergents le soin des grandes décisions. Ils se resserrent autour de Garrett comme autour d'un sage. Sa guérison sera un présage pour les jours à venir.

Robin contemple la surface blanche du lac. Ses bords ondulent dans cette nuit trop noire. Loin du feu, il ne lit plus aussi bien les visages. Alors il leur parle, la tête de biais.

— Nous allons libérer les nôtres.

Will soupire et s'agite. Il peine à garder la voix basse.

— C'pas l'moment, Robin. Pourquoi tu crois qu'ce matin les soldats ont pas tiré l'épée? Ils auraient pu tous nous occire. L'shérif sait bien qu'il t'aura pas dans les bois. Il veut t'attirer chez lui.

— Qu'est-ce qu'tu proposes, Will? intervient Petit Jean. Tu penses laisser crever les aut'?

Will ne dit rien. Bien sûr, qu'il y pense. C'est le prix de la guerre. La nuit cache le sourire de Robin. Il admire cet homme, sa liberté. Jamais la culpabilité ou l'imprévu n'infléchissent sa morsure. Et pourtant, jamais son sang ne s'échauffe. Un serpent au sang froid redoutable.

— J'ai vu le piège aussi, répond Robin d'une voix calme. Mais nous ne pouvons pas laisser Wendeval causer seul lors de ses épousailles. Le tournoi attirera du monde. Il faut qu'on nous entende aussi. Sinon, il nous fera passer pour des couards qui abandonnent les leurs. Il dira qu'on a peur.

— Tu vas t'fourrer dans l'museau du loup parce que tu crains des fatrouilles du peuple ?

— Laisse-moi dire mon idée, Will. Le shérif n'osera pas occire les nôtres tant que nous ne nous serons pas montrés. Il va mener sa fête dans la grande enceinte du château et prétendre que les geôles sont libres. Voilà le piège. Il aura pris soin de dissimuler ses soldats pour nous attraper à la volée.

Petit Jean a souligné chaque phrase d'un petit grognement.

— La faiblesse du shérif, c'est qu'il nous connaît mal. Il nous croit couards, nous allons lui montrer de l'audace. Il nous croit affaiblis, nous allons lui montrer notre force. Nous avons maintenant tout un réseau d'alliés à Nottingham. Ils nous feront passer dans l'enceinte. Mais nous n'irons pas aux geôles. Nous irons au tournoi. Là, je m'inscrirai au concours d'archers. Je le gagnerai. Et quand le shérif viendra me remettre le prix, j'aurai de quoi négocier la liberté des autres.

La neige est revenue. Ses gros flocons s'échouent paresseusement sur l'herbe.

— Avec l'argent du tournoi ? demande le Normand.

— Non, avec le shérif.

— Capturer l' shérif dans son château ? C'est folie, Robin ! Et t'es même pas certain de gagner le tournoi. Autant s' vaut mourir c' te nuit !

Le roi des voleurs presse ses narines entre son pouce et son index. Il veut masquer le souffle de son exaspération. De plus en plus, Petit Jean l'insupporte. Il conteste sans cesse les ordres. Tant de pleutrerie dans ce Goliath raté ! Il les voit, les regards insistants qu'il lance à Marianne. C'est cette faiblesse de cœur qui lui fait soudain craindre les blessures. Il resterait au camp à jouer les lavandières s'il n'avait pour ambition de reprendre sa place.

— J' connais c'te voix, Robin. On t' fera pas changer d'idée.

Will a parlé avec assurance.

— Non. Je vais vous dire mon plan de bataille.

— Alors, ajoute Will, j' dois d'abord t' causer d'une affaire qui m' court depuis tantôt.

Marianne n'a pas vu le soleil sortir de sa couche : les nuées ont blanchi dans leur course et le jour était là, blême et silencieux. Ses mains froissent le cuir de sa giberne. Elle attend que Robin lui fasse signe d'éveiller le feu pour chauffer le bouillon. Mais il parle encore avec Will et Petit Jean sous le saule. Elle a besoin des flammes aussi pour cuire les feuilles de l'if.

L'impatience la gagne. Plusieurs fois, elle fait mine de se lever, se ravise. Elle ne veut rien faire d'inhabituel. Mais tout l'est à présent. Alors la voilà qui souffle sur le feu. Elle a cassé la glace du lac avec son couteau, a rempli un seau d'eau. Le bouillon frémit dans la grande marmite. Sur une pierre plate, elle épépine les baies. Elle écrase les graines à l'aide d'un galet. Ses mains tremblent quand elle verse la poudre dans la bourse où dort déjà une poignée d'épines. Il faudra ajouter beaucoup de miel, ou le bouillon sera trop amer. Elle frissonne. Elle fait tourner la bulle d'argent entre ses doigts. Elle récite en silence dans la fumée du repas :

« *Il leur dit : Pourquoi avez-vous peur, hommes de peu de foi ? Alors il se leva, menaça les vents et la mer, et il y eut un grand calme.* »

La fin de sa prière s'évanouit dans un cri. Ses cheveux sont tirés en arrière. C'est Will qui la traîne vers le saule. Elle lui saisit les mains pour soulager la douleur qui lui perfore le crâne. Elle sent battre son cœur jusque dans ses tempes.

À genoux devant Robin, elle suffoque déjà.

— Où étais-tu, il y a deux jours ? demande-t-il.

Ses oreilles s'emplissent d'un bourdonnement terrible. Un essaim de mouches blanches danse devant ses yeux.

— Je changeais du pain à Nottingham.

Les hommes écoutent en silence. Robin lui laisse une chance. Mais Marianne se souvient du sort d'Alan.

— Rien d'autre ?

— Non.

— Pourtant, Will t'a vue venant du château. Tu connais le shérif ?

Marianne s'est dressée, ses yeux luisants de ténèbres. La colère a chassé la peur d'un coup tant la question l'agace.

— Oui. Et tu le sais bien, Robin.

Il glisse sur la remarque, sans aucune gêne.

— C'est toi qui nous as donnés hier ?

— Pourquoi j'aurais fait ça ? Je suis ta femme. Où irais-je sans ta protection ?

Elle méprise son hochement de tête. Si sensible aux flatteries, cet homme. Tellement persuadé de la faiblesse des femmes. Il en serait resté là, mais Will, lui, n'est pas dupe. Et son insistance l'honore :

— Dis-nous c' que t'allais fouiner dans son feu.

— L'épouse de mon père, Margery d'Oily, a confié ma nourrice au shérif. C'est elle qui m'a appris à herboriser. C'est elle que j'allais voir. L'hiver, la neige brûle les plantes. Ma nourrice en a toute une réserve de séchées. J'avais peur d'en manquer.

— Tu n'as donc rien dit sur nos quartiers ?

— Non. Je n'ai jamais vu Wendeval. Si tu cherches un traître, c'est trop tard. Beaucoup d'hommes nous ont rejoints cet automne. Beaucoup ont disparu depuis l'assaut du shérif. Et tu sais qu'il a promis récompense pour ta tête.

Une longue chaîne terminée de menottes en bois tinte dans les paumes du Normand. Il referme leurs mâchoires sur les poignets de Marianne et y plante deux rivets d'un coup de poing. Puis il passe la chaîne au cou du saule.

— J'espère que tu dis vrai, ajoute Robin. Désormais, tu ne quitteras plus le camp.

Will est allé chercher sa giberne. Il l'a vidée devant elle. Il a détaillé chaque plante, les a reniflées une à une. Il a ouvert la bourse, l'a vidée aussi. Il a confondu les aiguilles de l'if avec celles du pin qu'elle infuse pour soigner les brûlures de gorge.

On cherchait un lecteur pour l'office à l'église Sainte-Marie. Cela lui procure à peine de quoi payer un grabat dans le dortoir d'auberge sur les faubourgs, mais Lambert a accès à la bibliothèque du presbytère. C'est là qu'il a retrouvé Dieu. Un soir où le froid faisait craquer l'humidité des poutres, alors qu'il rangeait son psautier sur les piles de manuscrits, un livre est tombé sur les dalles. Il l'a ramassé à la page ouverte. C'était une copie des *Confessions*, exposant ce chapitre terrible où saint Augustin d'Hippone apprend la mort d'un ami cher. Les mots du saint l'avaient bouleversé. Ils décrivaient si bien sa douleur ! Comme tout dans sa maison était devenu si insupportable en l'absence de l'autre, comme à chaque bruissement il s'attendait à voir son ami surgir, comme il lui était soudain si difficile de croire en la réalité d'un Dieu plus discret qu'un fantôme.

Cette longue nuit d'hiver, Lambert l'avait passée à lire à travers le trouble de ses larmes. Chaque phrase éveillait dans ses membres de grands frissons chargés de l'écho de sa propre histoire. Assis sur la pierre froide, le dos contre le bois de l'armoire liturgique, il tournait les pages en hoquetant de douleur. À la mort de Libet, Dieu avait perdu toute consistance. Il avait senti grandir en lui une colère indomptable. Il n'arrivait à s'en défaire que dans l'ivresse et la violence. Il avait délaissé son église pour les tavernes. Un soir, il avait frappé si fort qu'il avait failli tuer un jeune oyer. C'est là qu'il avait décidé de repartir en quête de Dieu. Il avait intégré l'abbaye de Fountains. Mais la colère le suivait comme une ombre. Même à l'abbaye, il se battait. Comme Augustin, il n'avait plus ni la force ni la volonté de croire en Lui. Et, privé de sa foi, il était prisonnier de la rancune qu'il entretenait lui-même dans son cœur.

Lambert a passé les jours suivants dans une totale apathie. Plus rien n'avait de sens et tout en avait trop. Tout lui semblait paradoxe. Les foules se pressaient dans la ville pour le mariage du shérif. Les jongleurs et les montreurs d'ours déclenchaient des déluges de rires, les étendards coloraient le ciel d'or et d'azur. Et Lambert observait tout cela derrière un voile triste.

Ce matin, il s'est dressé comme un possédé dans sa couche. Le visage de Marianne lui est apparu dans ses songes. Il s'est senti terriblement coupable. Comment a-t-il pu la laisser seule dans ce groupe barbare ? Et, de nouveau, la colère est venue comme un fantôme.

Enfin, l'heure du mariage. Enfin le temps de libérer les leurs. Les cloches de Nottingham emplissent le matin. Un parfum épais de rôtis, d'épices et de fête rampe entre les chênes. Leurs capuches sur le front, les pieds durcis par le gel, ils marchent et salivent, assoiffés de tout ce que la vie donne de chaleur : repas, violence, amour. Et plus le fleuve du chemin se grossit de piétons, de rumeurs et de musiques, plus ils oublient Marianne prisonnière du saule bossu, plus ils pensent aux sourires bancals des compagnons qui les attendent.

On aperçoit déjà quatre grands feux à travers le maillage de branches. La file de badauds serpente sur la route jusqu'à la barrière du tonlieu sous les portes de la ville. Derrière ses murs, ils grelottent, ses compagnons. Courage. Bientôt, le shérif n'aura d'autre choix que de vous rendre la liberté. Ce ne sera que justice. Une dizaine de sergents fouillent les passants, observent les visages, piquent d'épées les sacs et les charrettes et confisquent et consignent les armes dans un coffre.

D'un geste du poignet, Robin lance ses coquillards sur un petit sentier qui contourne les remparts. Ils traversent un faubourg de chaumières rondes, bordées de murets de pierre. Les cheminées dorment, les poules grattent les potagers abandonnés pour la fête.

Ils quittent le chemin et marchent jusqu'à quelques maisons qui bordent l'enceinte. L'une d'entre elles, plus haute que les autres, se dresse sur un muret d'énormes pierres de carrière, trop bien taillées pour ses parois de bouleau. Il frappe, la porte s'ouvre en grand sur une petite femme aux joues creuses qui leur sourit alors que, chacun leur tour, ils tapent leurs souliers sur le pas de la porte pour en ôter la neige.

La grande pièce commune a été bâtie contre le rempart. Le vent qui coule entre les planches des parois agite les rubans blancs d'une coiffe pendue à un crochet. Un furet dort sur une paillasse couverte d'un drap brun. Robin flatte l'épaule de Petit Jean.

Ils poussent un grand bahut sur le sol de terre et dévoilent une large ouverture ronde où manquent les pierres qui soutiennent la maison. Les villageois ont creusé la muraille pour épargner le tonlieu qu'on leur prend à l'entrée de la ville. Un rire satisfait claque dans la gorge du roi des brigands, un souffle d'admiration pour leur audace, une bouffée d'orgueil devant la récompense de ses efforts. Il redresse la tête, et ses cheveux noirs effleurent le plafond. Partout dans Sherwood il connaît un homme ou une femme déterminé à lui prêter main-forte. De vrais amis. Pas ces cochons que fréquente Wendeval, qui tournent le groin là où l'or sonne le plus fort. Il sourit à l'ironie de l'histoire. Le shérif est loin d'imaginer ce qui l'attend.

Robin glisse quelques deniers dans la main de la femme.

— Voilà le tonlieu, dit-il. Tu en feras meilleur usage que les sergents de Nottingham.

Elle hoche la tête et les place dans son tablier.

Ils s'engagent dans le tunnel. C'est un boyau opaque où cinq hommes tiennent les uns derrière les autres. Une paroi de bois garde la sortie. Trois grands coups, et c'est une seconde armoire qui gémit sur les dalles. Les brigands s'égaillent dans la large salle d'une maison bâtie sur l'envers de l'enceinte. Elle sent le bon feu et le pain chaud. C'est un jeune garçon qui a poussé l'armoire. Deux yeux insolents brillent sur son visage. Il leur ouvre la porte.

Les voilà dans l'immense basse-cour du château.

Elle grouille de chapiteaux où fument les ragoûts, s'exhibent les tissus, les friandises et les épices. Une foule dense s'amasse autour des joueurs d'échecs, des acrobates et des folles mêlées d'écuyers imitant leurs seigneurs à coups de batte et d'épée de bois. Dans le fond, contre la chemise du donjon, les bancs de deux tribunes vides attendent le shérif et ses invités.

L'engouement citadin, ses visages, ses couleurs et ses rires tirent les brigands de leur hibernation sylvestre.

Il a suffi d'une croix pour s'inscrire au tournoi des archers. Les brigands s'éparpillent et prennent position. De loin, ils gardent un œil sur leur chef, leurs lames dissimulées dans leurs manches. Robin trépigne dans la longue file de candidats qui patientent pour le premier tour de sélection. La densité de la foule excite sa soif de reconnaissance. Il brûle du désir d'exister sous ces yeux étrangers. De voler au shérif la lumière de son jour.

Il pense à ses amis qui désespèrent depuis une semaine entre les murs du château. Il sourit. Après Clipstone, personne ne s'attend à un tel acte de bravoure.

Un cerceau de bois a été jeté à terre. Chaque archer y entre à tour de rôle, se voit confier le même arc qu'aux autres et une unique flèche. Une botte de paille barbouillée de rouge dort à soixante pas.

— Suivant, hurle le héraut.

Robin pénètre dans le cercle. Le héraut, un homme fruste dont le foin des cheveux s'agite dans la bise, lui tend l'arme sans un regard. Elle est très courte et trop légère. La corde n'a pas été cirée et s'effrite déjà de la morsure des traits. L'arc est composite comme celui d'Owain. Robin a pris l'habitude de l'if, si nerveux qu'il ne nécessite pas d'être doublé. Il l'arme à vide. Il claque mollement. Frêne ou, pire, noisetier. Il tord la flèche. Trop souple. Elle vrillera contre l'air. Il doit compenser : il la passe sur son pouce et vise une coudée au-dessus de la cible, légèrement contre le vent. Il décoche en expirant. Le trait s'enfonce à mi-corps dans l'œil de paille. Voilà qui est fait.

— Ton nom ? demande le héraut.

— Robert.

— Robert d'où ?

— De Clipstone, répond Robin avec un rictus ironique.

Du menton, l'homme désigne un chapiteau bleu que le vent ébroue comme un grand étalon. Il porte jusqu'à Robin une forte odeur d'oignons et de châtaignes. Sous sa toile, les archers sélectionnés chauffent leurs mains sur les bords de coupelles fumantes. D'autres arment tour à tour une vingtaine de *longbows* qui reposent contre un râtelier. Les arcs ont été interdits à l'entrée de la ville, comme toutes les armes.

— Va prendre ton bouillon. Perds pas d' temps à choisir ton arc. Premier servi. Les fiancés arriveront quand Sainte-Marie sonnera la mi-journée.

Sur le râtelier, un immense *longbow* blanc attire aussitôt l'attention de Robin. Il traverse le chapiteau sans un regard pour la soupe. Son cœur cogne la prison de ses côtes. Un Écossais aux bras comme des essieux de charrette se saisit de l'arc. Il le tire à moitié et le repose avec une grimace. Robin halète quand il le décroche. Dense, équilibré. Il presse la corde entre la pulpe de son pouce et de son index. Trop épaisse. Il l'arme à vide, décoche. Le bois gifle l'air avec une telle puissance que les remparts s'en renvoient plusieurs fois l'écho.

Un rire triste lui soulève les épaules.

C'est pratiquement le même arc que celui qu'Owain ne quittait jamais. Celui qu'il portait comme un talisman et qui était si puissant qu'il lui écorchait les doigts. Celui que le comte de Warwick a jeté aux flammes pendant le siège du Mans. Owain, son ami d'enfance, son frère. Mort par la faute de ces cochons. Il lance un regard au donjon. Tant que l'Angleterre ne se sera pas agenouillée devant ceux qui la soutiennent, il ne laissera plus personne crever pour leurs calculs égoïstes.

Marianne fait onduler ses chaînes. De prison en prison. Voilà sa vie. La liberté n'existe pas. Comme le disait la parabole de Beth, rien dans la vie d'absolu. Tout n'est qu'imperfection. On aime deviser, parler d'amour, de courage ou de foi, mais la pureté qu'ont ces concepts au seuil des lèvres est invariablement corrompue dans les actes et les consciences. Pas de liberté tant qu'il y a l'autre, sa domination, sa soumission, la culpabilité ou la responsabilité qu'il vous accroche aux chevilles. Pas de choix, que des compromis.

Alors elle est là, prisonnière de son arbre comme une bête. Enchaînée par son propre mari. Même pas le droit d'être exécutée. Alan avait eu cet honneur. Ce n'était pas un choix, mais c'était préférable, somme toute.

Ils ont laissé un feu se débattre à ses pieds. Il se tord si fort dans le vent qui monte du lac qu'il peine à chauffer quoi que ce soit.

Wyat a glissé dans le fagot un petit morceau de toile plein de miettes de fromage. Elle les mange et se concentre sur l'acidité qui lui tire l'intérieur des joues. Surtout ne pas prêter attention à ce que radote sa tête. Car alors la colère l'étrangle. Les femmes commencent toutes par dire non. Voilà celui qu'on vient voir depuis York comme un messie. Combien de fronts de bébé ont supplié la bénédiction de ses paumes sanglantes ? Cet homme qu'ils adulent est une légende. Ceux qui vivent avec lui derrière le paravent d'écorce de Sherwood connaissent le tranchant de ses yeux. Ils savent que sa générosité cache une volonté de domination qu'il refuse de voir. Elles commencent toutes par dire non ! La nuit de son viol, ses pleurs et ses cris n'étaient donc qu'un folklore amoureux, une parade dissimulant sa vraie joie, celle qu'elle cache par pudeur à la violence de son mâle pour ne pas le priver de la sienne. Une ourse qui retrousse les babines pour mesurer la force de son ours, qui ne demande qu'à être vaincue pour être convaincue ?

Elle enfonce ses doigts dans la neige pour que ses aiguilles la ramènent dans son corps. La colère forme dans ses veines de douloureux caillots d'impatience. Plus elle pense, plus le bois des menottes lui brûle les poignets, plus sa captivité est intolérable. Ses jambes fourmillent d'une énergie gâtée. Elle les agite sur la terre mouillée.

Un sac s'est retourné sur sa gauche, à l'autre bout du camp.

Le souffle de Marianne s'éteint aussitôt. Elle tourne la tête, aussi lentement que possible. Un énorme chien noir fouille la giberne d'un coquillard. Il retire sa gueule du ventre de cuir. Trop grand pour un chien. Les yeux trop jaunes. Il trottine sur le camp, renifle, retourne les pierres et les couvertures, happe quelques invisibles pitances. Il ne l'a pas encore vue. Marianne respire longuement pour ne pas laisser la panique décider à sa place. Rester près du feu ou se cacher derrière les rochers qui bordent le saule ? Doucement, elle s'agenouille, se tient prête.

Un mouvement sur sa droite.

Un loup très sombre est venu en silence. Il l'observe à une dizaine de pas. Parfois, il lève sa truffe sous l'aisselle du vent, l'interroge. Puis il la regarde de nouveau. Il l'a vue en premier. On disait souvent autour des tables qu'on dressait dans la grand-salle de Warwick que, si le loup vous voit en premier, l'homme est paralysé.

Pourtant, Marianne ne ressent pas de paralysie. Ses membres au contraire sont agités d'une vie propre.

Deux autres sont arrivés sur la gauche. Ils s'affairent avec le premier.

Elle avait tant souhaité leur présence lorsque Margery l'avait chassée. Mais, depuis Clipstone, elle ne veut plus mourir sans arracher quelque chose de lui. Il mourra de ses mains ou elle mourra en défigurant sa légende. Elle a mérité sa revanche. Elle ôte au feu un fagot rougi de braises. Le loup fait un petit bond de côté.

Puis, ses yeux toujours dans les siens, il lance un frêle jappement. Les autres lèvent la tête.

Les trompettes du tournoi ont couvert les cloches qui sonnent la mi-journée. La foule s'est blottie autour des barrières qui la séparent des tribunes. Chacun veut voir de ses yeux ces hommes et ces femmes que chantent les ballades.

Le shérif est descendu, tenant Gundred par la main. La jeune fille soulève de l'autre le pan de son bliaud rouge et or. Une grande fourrure de loutre couvre ses épaules tombantes. Elle lève trop haut son nez blanc. Elle se pense fière et n'arrive qu'à paraître idiote. Derrière elle, la comtesse de Warwick et le comte d'Edwinstowe, le comte d'Évreux et Hugues d'Avalon. Tous ces puissants, Robin les a vus se souiller de sueur et d'effroi. Sans leurs vêtements, ils ne valent pas mieux que les autres. Ensuite arrivent le seigneur de Worksop et le baron de Redhill, le prieur de Rufford et l'évêque d'York, et d'autres que Robin ne connaît pas. Le prince Jean n'est pas venu. La rumeur dit qu'il est parti en urgence pour Portsmouth le matin même.

Debout dans la file d'archers, il regarde le shérif avancer vers l'estrade en saluant la foule. Son aspect l'impressionne. C'est à peine s'il reconnaît William de Wendeval. Les cheveux gris de ses tempes ont mangé tous les autres. Le fer de son pouce a conquis sa main jusqu'au poignet. Sa jambe gauche se meut avec une rigidité nouvelle. Il l'écarte de lui avant de la lancer devant, et un soupir essoufflé fend son visage fatigué quand son pied touche terre. Il sourit, mais on sent que ça l'épuise. De l'espion qui lui brisa le nez sur les rives de la Sarthe, il ne reste que d'infimes indices : ses yeux bleus, son front haut et droit, ses lèvres effilées. Il n'avait pas poussé un cri quand Robin lui avait planté son poignard dans le bras. À présent, il peine à marcher.

La neige, de nouveau. De gros flocons voilent le donjon comme pour rappeler à Robin que la liberté de ses hommes se joue d'abord dans cette cour. La foule se resserre, alors que, de l'autre côté du champ de tir, les domestiques apportent aux puissants les cols d'hermine et de martre. Un héraut plante cinq flèches devant chaque candidat. Le shérif se dresse. Il suffirait d'un instant. La flèche hors de terre, la flèche sur la corde, la flèche en travers de son cou de cochon fatigué. Robin secoue l'impatience qui fourmille dans ses doigts. Si lui et ses compagnons ne capturent pas le shérif vivant, ils ne récupéreront pas les autres.

William de Wendeval s'est avancé sur l'estrade, un coffret de bois qu'il tend vers le ciel tourbillonnant d'étoiles blanches.

— Archers ! Voici la récompense de vos efforts ! Dix livres d'argent pour qui remportera cette épreuve d'adresse.

Un murmure parcourt toutes les lèvres. C'est une immense somme. La richesse d'une vie pour un jour de fête. Robin cherche ses coquillards. Will est à sa place, les autres aussi. Petit Jean est trop loin. Le Normand n'est plus aussi fiable. Robin le maudit. Il doit pouvoir compter sur chacun dans une opération si risquée.

— Les cibles ont été installées à cent pas, continue le shérif en désignant les dix bottes de foin. Vous disposez de cinq projectiles. Les trois archers les plus adroits seront qualifiés pour la finale.

Des applaudissements accueillent ce discours. Wendeval tend sa main ferrée à Gundred pour l'inviter à le rejoindre. Elle s'exécute avec un air niais. Elle se saisit d'un bouquet de fleurs séchées qu'elle lance dans la foule. Et, pendant que quelques femmes s'empoignent pour le ramasser, Wendeval dresse un fanion rouge.

— À vos cerceaux ! crie le héraut.

Robin entre dans son cercle. Il tire un peu sa capuche sur son front pour s'isoler des autres. L'œil de la cible le fixe contre la haute muraille. Parfois, une rafale blanche le voile tout à fait. Alors, il entend les flammes des brasiers claquer comme des drapeaux. Il arme l'arc d'orme à vide pour imprégner son bras de sa puissance, décoche. À ses pieds, les flèches lui présentent leurs pinces empennées d'épervier. Il les saisit toutes. Le bois est rigide. Bien. Il en place une sur son pouce et tient les autres contre la poignée de cuir. Autour de lui, quelques projectiles se perdent dans les tourbillons de neige. Il n'en tient pas compte. Il écoute. Il écoute son trait glisser contre l'orme. Sur sa droite, une oriflamme ondule contre le jour blanc. Elle annonce les rafales. Il écarte ses pieds, s'appuie légèrement sur le vent pour mieux sentir sa force. Il arme. La neige goutte de ses sourcils et lui trouble les yeux. Il agite la tête, inspire et bloque son souffle. Autour de lui, le monde s'est tu pour laisser parler l'oriflamme et appeler la cible. Il sent la trajectoire plus qu'il ne la calcule. Il doit décocher avant de commencer à réfléchir. Car alors sa raison étouffe ses sens, et il doute.

Il décoche.

La première flèche touche l'œil de la cible avec une telle violence qu'elle se cabre. Robin a déjà armé la seconde. Il tire le plus vite possible pour ne pas perdre le geste. À chaque expiration, il décoche. Ses cinq flèches s'arrondissent l'une après l'autre dans la bise et frappent le foin à un pouce de distance.

Le silence est toujours là quand il baisse son arc. Mais ce n'est plus l'effet de sa concentration. Dans les tribunes, le baron de Redhill s'est levé. La foule s'est tue. Le seigneur applaudit, et le peuple exulte. On acclame sa rapidité et sa précision extraordinaires. Il est le seul à avoir placé ses cinq flèches dans la cible. Il recule hors du cercle.

Parmi les concurrents, deux attirent le regard du voleur. Gil, un adolescent du Bedfordshire aussi épais que son arc, et Kenneth, l'Écossais aux gros bras, aux grossières nattes brunes et aux épaules larges comme deux. Gil décoche avec la grâce d'un faune. Il sourit quand il arme et lance sa main au-dessus de sa tête à chaque fin de geste. On dirait qu'il danse. Ses flèches sont lentes, et leurs trajectoires extrêmement courbes. Sa finesse compense sa souplesse d'enfant. Au contraire, Kenneth n'est que puissance. Il profite de sa force pour armer très longuement. Il montre la langue et ferme un œil. Ses énormes muscles roulent sous ses épaules et ploient son arc jusqu'aux limites de son élasticité. Robin se demande pourquoi il retient son tir si longtemps, car sa décoche est si puissante que ses traits filent en ligne droite malgré les rafales de vent. Peut-être voit-il mal.

Les flèches de tous les concurrents ont goûté l'air, certaines la paille, le héraut s'avance.

— Les finalistes sont les suivants : Kenneth le bon, Gil Fitzbernard et Robert de Clipstone.

Sans surprise. Applaudissements. Le héraut s'est tourné vers Gundred.

— Ma dame voudra-t-elle donner les instructions pour la finale ?

Margery d'Oily se lève avec sa fille pour retenir le manteau qui quitte ses épaules. Ravie d'être le centre de l'attention, Gundred prend le temps de regarder les spectateurs et chaque finaliste. Le peuple s'impatiente. Le vent emporte la moitié de ses mots. La foule demande qu'on répète. Elle rougit, lance un regard honteux à sa mère qui cache mal son désarroi.

— La finale se déroulera au tir à l'oiseau ! crie-t-elle de nouveau.

Des jongleurs en tuniques bigarrées entrent sur le terrain pendant les préparatifs. Les balles de cuir s'élèvent sous la neige et semblent heurter les paumes gelées des acrobates. Robin sourit de leur maladresse. Le public leur tourne le dos pour mieux réchauffer ses mains contre les brasiers. Les pieds tambourinent les dalles pour y rappeler le sang. Robin s'est assis sur une souche. Il mâche une feuille de laurier qu'il a piochée dans sa bourse. Il se frotte les mains pour les garder souples. Un héraut distribue à chacun trois flèches baguées de couleurs différentes. Rouge pour l'Écossais, bleu pour l'adolescent, or pour Robin. Le brigand sourit. Pour le roi des voleurs, des traits couronnés.

Kenneth a demandé à changer d'arc. Il en a choisi un plus court et plus souple. Erreur stratégique. Le père de Gil a rejoint son fils. C'est un petit homme aux mâchoires de cheval et aux oreilles pleines de poils. Il n'a rien de commun avec l'adolescent. Le voleur l'entend qui lui souffle quelques conseils. Gil n'écoute pas. Ses yeux noirs fixent le mât de cinquante pieds que l'on dresse au milieu du champ. Le héraut a placé une minuscule cible en bois à son extrémité. Elle mesure un pouce sur deux et a été piquée de plumes : c'est elle que l'on appelle l'oiseau.

Enfin les trompettes sonnent dans la pâleur du jour. La finale commence. La neige a cessé. Un rayon de lumière illumine le donjon. Robin le regarde, puis le shérif. Il parle à l'oreille du prieur de Rufford. Ce cochon plaisante quand ses coquillards crèvent au cachot. Il pioche distraitement un caillou dans la bourse que le héraut lui tend. Les trois archers gardent le poing fermé en attendant que Gundred pioche à son tour.

— Caillou blanc ! crie le héraut.

C'est Gil qui l'a. L'adolescent s'avance. Il cherche la meilleure position autour du grand mât. L'oiseau frétille tout en haut. Plus Gil s'approche, plus la cible est à portée. Mais plus il est gêné par l'épaisseur du tronc. Robin l'observe qui réfléchit, sans précipitation. Ce garçon sera un bon archer. L'adolescent s'est immobilisé à dix pas du mât. Ses longues mains ploient son *longbow* avec délicatesse. Il décoche d'un élégant moulin du bras. Murmures de déception. Sa flèche a frôlé la cible et s'est perdue derrière les remparts. Il retourne vers son père, tête basse.

Gundred pioche de nouveau.

— Caillou gris ! hurle le héraut.

Kenneth se penche vers Robin. Ils ont tous deux tiré gris. Robin lui fait signe de passer avant lui. Les nattes de l'Écossais remontent le long de son torse quand il hoche la tête. Il ne prend même pas la peine de réfléchir à sa position. Il place la flèche sur la corde et vise. On entend l'arc grincer dans le silence. Il tire la langue et ferme l'œil, trop longtemps. Une rafale fait chanter les plumes de la cible. La foule attend, tendue. L'homme libère enfin la corde, et le bois du *longbow* claque comme un marteau sur l'enclume. Le choc de la flèche contre l'oiseau lui répond. Le public pousse un cri de stupeur. La cible a été fendue en deux. La partie la plus grosse, où s'agite l'empennage noir et blanc du projectile, faseye au vent comme une aile brisée, simplement retenue par une attache de cuir.

— Dernier finaliste ! hurle le héraut.

Un brouhaha d'indignation se déverse dans la cour. Les spectateurs se bousculent derrière les barrières de bois, montrent le poing. On jette sur le héraut cailloux et boules de neige. On crie que c'est injuste, on demande que la cible soit changée. Le baron de Redhill s'est levé aussi. Il presse le shérif de réagir. William de Wendeval écarte sa fourrure et lance deux fois sa tête en avant pour arracher son corps aux bras de son siège.

Il lève sa main d'argent pour réclamer le calme. Elle sonne quand il la laisse retomber contre sa cuisse.

— Qu'on change la cible !

Des applaudissements fournis accueillent cette annonce. Robin serre les mâchoires. C'est sa finale. Il hait que Wendeval puisse en modifier le cours. Aujourd'hui, c'est lui qui décide, personne d'autre.

— Non ! crie-t-il.

Tous les visages de Nottingham se tournent vers l'archer. Robin rentre la tête et s'agenouille sur la terre mouillée de neige. Sous sa capuche, il regarde Gundred.

— Si ma dame le permet, dit-il pour ne pas s'adresser au fiancé, j'aimerais terminer la finale ainsi. Si je touche, ma victoire sera incontestable. Si je perds, c'est que Kenneth est meilleur et que j'aurai été orgueilleux.

La jeune fille a reculé d'un pas, une main sur sa bouche. Elle est livide. A-t-elle reconnu sa voix ? La comtesse de Warwick se lève pour aider sa fille à s'asseoir. Gundred acquiesce silencieusement en direction de son futur époux.

— Accordé ! dit le shérif.

Un soupir d'admiration parcourt le public. On se hisse sur la pointe des pieds, on tord le cou, on monte les enfants sur les épaules. Sous le vent, le morceau d'oiseau tambourine contre le bois du mât et agite le trait de Kenneth en de larges cercles. Alors, les regards retombent sur Robin. Deux mains se frappent l'une l'autre près de l'enceinte. Deux autres un peu plus loin, aussitôt imitées par de nouvelles. Bientôt, les applaudissements grondent dans la cour comme un torrent plein de pierres.

— Robert ! crie une voix.

— Ro-bert ! Ro-bert ! Ro-bert ! reprend la foule.

Le roi des voleurs lance un regard vers les geôles. Il doute. Il risque gros. Si le plan échoue par sa faute, ses amis mourront et il ne pourra le reprocher à personne. Alors, il cherche patiemment le meilleur angle. Il sait l'arc trop puissant pour l'armer trop longtemps. Les murs d'enceinte dévient le vent et se le renvoient en tous sens. La cible s'énerve autour du mât. Mais Robin remarque que, du côté nord, la lanière de cuir étrangle l'oiseau plus fort. Il semble se débattre avec moins de vigueur. Il coince une flèche entre son pouce et l'arc. Il laisse son bras pendre, le plus souple possible. Tirer d'instinct.

Soudain, la cible apparaît de son côté, escrimant gentiment contre l'air le projectile de l'Écossais. Robin soulève son arme et décoche, vif comme un chat. Le choc résonne jusque dans la forêt. L'oiseau de bois tournoie autour de son attache. Le ciel s'est couvert de plumes. La foule a levé les bras et crie son enthousiasme. Robin ne dit rien. Il pense avoir touché, mais il attend de voir.

L'oiseau s'est calmé. L'allégresse retombe. Une unique flèche s'agite sur le flanc de la cible. Inutile de descendre le mât pour vérifier la couleur de la bague. Robert a perdu. Son projectile a dû taper le coin sans mordre le bois.

Le shérif et Gundred ont quitté leurs fauteuils et s'approchent du garde-fou pour honorer le vainqueur. Mais le héraut rejoint le pied du poteau et, d'un bras tendu, suspend le verdict. Il marche, le nez dans l'herbe, la neige et la boue.

Le voilà qui s'arrête.

Il s'est agenouillé. Il ramasse quelque chose sur le sol trempé. Puis il dresse ses deux poings vers le ciel.

— Vainqueur : Robert de Clipstone !

On plisse les yeux. Dans chacune de ses paumes, le héraut montre la flèche de Kenneth, baguée de rouge, fendue en deux parties par celle de Robin.

La stupeur est telle que le silence dure. Et subitement, les applaudissements déferlent. Robin reste impassible. Au fond, il est aussi stupéfait que les autres. Il espérait toucher la cible et prétendre à une seconde manche. Mais cet exploit, il ne l'avait pas prévu.

Déjà quelques hommes se précipitent pour le prendre sur leurs épaules. D'une main, Robin retient sa capuche. La suite du plan est tout ce qui importe, à présent. On a dressé un piédestal de bois au milieu du champ, à dix pas des tribunes. Alors que la foule l'y porte, Robin vérifie que ses brigands sont à leurs places près du brasier qui leur a été désigné. Il n'arrive pas à distinguer Petit Jean. Il est grand, pourtant. Tant pis, on fera sans lui.

Le voilà sur l'estrade du vainqueur. Dix pas le séparent du shérif qu'il dévisage à hauteur égale. La foule investit le champ. L'exploit du brigand a drainé toute la population de Nottingham.

Robin fixe William de Wendeval, se délecte de cet instant où l'histoire tient tout entière sur le tranchant de sa lame. Il la sent, froide sous la pulpe de ses doigts, qui attend de surgir de sa tunique brune. Dans un moment, le shérif viendra lui remettre le prix. Il n'aura qu'à le saisir et placer sous sa gorge le poignard de son père. Alors, Wendeval n'aura d'autre choix que de faire libérer tous ses camarades. Il pense à cette nuit au Mans où il lui avait échappé. Où ses intrigues l'avaient retenu loin d'Owain mourant. C'était le shérif qui, alors, avait les cartes en main.

Wendeval est debout, le coffret haut au-dessus de sa tête. Ses bras tremblent sous son poids.

— Robert de Clipstone, je te déclare vainqueur de ce tournoi d'archer !

La foule scande son nom.

— Ces dix livres d'argent te reviennent donc.

Mais Robin n'écoute pas. Sa gorge s'est serrée d'impatience. Son regard transperce le shérif et ses doigts saignent de trop se crisper sur la lame du couteau.

Le shérif s'approche du garde-fou et ouvre le coffret. Il le montre à la foule. Il est vide.

Une sueur glaciale coule dans le cou du roi des voleurs. Ce n'est pas ce qui était prévu. Will et les autres brigands s'agitent alors que des manteaux tombent dans le public stupéfait. Des soldats. C'était un piège.

Et le shérif sourit. Il fixe le vainqueur à la capuche, insistant. La foule se bouscule et crie au scandale. Alors Wendeval les fait taire en levant sa main gantée d'argent. Sa voix chevrote légèrement, comme si le souffle lui manquait :

— Tes amis te connaissent bien. Yvain surtout. Il était tavernier, je crois ? Il m'a causé de ton talent d'archer. Et ma fiancée a reconnu ta voix. Robert de Clipstone ? Je te pensais plus malin, Robin de Loxley !

La foule se tourne vers lui, ahurie.

— C'est Robin the Hood ! hurle une femme.

— Robin Hood ! reprend un homme.

Et le vent de surprise se change en liesse. Partout on crie le nom de Robin. Et Robin serre son poignard entre ses doigts. Qu'il crève, le maroufle.

— Wendeval ! crie-t-il par-dessus les vivats. Libère mes amis et tu auras la vie sauve !

Wendeval rit d'un rire terrible.

— Tes amis, je les ai fait pendre il y a déjà une semaine. Ils sont toujours sur la grand-place. Tu ne les as pas vus ?

Les lèvres de Robin s'agitent dans le vide. C'est trop tard, ils sont tous morts. Il enrage de son impuissance. Cette injustice qu'il prétend combattre est là, entière et cruelle, inchangée dans le sourire de cet homme, plus brutale encore que dans ses souvenirs. Qu'il crève. Son poing s'élance vers son épaule mais saisit le vide. Il a confié son arc à Will avant le tournoi, et le héraut lui a repris le *longbow* blanc avant de le faire monter sur l'estrade. Il n'a plus que son couteau. Un soldat lui attrape la cheville, Robin le repousse, et la foule s'en empare. Il se tourne vers le shérif.

Wendeval déroule paisiblement un parchemin, certain de sa victoire.

— Robin de Loxley, pour avoir pillé les manoirs d'Edwinstowe, d'Oldcotes et de Bingham, le couvent de Wallingwells, l'abbaye de Lincoln, le prieuré de Newstead et tant d'autres, pour avoir humilié, entre autres honnêtes gens, Rosemonde Fitzhenry, sœur du prince Jean, futur roi d'Angleterre, tué, forcé et pillé dans son domaine de Clipstone, je te condamne à mourir ici même.

Et il baisse son bras.

Autour de l'estrade, les spectateurs, désarmés contre les épées et les piques, empoignent les soldats pour défendre leur bienfaiteur. D'autres sergents écartent la foule. Ils viennent de partout. Maudit Wendeval. Robin laisse le poignard glisser de sa manche. Il le lance en direction du shérif. Trop court. Le poignard se plante au pied des tribunes. L'estrade vacille. L'angoisse lui enveloppe le cœur. Où sont les flèches de ses brigands ? Elles devraient déjà semer partout la panique.

Le signal. Ils attendent le signal.

Robin devait jeter sur la foule le contenu du coffre. Alors, d'une main, il attrape sa propre bourse et, d'un coup de dents, la déchire. Les deniers tournoient dans l'air blanc. Alors, seulement, les brigands enflamment leurs flèches dans les brasiers, et le vrombissement des bécassines s'abat sur la basse-cour. La toile des tribunes flambe. Les toits de chaume aussi. À ses pieds, ceux qui ne faisaient pas déjà barrage aux soldats pour défendre l'homme de légende se disputent l'argent. Will, Petit Jean et les brigands peinent à rejoindre leur chef. La foule les emporte comme un torrent furieux.

Un essaim de flèches s'élève des remparts et s'abat sur l'assemblée qui hurle. Les traits le frôlent comme des guêpes. Un dard de fer mord le bord de son épaule.

— Voyez comme l'on vous traite ! crie-t-il. Amis ! Montrons à ces cochons que notre servitude prend fin ce jour d'hui ! Dix sous pour la tête du shérif !

Plus loin, Wendeval tente de s'enfuir, protégé par un cordon de soldats. La foule le prend en chasse. Robin se jette à terre alors qu'un cri de ralliement gonfle autour de lui. Vite, un arc ! Il peut encore se venger. Autour de lui, on tend les poings au ciel, et les gardes reculent, dépassés par le nombre. Pas d'arc. Il a cherché partout. Et Wendeval qui lui échappe. De rage, il arrache une épée de la main raidie d'un sergent. Il tranche à grands moulins les soldats qui lui barrent le chemin.

— Aux armes ! crie le roi des voleurs.

Et des fourches et des pioches se tendent vers le ciel.

Un dos se colle contre le sien. Robin reconnaît le tintement des couteaux du Brabançon. Toujours aussi fiable. La hache de Petit Jean brise un crâne à dix pas de là.

— Faut s' calter, Robin, lui dit Will.

— Pas avant d'avoir eu le shérif.

— Regarde ! L' couard est parti !

Le mercenaire pousse sur ses épaules pour faire pivoter son chef dans le sens de la tribune. Les barons et les évêques s'éparpillent dans une volée de fourrures. Margery d'Oily a fui avec sa fille. Wendeval se presse déjà à mi-chemin du donjon, escorté de six piquiers. Tous des pleutres sans honneur. Leurs bouches tuent, mais pas leurs bras.

La rage et l'impuissance de Robin engloutissent sa prudence. Il hurle comme une bête, et son regard ardent fait reculer les gardes. Il taille sans distinction dans les chairs qui passent. Il hurle encore, frappe encore, blesse et tue, mais sa colère ne cesse de gonfler. Il veut triompher.

Will et Petit Jean peinent à le suivre. Des hommes munis de fourches, de marteaux et de couteaux collent leurs flancs et poussent les soldats vers l'enceinte du donjon. Leurs dos accueillent les flèches à la place de ceux des brigands. Les portes de la haute cour piaulent dans le jour assombri de la fumée de l'incendie. Les soldats y reculent. On entend sur les remparts le grincement des seaux qu'on remplit de poix brûlante.

Un jeune soldat, rendu hargneux par la peur, se jette sur eux. Il brandit une vieille épée, mangée de rouille. Son tranchant feule quand il l'abat devant lui. Robin esquive, mais le coup ne lui était pas destiné.

Tout se tait. Les nuages suspendent leur course, et le vent retient son souffle.

Will regarde son roi, ses yeux verts grands comme deux lunes.

Sa main rougie de sang soutient son épaule droite.

Son bras tranché au-dessus du coude se convulse dans la boue.

Il s'écroule.

Petit Jean tire Robin en arrière. Il saisit Will et le jette sur son épaule. Robin pointe son épée sur le ventre du brigand.

— Je t'interdis de fuir ! Pleutre !

Le géant le dévisage, triste. Il écarte la lame d'un geste dégoûté.

— C'est fini, Robin.

Robin regarde la tête rousse du Brabançon ballotter dans le dos du Normand qui s'enfuit.

La révolte s'agite autour de lui sans le voir. Une parodie d'armée dans une guerre pastiche. Acteurs qui brandissent leurs fourches, leurs bouches tordues de cris grotesques. Ils se lancent contre les remparts avec le sérieux des ignorants. Et ils se font éventrer en vain par ceux que la richesse arme mieux et abrite derrière ses murs. Un spectacle ridicule. Comiques, même, les hurlements des paysans que la poix dévisage. Tout est vain, factice, car la victoire n'a jamais été possible. Sa guerre ne sera jamais rien d'autre qu'une misérable révolte.

Un homme aux dents noires et à l'haleine fétide saisit Robin par le bras.

— Suivez-moi, messire !

Et Robin se laisse conduire.

Ils ont gagné l'immense basse-cour et rejoint Petit Jean. Autour d'eux, les flèches des archers bourdonnent. Le géant court à côté de lui, Will inconscient sur son dos trempé de sang.

— Garrotte la blessure, coquebert ! crie Robin. Qu'attends-tu pour le faire ?

Mais le colosse n'entend pas. Le vent s'est levé, il couche l'incendie sur les toitures de chaume et voile les rues de fumées si denses qu'elles assourdissent ses cris. Des silhouettes épouvantées courent en tous sens.

L'homme les a menés jusqu'à l'enceinte. Il gravit les marches jusqu'au chemin de ronde. Il fourre ses doigts dans sa bouche et pousse un long sifflet. Un garde se lève dans l'ombre du feu.

— Faites confiance, messire.

Dès qu'il voit Will, le soldat tire sa ceinture. D'un geste, il indique à Petit Jean de le lui confier.

— Je vais l' garrotter, reprenez vot' souffle. C'est mon tour d' garde, mon soutien est parti j'ter l'eau sur l' feu.

Alors qu'il serre sa boucle d'étain autour de l'épaule de Will, il désigne la silhouette fumante de la guette.

— C'est ma tour, c'te soir. J' vous créant qu' vous êtes à moins d' dix marches d' la forêt.

L'ombre immense du donjon s'étend sur eux. Et, tout autour, les flammes les poussent hors de la ville.

Le feu est sa seule protection. Dans son dos, un loup s'est hissé sur les rochers, mais la brûlure du tison l'a dissuadé de revenir. À présent, la meute trotte au bord du cercle que les flammes arrachent à l'ombre. Les bêtes se croisent et lancent à tour de rôle un assaut craintif. Marianne tient la branche incandescente dans ses mains jointes, la pointe sur les gueules qui s'approchent trop. À chaque mouvement, la chaîne s'agite, et les menottes de bois lui mordent les poignets.

Le grand mâle s'est couché à quelques pas, sûr de sa victoire : le feu faiblit, et Marianne fatigue. Voilà dix heures qu'elle se débat, qu'elle soulève à bout de bras son entrave de fer. Ses poignets sont hérissés d'échardes. Elle a froid. Mais elle n'ose rien faire. Elle redoute qu'une bûche lancée trop hâtivement sur l'âtre mourant ne l'étouffe tout à fait. *Robin et les autres vont revenir*, se répète-t-elle. *Tout s'est bien passé à Nottingham.* Ils sont sa seule chance de survie. La fatigue lui souffle son doux mensonge à l'oreille : *Baisse les bras, cesse de te battre. Tu verras, la mort n'est pas si douloureuse.* Alors elle fait jouer les mâchoires des menottes sur sa peau à vif pour ne pas être tentée d'y croire.

Le grand mâle se lève. Il fait une révérence, deux pattes tendues devant lui. Il bâille, indolent. À présent, il entre dans le cercle de lumière, les lèvres hautes sur ses canines, les oreilles basses sur sa nuque. Les autres l'entourent en jappant, queues plaquées le long du ventre.

Marianne baisse imperceptiblement sa garde. Elle est fascinée par la messe des fauves. Un instant elle oublie qu'elle est l'offrande que leur dieu exige. Il y a tant de dignité dans leurs aboiements rauques, leurs sourires démoniaques. Tant d'élégance dans leurs génuflexions, de délicatesse quand ils saisissent entre leurs dents la truffe des autres, tant de respect dans leur ballet de soumission !

Mais bientôt, la danse cesse. Le regard du loup fait fuir ses songes. La meute s'est resserrée, et il n'y a plus de tendresse dans le sourire des canines. Un ruisseau brûlant lui couvre les cuisses.

Ça y est.

Elle baisse les bras, ferme les yeux, se recroqueville.

Ça y est.

Un hurlement lui vrille les oreilles. Elle les couvre. À travers ses doigts, elle entend les dents qui claquent et les branches qui craquent, le frôlement des fourrures et les épines de pin qui chuintent sous les pas. Mais elle ne sent rien. Le hurlement, encore. Un hurlement d'homme.

Elle ose enfin ouvrir les paupières.

Devant elle, Tuck agite son crucifix et une grande bible. Il frappe les loups qui l'entourent en bavant de rage. Il s'est placé entre elle et le feu. Mais les loups, trop nombreux, l'encerclent presque.

— Marianne ? De l'aide ? crie-t-il.

Marianne se dresse, les chaînes protestent. Elle attrape un nouveau tison dans les braises du feu.

Le prêtre la regarde, médusé.

— Qui t'a mis ces fers ?

— Pas le temps, Tuck !

Elle trace un grand cercle brûlant devant eux, et la meute recule.

Ils font corps contre les bêtes. Mais la violence du combat excite l'instinct des loups, et les dents croquent l'air à moins d'une coudée.

— Donne-moi un tison !

Elle lui donne.

Ensemble, ils crient, tapent du pied. Rien n'y fait. Toujours un téméraire remplace celui qui recule. En voulant frapper l'un d'eux, Tuck fait un pas de trop. Un loup saute dans l'espace qui les sépare des rochers. Un autre suit. Les voilà encerclés.

Elle regarde Tuck qui enrage de plus belle. Son front est couvert de sueur. Sans cesse, entre elle et les loups, il place son corps sec. Il abat son tison sur les truffes avec une ardeur familière. Alors qu'il se débat pour maintenir Marianne en vie, sa violence indomptable semble s'être centrée en lui, affûtée comme une lame.

Merci d'être venu. C'était un beau combat. La beauté cruelle des gardiens de la forêt et la rage généreuse du serviteur de Dieu.

Alors, un vrombissement fend la nuit.

Un loup brun vacille en glapissant. Il s'enroule sur lui-même pour mordre qui le mord, tire au sol son arrière-train apathique où dodeline une flèche de bécassine. Marianne le regarde, prise d'une pitié sincère. Les autres loups l'entourent, sentent. Ils veulent comprendre.

Une deuxième flèche atteint le grand mâle au poitrail. Il s'effondre en silence. Sa grosse tête frappe la neige dans un bruit mat. Ses yeux d'ambre, encore mobiles, observent Marianne. Il pousse un long soupir, et son regard s'éteint.

Les autres loups fuient. Le brun tente de les rejoindre en traînant la moitié morte de son corps. Un instant auparavant, il était redoutable. Un ultime projectile l'achève.

Marianne regarde le grand mâle. Le dernier regard du loup était comme l'hommage d'un guerrier, son dernier soupir la résignation d'un sage. Lui n'a pas peur d'assumer sa violence. Il ne cherche pas d'excuses. On le dit cruel, il est seulement sincère.

Robin s'avance, suivi de trois brigands. Petit Jean traîne une ombre allongée sur une civière de branches.

— Pose-le là, dit le félon au colosse.

Sur la civière, Will claque des dents. Il lui manque un bras. Robin fait sauter les rivets de ses menottes.

— Va chercher tes simples.

Elle presse le pas vers sa giberne. Robin a cet air qui la tétanise. Ces yeux blessants, cette inquiétude qui saccade ses gestes. Il contourne Will et, deux fois, trébuche. Ses mains ne trouvent pas de repos. Parfois, il va jusqu'au hêtre qui borde la forêt, pose la main sur son arc. Il semble réfléchir, revient dans la lumière du feu. Il gravite de nouveau autour du Brabançon, repart jusqu'au hêtre.

Marianne réunit les plantes éparpillées par les loups. Son cœur fait un bond quand elle ramasse les deux rameaux d'if. Ces aiguilles vertes la galvanisent. Il faut qu'il meure, vite. Elle ne peut plus souffrir sa présence.

Tuck est penché sur le Brabançon. Oddo, Wyat et le reste des larrons entourent le feu, la tête basse. Ils se taisent. Marianne, accroupie près du blessé, écarte doucement les morceaux de tissu. Le corps de Will est tiède. Elle sent son pouls faiblir. Il n'y a plus rien à faire.

La poitrine du mercenaire se gonfle et se dégonfle comme s'il dormait. Il n'a pas peur.

— Confesse-moi, Tuck, croasse-t-il. J'veux qu'tu m'enterres et qu'tu me recommandes.

Le prêtre hoche la tête.

— Je t'écoute.

Robin a placé timidement sa main dans le dos du clerc, il semble soulagé de son retour. Will grimace :

— J'ai rapiné mon père qu'était mourant. J'étais marmot. Il pouvait plus parler quand l' prêtre est v'nu. Alors il lui a d'mandé d'dire oui avec de p'tits cris. Chaque objet y d'mandait à qui l'y cédait. Et chaque fois c'est moi qu' le prêtre montrait d'abord. Mais le pater n' voulait rien céder. L'était aussi avare de cris qu' de toute sa vie propre. Alors, quand est v'nu la cassette des deniers, tout l' pécule d' la famille, j'y ai pincé l' pied d' mon père. Il a fait son cri d' mulot. L' jour suivant, j'ai quitté la ferme, ma mère et mes frères, sans même l' voir prendre terre. Et en une nuit j'ai bu toute sa richesse.

Il soupire. Il lève la main pour interrompre le sacrement du prêtre.

— Robin. Merci mon frère. T'as jamais trouillé d' ma face de larron. Et tu m'as fait confiance.

Il compose un large sourire.

Tuck dessine une croix sur le front du mourant. Il récite l'absolution de mémoire. Le sourire de Will se fige. Il lève une main pour gratter son oreille manquante. Alors ses yeux se fanent et sa main retombe.

Robin part vers le hêtre. Il décroche son grand arc.

— Petit Jean, va creuser sa tombe.

Le colosse attrape une bêche et leur tourne le dos.

Une flèche lui transperce la gorge. Il tombe à genoux.

Robin s'approche de lui, le visage fou. Il crie sur le Normand qui se noie dans son sang :

— Judas ! C'est pour elle que tu nous as vendus ? Pour la marier ? C'était ton piège, tout ça !

Son doigt tremblant désigne Marianne. Petit Jean, les mains autour de son cou, nie malgré la douleur. Mais Robin n'a pas le courage de l'entendre.

— Avoue ! Tu voulais t'asseoir à ma place sous le grand chêne !

Le corps immense bascule. Il s'écrase dans la glaise du lac. Robin le roue de coups de pied. Il respire encore. À chaque coup, il grogne. Et, tard dans la nuit, alors que la mort a depuis longtemps raidi la grande carcasse, Robin se venge encore à grands coups de sa propre impuissance.

Voilà deux semaines que Robin se nourrit à peine. Il croque parfois une noix, un oignon. Il boit l'eau de la Maun sans prendre la peine de la faire bouillir. Marianne a bien tenté de lui faire avaler une de ses soupes. Il a refusé. Sa faim a fui avec le sens de son histoire. Sa troupe qui cet hiver comptait une trentaine de membres n'est plus qu'une poignée. Will et Petit Jean gisent au côté d'Alan. Et voilà le printemps. L'histoire n'est que recommencement. Owain au Mans. Will à Nottingham. Et, entre les deux, tant de vaines privations. Deux orteils donnés en offrande à l'hiver. Qu'a-t-il changé ? Rien. Les cochons restent des cochons. Plus gras encore qu'alors. Wendeval shérif et le prince Jean sur les marches du trône. Lui, plus isolé encore. Depuis les profondeurs de Sherwood, il entend que Jean a promis Gloucester à ce roquet de comte d'Évreux. Que le comte de Warwick s'est terré on ne sait où. On ignore s'il est vraiment parti en croisade où s'il a préféré prolonger son séjour sicilien.

Il est triste, car il ne sait quoi dire aux autres. Il n'a plus la force d'argumenter, alors il les esquive.

Hier, il a jeté son arc au feu. L'encoche de Petit Jean, il n'a pas eu le courage de la faire. La cent quarante-quatrième. Le chiffre de l'Apocalypse. Il se souvient de l'effroi qui l'a saisi lorsque, la colère tombée, il a vu le Normand gisant dans la boue. Il a senti ses soupçons s'effondrer aux premiers rayons du jour. Alors, sa soif de vengeance et de domination lui est apparue, limpide. La voix d'Owain a surgi de sa mémoire : « *Quand t'es si révolté contre l'injustice du monde, vérifie bien que c'est pas l'injustice d' ton histoire qui te trouille. Car y a rien d' pire que d' confondre justice et vengeance.* »

Voilà le héros qu'il est. Un coq jaloux des crocs du renard. Il prétend que c'est lui qui appelle la lumière, mais qu'on lui coupe la langue, et le jour vient quand même.

Il regarde ses paumes. Elles sont usées de combats et de cordes cirées. Se venger, et après ? Il a eu la vue bien courte. À présent, sa vie n'a plus d'autre horizon que cette forêt. Que visait-il d'autre que la place du roi ? Qui d'autre peut écrire la justice ? Et autrement, où l'aurait mené sa révolte ?

Il a sauvé quelques vies, rendu l'espoir à plusieurs, épargné bien des souffrances. Maigres consolations. Rien n'a bougé. Après lui, on souffrira encore.

— Robin !

Les larrons se sont levés. Much émerge des fourrés en courant. Il s'arrête devant le roi des voleurs et peine à reprendre son souffle.

— Nottingham ! dit-il.

Mais il manque d'étouffer.

— Nottingham est assiégé ! On dit qu'Richard est de retour !

La petite bande marche à pas pressés sur la route de Nottingham. La forêt se tait. Là-bas, entre les troncs, de grands feux s'agitent comme le jour du mariage. Le vent s'est épaissi de cendres.

Robin se met à courir. De grands étendards rouges flottent autour des remparts. Un immense engin de bois est poussé contre la muraille. Sous des nuages de flèches, on catapulte rochers et cadavres d'animaux malades dans la grande basse-cour.

— Halte ! grogne un soldat au menton fendu comme une prune trop mûre.

Trois piquiers sont sortis d'un bosquet et leur coupent l'accès au champ de bataille. Ils portent des tabards rouges ornés de deux lions d'or face à face. Le blason du roi.

— Personne n' passe, ajoute un autre aux yeux vairons. Ord' du roi Richard.

— Je le croyais à Dürnstein dans les coffres du duc d'Autriche ! lance Robin.

Les deux gardes échangent un regard ironique et pouffent.

— Tudieu, c'est de l'hiver dernier, ça ! reprend le menton de prune en s'essuyant les lèvres. L' duc d'Autriche a cédé le roi à l'empereur d'Allemagne pour soixante-quinze mille marcs. L'était sans l' sou, rapport à la fortune qu'il a mise dans la croisade.

— Cent mille marcs, corrige le vairon.

L'autre fait une moue lasse.

— Faut dire qu' Richard avait cherché noise au duc à Messine en faisant jeter ses bannières dans l' fossé !

reprend le vairon, trop heureux de raconter la suite à la troupe. Et c'était là qu' le début d' la malaventure, vu qu'une fois Richard j'té dans les coffres de Spire, l'empereur germanique organise un procès public ! Et l'immunité des croisés ? S'en bat l'œil ! Même qu'il lui fait porter tous les maux du monde. D'un coup la paix avec le Saladin est une trahison. Et l' trépas d' Conrad de Montferrault s'rait sa faute !

– Montferrat. Mais comme vous l'ignorez sûrement pas, Richard cause comme un trouvère français. C't' un poète ! Il a si bien dit sa cause que l'empereur a dû négocier la rançon. Cent mille marcs.

— Deux cent mille. Un trésor ! Aliénor s'est acquittée pour son fils l' quatre de février dernier à Mayence.

— Alors, imagine la colère du Lion…

Le vairon pointe la direction du château.

— Deux jours qu'on est là. Le shérif tient sa place. Les aut' comparses du prince Jean ont trouillé dès qu'ils ont r'connu Richard ! Mais c' traître de Wendeval s' défend comme un loup ! Y veut pas laisser tomber ses murs. J' sais pas quelle folie l' pousse. Tantôt, l' prince Jean a passé la Manche. Y a plus d'espoir.

— C'est tout ce qui lui reste.

Robin a pensé à voix haute. Le vairon hoche la tête.

— J' sais pas ce qu'il leur cause, là-bas, mais même avec les bannières, ses soldats veulent pas croire au retour du roi Richard.

Robin s'approche du soldat au menton fendu.

— Conduisez-moi au roi. Je connais un moyen d'ouvrir la ville.

Dans le sillage des deux piquiers, Robin repense à ce qu'il vient d'entendre. Le roi des Anglais en prison, humilié, vendu, l'impunité qu'il a gagnée en risquant sa vie pour le monde chrétien sous les fortifications de Jérusalem bafouée ! Dieu envoie Sa pluie sur les justes et les injustes, dit la Bible. Son ingratitude aussi, Il la fait pleuvoir sur les têtes sans discrimination. Ce qu'il prenait pour la fin n'est peut-être qu'un début. Autour d'eux, on aiguise les épées sur les meules. Les tentes qu'on a jetées à même les cultures tressaillent à chaque saute de vent. Les soldats tordent le cou en riant au passage de Marianne. La scène est familière.

À la bordure du camp, un grand chapiteau pourpre. Le roi s'y tient debout, flanqué de barons et d'évêques, de chevaliers et de sergents, les bras en équerre, alors qu'un écuyer défait les sangles de son armure.

Les deux soldats s'approchent d'un jeune comte aux cheveux bouclés et au teint de Méditerranée. Il écoute leur rapport d'un air distrait jusqu'à ce que le nom de Robin the Hood lui parvienne. Alors il s'empresse d'ouvrir la foule des barons jusqu'au meilleur chevalier du monde : le comte de Pembroke, Guillaume le Maréchal. Il lui chuchote les nouvelles à l'oreille, et le comte se charge d'en informer le roi. Les yeux de Richard rencontrent ceux de Robin. Il lui fait signe d'approcher. Robin laisse Marianne, Tuck et les autres derrière lui. On s'écarte sur son passage. Son corps fourmille d'une excitation quasi sexuelle. Ses joues le brûlent. Il lui semble qu'il rougit. Pas à pas, il approche de celui qui décide. Celui dont les mots font loi. Celui qu'il provoque depuis si longtemps et qui aujourd'hui a besoin de lui. Si le roi lui est redevable, peut-être pourra-t-il user de son influence ?

Le Lion est petit et gras. Du fauve il a la crinière rousse et le nez large. Ses épaules puissantes et ses mains rondes tiennent de l'ours. La colère et la fougue cohabitent dans ses yeux marron, sous son front droit. Derrière lui, un conseiller fait signe à Robin de plier les genoux. Robin s'exécute, amusé. Le moment est passé, et personne n'est dupe.

— Votre Majesté.

— Robin the Hood.

Son haleine est chargée de vin. Il a haussé la voix pour qu'on l'entende par-dessus le claquement des tentes et des bannières.

— J'ai beaucoup entendu parler de toi, continue-t-il en français. La Couronne t'est fort redevable.

— Merci, Votre Majesté, répond Robin, surpris.

Il a posé un genou en terre, sans le vouloir. Le roi s'appuie sur son épaule.

— Personne ici n'ignore avec quelle vigueur tu as défendu le royaume en mon absence. On m'a conté comme tu avais interrompu le complot de mon frère Jean à Clipstone.

Le roi tape l'épaule de Robin et murmure :

— Debout. À ma droite.

Robin se lève. En bas de la colline, les brigands le regardent, pétrifiés d'admiration. Il était un renégat. En quelques phrases, le roi en a fait un héros et un allié. La voilà, la ruse du roi, la belle alchimie du pouvoir. Quelques mots qui devant lui transforment le plomb en or.

— Cet homme connaît un moyen de faire tomber la ville. Voilà pourquoi je l'ai fait mander. Robin the Hood, accompagne-moi sous la tente.

Richard soulève le drap qui masque l'entrée. Robin le suit, escorté de trois piquiers, d'Hubert Walter, l'archevêque de Cantorbéry, et du fameux Guillaume le Maréchal. Le roi s'est assis dans un fauteuil de bois. Il peigne les broussailles de sa barbe rousse. Ses doigts sont tous bagués d'énormes chevalières. Son regard a changé. Le comte de Pembroke s'est arrêté dans le dos de Robin, la main sur le pommeau. Trop près.

— On m'a dit que tu pouvais faire ouvrir les portes de Nottingham. C'est vrai ?

— C'est vrai, répond Robin. J'ai bonne réputation, là-bas.

En entendant ces mots, les sourcils du roi se sont froncés fugitivement.

— Accepterais-tu de me guider ? Tes hommes et vingt de mes chevaliers ?

— Bien sûr. Mais sous conditions.

Le roi hausse les épaules. Il pense que Robin plaisante. Mais son silence persiste. Il pose ses coudes sur ses genoux et avance la tête pour lui soutirer des excuses. Les piquiers s'agitent, ils craignent l'humeur de Richard. Robin reste impassible.

— Vraiment, Loxley ? Tu es un félon ! Et coquillard par-dessus le marché. Tu n'es pas en mesure de dicter tes conditions.

— Les voici, dit Robin avec un regard insolent. Je demande la moitié du butin pour mes coquillards et moi. La suppression de la dîme saladine ainsi que du monopole seigneurial sur les moulins, les pressoirs et les fours.

Le Lion se lève dans un silence de mort. Robin le dépasse d'une tête. Il semble sentir que sa tentative d'intimidation est vouée à l'échec, car alors un rire guttural lui secoue le ventre. Il lui frappe l'épaule.

— J'aime les hommes courageux, Loxley. Il m'en a tant manqué à Jaffa, à Messine. Si tu avais compté parmi mes hommes, je t'aurais fait roi d'Égypte. Va ! Je t'accorde ces conditions. Demain, tu nous mèneras au traître !

Les mains tremblantes, Marianne allume un feu en marge des tentes. Beth est-elle toujours derrière l'enceinte ? Elle a peur qu'il ne lui arrive malheur. Tuck, Oddo et les autres forment un cercle autour d'elle. Ils se frottent les paumes en attendant la chaleur des flammes. Robin a désigné Wyat comme messager. Il passera les murs et répandra la rumeur : Robin the Hood est dehors au côté du roi Richard. Ils viennent libérer Nottingham. Avant que l'ancien meunier ne parte, Marianne lui saisit le bras.

— Wyat, dit-elle.

Il s'arrête, surpris.

— Il y a une femme à Nottingham qui se fait appeler Beth. Elle herborise en ville, parfois pour le shérif. Elle est de forte carrure avec de grands yeux bleus. Denis, le barbier de la grand-place, saura te dire où elle se trouve. C'est ma nourrice. Je t'en supplie, préviens-la. Dis-lui de s'enfuir.

Il hoche la tête.

— Sois tranquille. Que j'sois maudit si j'oublie.

Et il s'élance vers la ville.

Entre-temps, Robin a pu arpenter trois fois le camp. Lorsque la nuit tombe, il trépigne encore. Une énergie insatiable le dévore. Marianne le regarde. Elle désespère. Elle enrage de voir le sort sans cesse repousser le moment de sa vengeance. Autour d'elle, les brigands gonflent le torse et imitent gauchement les postures des soldats. Ils débordent de fierté de partager leur feu avec l'armée du roi, et leurs yeux pétillent quand Robin approche. Ils n'ont jamais tant admiré le roi des voleurs. Ils sont trop impressionnés pour voir les contradictions de son discours.

— Messire Robin !

Un serviteur court entre les tentes. Il appelle encore, sans savoir qui répondra.

— Là ! dit Robin en agitant le bras.

C'est un jeune Aquitain aux cheveux blonds qui s'approche. Il récite en saxon la tête baissée et la voix monocorde :

— Le roi vous invite à sa table.

Les brigands bondissent sur leurs jambes. Leurs cris de joie résonnent brièvement dans le camp et s'étouffent l'instant suivant. Ils se regardent, s'époussettent et se peignent des doigts, brusquement conscients de leur crasse. L'Aquitain leur tourne le dos et marche vers la colline embrasée de torches. Il a l'air effrayé. Derrière les fines membranes de la tente royale, gonflées par le vent, des ombres s'agitent en riant.

On assoit Robin à deux têtes du roi. Tuck et Marianne sont en bout de table. Les autres mangent debout avec les gardes. Ils ne se vexent pas tant le vin est fin et les plats somptueux.

Robin rit comme un jeune coq. Il se pavane. Il raconte ses forfaits à un roi et sa cour hilares. Il ne vaut pas mieux que les autres. Un peu d'or dans les yeux, et il se prend pour le soleil. Il ne voit pas comme on l'observe. Comme on remplit trop souvent sa coupe. Guillaume le Maréchal ne rit pas. Il détaille le roi des voleurs et sa troupe. À côté de Marianne, un archevêque lui sourit.

— Ce Robin the Hood est extraordinaire, dit-il.

— Pas plus que les autres, s'entend-elle répondre.

Elle rougit aussitôt. Elle a été gâtée par ses années de forêt, loin de la cour de Warwick. Elle n'a plus l'habitude des convenances, de la retenue avec laquelle on parle des autres. En face d'elle, l'archevêque hoche la tête avec un sourire dissimulé comme s'il acquiesçait à une question qu'il s'était posée à lui-même.

Il était déchu. Le voilà au sommet de l'Angleterre. Lui qui doutait de son entreprise ! Il regarde autour de lui les cochons qui se régalent. Et ils partagent avec lui leur banc, ignorent qu'il en coupera bientôt les pieds. Le roi lui sera redevable. Il remplacera ces enfants gâtés par des hommes responsables. Ils sauront gouverner sans étrangler ceux qui les nourrissent. Il regrette qu'Owain et Will ne soient pas là pour le voir. Il n'oublie pas les autres, non. Ses derniers compagnons goûteront le fruit de leurs sacrifices. En attendant, il se délecte. Il rit avec eux et il rit d'eux, supérieur. Demain, Nottingham tombera, et avec lui William de Wendeval, Jean sans Terre et tous ceux qui ont cru pouvoir le faire taire.

Guillaume le Maréchal le réveille un peu avant l'aube. Il a la tête lourde. Il ne se souvient plus d'avoir tant bu ni de s'être endormi à même la table, entouré de soldats. Dehors, le roi attend sur un grand destrier noir. Il est entouré d'une vingtaine de chevaliers en armure. Robin éveille ses brigands et, à pied, armés de leurs arcs, leurs poignards et leurs gourdins, ils prennent la tête du cortège. Ils descendent le chemin tout couvert de givre. Robin s'étonne de prendre tant de plaisir à la musique des sabots, au tintement des mors et des cottes de mailles. On a dressé des gibets dans la nuit. Richard y a fait pendre tous les prisonniers. Une immense tristesse envahit Robin. Il est peiné de cette démonstration de force : le roi ne lui fait pas confiance. Son cœur est subitement raide d'angoisse. Ce matin, il joue sa réputation. Et, pour la première fois, il prend conscience que rien pour lui n'a plus d'importance.

Devant les portes closes, Robin emprunte l'arc d'Oddo. Il arme une flèche de bécassine et la tire par-dessus les remparts. Elle bourdonne dans le silence matinal. L'attente qui suit est insoutenable. Dans son dos, les chevaux piétinent d'impatience. Chaque fois qu'ils soufflent, il croit que c'est le roi.

De l'autre côté de l'enceinte, des chaînes frémissent et la porte s'ouvre. Deux guetteurs gisent sur chaque côté, égorgés. Déjà Richard a tiré son épée et il se lance au galop dans les ruelles, manquant de piétiner les brigands. Derrière lui, les chevaliers s'engouffrent sous les voussures de pierre avec dix foulées de retard.

Marianne feuillette une bible enluminée. Une pile de livres était posée sur un petit fauteuil pliable. La tente de l'archevêque a une curieuse odeur d'encens et de cuir de selle. Elle soupire, inquiète. Par moments, le vent charrie de la ville assiégée de terribles effluves de chair brûlée. Elle espère que Wyat a trouvé Beth.

Soudain, elle sent une présence derrière elle. Un froissement de tissu. Elle sursaute et lâche la bible.

Hubert Walter lève les deux mains en signe d'apaisement. Il se baisse et ramasse le livre.

— Vous savez lire ? demande-t-il en français avec un sourire.

— Non, monseigneur, ment Marianne. Je regardais les enluminures. Les couleurs sont très belles.

Il la fixe. Encore cet étrange hochement de tête.

— Vous parlez un très bon français.

Elle ne s'en était pas aperçue. Il l'a piégée. Elle rougit, maintenant.

— Vous m'avez fait mander, monseigneur ? dit-elle pour changer de sujet.

L'archevêque retire les livres de la chaise et fait signe à Marianne de s'y asseoir. Il tire un tabouret d'une malle de voyage. Les cris de l'assaut pénètrent la tente, hachés par le claquement des drapeaux.

Il fouille dans une malle plus petite.

— J'ai à vous remettre quelque chose de la part du roi.

De la part du roi ? Marianne, surprise, regarde l'archevêque de Cantorbéry s'affairer.

— Ah ! Voilà !

Il s'approche d'elle. Une broche dorée scintille dans sa paume. Elle représente un lion rampant, gueule ouverte.

— La vie dans la forêt ne doit pas être facile.

— On s'y fait, monseigneur, répond-elle.

Il lui tend la broche.

— Voilà. C'est pour vous. Le roi m'a chargé de vous dire qu'il vous suffit de la porter pour qu'il vous reçoive. Et il vous promet que, quels que soient les évènements que Dieu nous réserve, vous aurez toujours sa protection.

Marianne prend la broche, intriguée.

— Je ne comprends pas, monseigneur.

Il fait un large sourire.

— Oh, mais il n'y a rien à comprendre, ma fille.

Dehors, Tuck l'attend. Il discute autour du feu avec des écuyers. Il se lève et la rejoint. Le vent a forci et poussé sur Nottingham une épaisse chape de nuages. Les premières pluies de mars.

— Alors, qu'est-ce qu'il voulait ?

Marianne fait tourner la broche dans sa paume. Elle sort de la tente de l'archevêque avec un curieux sentiment.

— Je ne sais pas encore.

Elle regarde le prêtre et lui prend la main.

— Tuck, j'aimerais me confesser.

Surpris, le clerc frotte son nez d'aigle. Il semble gêné par cette demande qu'il n'espérait plus. Alors ils s'assoient sur deux tabourets et, dans la boue du campement, Marianne lui dit tout.

Et subitement, Wendeval est là, face à lui. Il tient son épée dans sa main gauche. Son gant de fer pend le long de son corps et son front fatigué se cache sous une cagoule. Son sourire s'épanouit sur un seul côté du visage. Un seul œil, bleu, vivant et triste, le regarde.

Voilà l'objet de sa vengeance. Devant lui, faible, à moitié mort.

Le shérif s'avance d'un seul coup, bras tendu. Plus rapide que prévu. Robin esquive, mais trop tard. Il sent le fer lui mordre l'épaule gauche. Il est blessé. Touché par un cochon malade. Le sang brûlant qui coule le long de son bras décuple sa fureur. Sans attendre, il répond d'un grand coup circulaire. L'épée déchire le flanc du shérif avec une telle violence qu'il tombe à genoux.

Wendeval regarde en riant le flot de ses boyaux lui rougir la main.

— C'est vivant ! dit-il. Regarde ! C'est vivant !

Il lève vers Robin ses yeux infâmes.

— Ce que j'ai, je ne le dois qu'à moi-même. J'ai décidé chaque marche. Je meurs, car Dieu le veut. Mais devant lui, je n'aurai aucun regret. Regarde jusqu'où je suis monté ! J'ai décidé chaque marche. Tiens !

Il retire sa cagoule.

— Tiens ! Contemple ta victoire !

Quelques cheveux parsèment son crâne. Il est rongé de lépromes. Sa main de fer est tombée sous sa cape. Elle dévoile un moignon noir, grignoté jusqu'au coude. Il le lève jusqu'à son visage et le contemple d'un air ahuri. Alors il s'affale dans son sang et, après quelques respirations, le regard perdu dans la boue de Nottingham, ses yeux se couvrent d'un voile mat.

Robin l'observe, dégoûté, Narcisse face au miroir lépreux de son ambition. Il a tant attendu l'heure de sa vengeance. Elle est là. Une vengeance molle. Il ne sent ni délivrance ni sentiment de victoire. La nature n'a d'autre dessein qu'elle-même. C'est faux d'espérer sa justice.

Le château s'est rendu devant son roi. Le Cœur de Lion a rugi sur le chemin de ronde. Il a fait lever sa bannière sur la tête du donjon. Il rejoint Robin et ses brigands. Son sourire fend le sang qui lui couvre le visage. Il écarte les bras.

— Robin ! Mon ami !

Son accolade est franche, quoique brève. Il dégage une joie puissante et contagieuse.

— Suivez mes soldats, dit-il aux larrons. Ils ont de la bonne bière.

Il saisit Robin par le bras, l'entraîne à l'écart.

— Marche avec moi. J'ai une proposition à te faire.

Sa main dessine un grand arc sur le château.

— Robin de Nottingham ! Qu'en dis-tu ?

Robin ne répond pas. Sa vengeance est encore là, morte dans sa fange, inutile. Et les bannières royales flottent sur le cadeau de Richard.

Il se laisse conduire jusqu'à la porte du donjon. Le roi l'arrête.

— J'ai fait dresser une table dans la grand-salle. Étendre un rouleau de parchemin. Viens me rendre hommage pour ton nouveau fief ! Je ferai inscrire chacune de tes conditions et je te fais la promesse qu'elles feront loi dans toute l'Angleterre.

Robin suit le roi. Tout autour de lui est comme un songe amer. Il est seul dans la cour du château, au bras du roi d'Angleterre. On lui parle d'égal à égal, et son souhait de justice est réalisé. Il a gagné. Et pourtant c'est un flot d'angoisse qui récompense sa victoire.

Alors, le soleil trahit une épée dans l'ombre de la porte. C'est un piège. On l'attend pour lui couper la gorge. Le roi n'a jamais envisagé de tenir parole. Il avait besoin de son aide et, à présent qu'il a obtenu satisfaction, il se débarrasse de lui. Un immense soulagement l'envahit. Les cochons seront toujours des cochons. Il n'a pas à abandonner la lutte.

Il s'arrête. Le sourire du roi s'éteint.

— Si cela ne vous ennuie pas, Sire, je préfère regagner ma forêt. Avec mes amis. Je n'ai jamais voulu posséder de château. J'ai trop de respect pour la justice pour devenir shérif.

Richard pose la main sur la boucle de sa ceinture. Il défait l'agrafe de son plastron, soupire, puis regarde Robin en face.

— Très bien. Je te laisse partir. Mais dès que vous aurez franchi la frontière des arbres, vous êtes de nouveau hors la loi. Et je te ferai traquer jusqu'à la mort.

Ils se serrent la main comme de vieux adversaires.

Que font-ils ? Tout le monde est revenu. Wyat avec les autres. Il a vu Beth, égale à elle-même, soignant des blessés dans le méandre de caves qui s'étend sous la ville. Mais Robin et le roi sont restés à l'abri des remparts. Nottingham libéré est gris et triste sous les épaisses fumées qui roulent sur ses toitures calcinées.

Les voilà qui passent la grande porte. Le roi est à cheval, Robin marche à côté de lui. Il se tient l'épaule. Il semble petit, ridicule. Un rictus de dégoût tord les lèvres de Marianne. Sa démarche orgueilleuse lui semble si méprisable !

— Rassemblez vos affaires, dit-il aux brigands quand il arrive à hauteur de la tente de Richard.

Une foule de servants, de clercs et de barons s'est rassemblée autour du roi. Un écuyer attrape la bride du destrier, un autre place un marchepied sous les étriers. Richard descend sans un regard pour Robin. Il retire son heaume et le confie à un baron qui recule, tête basse. Il chuchote quelques mots à l'oreille de Guillaume le Maréchal. Le comte fronce les sourcils, semble s'opposer à l'ordre du roi. Mais le regard du suzerain le dissuade d'insister. Il disparaît dans le camp. On vient ôter l'armure royale. Richard regarde le lointain. Robin attend que les brigands soient prêts. Ils restent muets et distants. Il y a entre eux une tension palpable. Que s'est-il passé derrière l'enceinte ?

Le comte de Pembroke revient, suivi de trois valets chargés de trois gros sacs de toile. Le roi en prend un et le jette aux pieds de Robin. Il est plein de bijoux, d'objets d'art, de livres, de vaisselle et d'armes. La moitié du butin.

— C'est pour toi, Robin the Hood. Qu'on ne dise pas que le roi des Anglais n'est pas homme à tenir ses promesses.

Les larrons regardent le trésor, sans y croire. Jamais ils n'ont pillé la moitié d'une ville. Robin remercie d'un mouvement de tête. Le roi retourne vers sa tente. Il soulève le rideau et s'arrête. Il fixe Marianne. Elle baisse les yeux. Elle le regardait depuis longtemps. L'a-t-elle offensé ?

— Bon retour, lui dit-il. Prenez soin de vous, madame.

Elle hoche la tête en signe de reconnaissance.

— La vie dans la forêt ne doit pas être facile.

Elle le regarde, surprise par cette phrase qu'elle a déjà entendue dans la bouche de l'archevêque. Le roi lui sourit et disparaît derrière la toile de tente.

Les gouttes ourlent leurs capuches et trempent leur dos. Ils progressent en silence, chargés du sac de butin. Ils s'arrêtent en amont de chaque route et attendent d'être sûrs de ne rencontrer personne. Ils entendent parfois hurler les loups entre le tambour de la pluie.

Quand ils arrivent à la grotte, elle a cessé, et le soir a une odeur de terre mouillée. Le trésor a été posé contre un arbre. On comptera plus tard. Assis devant l'entrée, ils regardent la forêt sans rien dire. Marianne bande l'épaule blessée de Robin. Il sourit, le regard lointain. Il tire une feuille de laurier et la fourre dans sa bouche. Oddo se cure les ongles de la pointe de son poignard. Wyat compte les cartes d'un jeu qu'il a trouvé dans une chaumière. Tuck partage sa gourde de bière. Il a l'air triste. Marianne insiste pour allumer un feu et faire une soupe.

Alors qu'elle plonge l'ail et les oignons dans la marmite, elle tâte sa bourse, gonflée de la poudre des pépins de l'if. Elle est soulagée. Voilà venu son tour. Robin est revenu rêveur. L'alcool le rend souriant, insolent, horripilant, terrible. Dans ses yeux, la violence qui lui faisait si peur. Elle légitime tout. Il la provoque. Elle doit se défendre, elle, mais aussi venger la cuisinière de Clipstone et les autres.

Malgré tout, sa main tremble quand elle sert la soupe et saupoudre son poison dans son écuelle. Elle frémit quand il la saisit. Son action lui échappe. Et ses conséquences font peser sur ses épaules sa responsabilité entière. Trop tard, il a bu. Il boit encore. C'est si simple. Si simple de tuer. Et si effrayant, si vertigineux d'être si simple. C'est affligeant, aussi, de le voir rire alors que son sang le trompe.

En un regard, Tuck comprend. Il refuse la soupe, il n'a pas faim. Il croise les bras et se perd dans la contemplation des flammes. Il suit des yeux les braises qui se pressent vers les cimes.

Robin a fini sa ration. Il en redemande. Il rit avec les autres, plaisante en racontant l'assaut. Mais de ce qu'il est advenu entre lui et Richard, derrière les murs de la ville, il ne dit pas un mot.

Marianne le ressert. Elle saupoudre de nouveau le poison. Pour être sûre. Tuck la regarde faire en frottant nerveusement son crâne nu qu'entoure sa tonsure blanche.

Robin boit.

Et toujours aucun signe de sa défaillance. Marianne commence à douter. Voilà des semaines qu'elle a réduit les pépins en poudre. Fallait-il en broyer de plus frais ?

Une chauve-souris tourne dans la lumière des flammes. Elle surgit des ténèbres, dessine les mêmes figures dans les branches, disparaît. Et Robin rit toujours.

Les troncs grincent et l'humus grouille. Les blaireaux nettoient leurs terriers. Les mares s'éveillent et remuent leur vase pleine de grenouilles.

Et Robin ne veut toujours pas mourir.

Il décrète la fin de la veillée, ivre et heureux. Tous se couchent.

Alors, il saisit la main de Marianne et l'entraîne à l'écart. Il l'allonge sur le sol trempé, soulève sa robe. Elle détourne le regard, dégoûtée. Pourquoi n'est-il pas mort ? Il se couche sur elle. Se couper de son corps. Dans sa main, elle fait tourner le petit fruit rouge de l'if. Elle le pose sur la mousse. Une feuille bouge et deux antennes s'agitent. Un perce-oreille rampe jusqu'à l'arille. Il tâte frénétiquement la graine. Alors Robin pousse un râle grotesque et s'effondre sur elle. Il roule sur le côté. Marianne essuie une larme. Elle se sent sale, désespérée, incapable. Doucement, elle se lève et s'éloigne.

Dans la grotte, elle n'arrive pas à dormir. Elle entend Tuck qui s'agite. Lui non plus ne dort pas. À côté d'elle, Robin ronfle. Impossible de le croire mort. Aura-t-elle le courage de tout recommencer ?

Un froissement de feuilles la fait sursauter. Elle s'était assoupie. Un cri au-dehors. Robin n'est plus là. Elle se précipite. Dans un pâle rayon d'aurore, Tuck soutient le roi des voleurs, blême. Il souille le sol de son royaume d'une bile mousseuse de salive. Et le prêtre la fixe avec des yeux coupables et graves. Alarmés, les brigands se sont réunis autour de lui.

— Poussez-vous, dit-elle.

Elle prend son pouls. Pour faire illusion. Elle ne sent rien que le battement de son propre cœur. Il sonne dans ses tempes et ses chevilles, jusque dans la pulpe de ses doigts. La panique l'envahit. Elle n'est pas prête. Et lui semble déjà trop mort.

— La blessure a dû s'infecter ! ment-elle. Tuck, avec moi. Il faut le mener à Mansfield !

Les larrons s'écartent, terrifiés. Leur roi peut-il mourir ?

Tuck hisse Robin sur son dos. Ils partent à travers la forêt. Le prêtre avance trop vite, de son pas colérique.

— Tudieu ! souffle-t-il quand le grondement de la rivière les couvre. Tudieu d'merdaille !

Ils traversent le courant froid de la Maun.

Quand ils atteignent l'autre rive, elle lui tape l'épaule.

— Pose-le là. Et laisse-nous.

Le prêtre dépose délicatement le roi des voleurs sur un coussin de jeunes fougères encore tout enroulées, vertes sur le sol noir. Il lui retient la tête pour qu'elle ne cogne pas. Il part, revient sur ses pas. Repart en jurant.

Robin fixe le ciel. Il bave.

— Robin, tu m'entends ?

Il la regarde, maintenant. Il lui prend la main, lui sourit.

— Je suis bien malade…

— Non, tu n'es pas malade.

Il fronce les sourcils. Il veut se dresser sur un coude, mais son corps n'en a plus la force. Il tousse et s'étrangle de son effort. Il a le teint verdâtre. Son haleine est pleine de la putréfaction qui lui dévore les tripes.

— Je t'ai empoisonné. Tu vas mourir.

Ses yeux se troublent de stupeur. Il tord son cou vers elle.

— Toi ? Mais pourquoi ? J'ai tout fait pour toi.

— Non, Robin. Tu as ruiné ma vie.

Il secoue la tête, détourne les yeux. Elle lui prend le menton pour qu'il la regarde. Il respire par saccades. Ses mains s'agrippent à la terre, vaines poignées d'espoir. Ses lèvres déformées s'ourlent de salive.

Elle doit lui dire. Elle n'aura pas d'autre occasion. Ses mains tremblent, et sa gorge se noue. Il est là, impuissant, et pourtant elle a peur. Le dire, c'est comme redonner vie à son terrible regard, aux paroles mielleuses qui précèdent le pire.

— Tu m'as forcée, Robin.

Ses yeux fuient, encore.

— C'est faux, bredouille-t-il.

Le lâche. Deux larmes roulent sur ses joues mangées de barbe noire.

— C'est faux.

Il l'horripile, à présent. Sa faiblesse surtout. Son bourreau si terrible, le voilà morveux, impotent, pleutre dans la fange de Sherwood. Il la dégoûte.

Une gifle claque dans la quiétude du matin.

Une autre. La paume de Marianne frappe sa joue sans qu'il puisse y répondre.

— Je t'aime, dit-il d'une voix suppliante.

Alors, une digue cède en elle. Le flot de sa colère se déverse d'un seul coup, l'emporte. Elle le frappe de plus en plus fort. Elle le cogne, les poings fermés, s'écorche sur le tranchant de ses pommettes. Elle l'insulte à travers le trouble de ses propres larmes. Menteur, maroufle, couard ! Et tout cela la soulage. Même si ce n'est que le centième de ce qu'elle a souffert. Le visage de Robin est moite de sang, de morve et de larmes.

— Ne me laisse pas mourir, pleure-t-il entre les coups.

Et elle enrage de cet appel à l'aide. Elle enrage et s'affole de sentir sa colère capable de grossir encore. Comment ose-t-il se plaindre ? Comment ose-t-il ? Elle a supplié, elle aussi, elle s'est débattue, elle a demandé grâce. Alors pourquoi serait-ce suffisant pour lui ? Cela ne l'était pas pour elle !

Elle ne sait plus comment ses mains ont trouvé le poignard du voleur. Elle menace sa gorge, et déjà une larme rouge s'y dessine.

— Dis-le ! hurle-t-elle. Dis que tu m'as violée !

Il ne répond pas. Ses paupières clignent deux fois sur ses yeux secs. Un hoquet lui soulève la tête. Son regard est flou.

— J'ai peur, chuchote-t-il.

Alors il acquiesce plusieurs fois à des demandes inaudibles. Sa bouche s'ouvre et ses sourcils s'arrondissent, interrogateurs. Mais sa question s'éteint dans un murmure.

Il est mort.

Elle regarde le roi des voleurs. Son corps tordu, son masque figé. Il s'est souillé. Même mort, il la dégoûte.

Alors, la tristesse la frappe par surprise. Elle s'effondre sur lui, ivre de sanglots. Elle pleure ces larmes anciennes qui attendaient leur tour. Elles ruissellent sur ses joues, comme ces torrents oubliés qui se réveillent une fois le siècle et dont on avait perdu la source. Elles ruissellent sans douleur, soulagées d'être enfin connues.

Assis contre un bouleau, Tuck attend que les pleurs cessent. Quand ils se tarissent, il la regarde marcher jusqu'à la rivière. Il a peur, un instant. Mais elle s'accroupit et se lave le visage. Puis elle tire son voile et défait son épaisse chevelure noire qui tombe jusque sur ses cuisses. Elle s'assoit sur une pierre et, doucement, tresse sa natte. Nœud après nœud, elle reconstruit sa vie.

Il attend que la natte s'enroule sur ses tempes, que le voile la couvre, mais elle le jette dans la Maun et regarde le courant l'emporter. Elle revient près du cadavre et l'observe avec une grimace de dédain. Puis elle dénoue la capuche noire du roi des voleurs. Elle la place sur ses épaules, la ferme à l'aide d'une broche dorée en forme de lion.

Alors, Tuck la rejoint.

Il sait ce qu'il a à faire. Ils en ont beaucoup parlé devant le siège de Nottingham. D'un coup de reins, Tuck hisse le corps de Robin sur ses épaules. Ses chausses sont trempées. Il tourne la tête pour ne pas sentir la mort et sa fange.

Elle patiente sous le grand chêne.

Elle a fixé de grandes torches de bouleau sur ses racines. Tuck a fabriqué une civière de branches. Il a allongé Robin dessus. Il lui a joint les mains. Puis il est allé prévenir les brigands. Alors Marianne lui a lavé le visage à l'eau et au vin. À l'aide d'un mélange d'argile blanche, de farine et d'encens, elle a couvert ses blessures. À terre, quatre lampes à suif entourent le corps. Leurs becs crachotent de petites flammes orange. Les branches du chêne scindent leur lumière, et les squelettes d'os et de bois tintent sous les caresses du vent.

Marianne s'est assise entre Reus et la dépouille. Elle attend. Un horizon immense s'est ouvert devant elle depuis la mort de Robin. Elle sent en elle une volonté neuve. Une force qui l'inquiète tant sa sérénité lui semble puissante.

Les torches crépitent autour d'elle. L'un après l'autre, les brigands sortent de la forêt, hagards, titubent comme des revenants, les yeux vides, ivres de tristesse.

Ils doivent toucher le corps froid pour y croire. Alors ils forment un cercle silencieux autour de leur roi. Ils sont tous là. Les derniers loups de Sherwood. Ils pleurent, se recueillent en silence.

— La blessure ? demande Oddo en se touchant l'épaule.

Elle hoche la tête. Ils ne posent pas de questions. Ils ont vu des morts plus étranges.

Du bout des doigts, elle effleure le lion d'or. Effectivement, la vie était terrible dans la forêt. Il a fallu qu'il meure pour qu'elle prenne conscience de l'habitude qu'elle avait prise de marcher sur la pointe des pieds, et tous les deux pas de ce regard en arrière devenu un réflexe vital, de ses sursauts répétés à chaque bruissement de feuille et de la crispation incessante de ses mâchoires. L'apaisement qu'elle sent depuis la veille est si doux en comparaison de son martyre qu'elle ne peut s'empêcher de s'étonner d'avoir survécu si longtemps. Elle n'est pas dupe, cependant. Le roi et l'archevêque n'ont jamais eu d'empathie pour elle. Seulement, pour faire tomber un roi on s'adresse au plus malheureux de ses sujets.

Elle passe la capuche de loup sur sa tête. Les brigands lèvent vers elle leurs yeux voilés et s'inclinent devant le symbole de leur lutte, devant la femme du chef.

— Avant de mourir, Robin m'a demandé qu'on apporte son corps au roi. Il veut que Richard se charge de son éloge.

Elle ne s'est jamais entendue ainsi. Sa voix est sûre, puissante. Elle baisse la tête pour ne pas montrer son trouble. Elle doit s'habituer à cette détermination qui s'éveille. Elle désigne quatre hommes pour porter la civière. Tuck se place en tête du cortège, Marianne à sa suite, et ils prennent le chemin de Nottingham.

Ses pieds le font souffrir. Tuck est debout sur l'estrade depuis l'aurore. La dépouille de Robin a été placée devant lui sur un autel de pierre au centre de la grand-place de Nottingham. Le roi a fait couvrir les murs des maisons de grands draps noirs. En une nuit, une foule innombrable s'est rassemblée. Elle défile devant le corps sans discontinuer malgré la fraîcheur du printemps. Tuck doit relever les femmes qui s'écroulent en criant sur le roi des voleurs, retenir les ciseaux qui veulent emporter quelques morceaux d'ongles ou une poignée de cheveux. Des centaines de mains touchent le corps, des lèvres embrassent son front comme celui d'un saint. On traîne devant lui vieillards, malades et amputés. On arrache en douce un morceau de sa tunique pour confectionner des amulettes.

C'est la broche dorée de Marianne qui leur a ouvert toutes les portes. Tuck se demande si Hubert Walter la lui a donnée lors de leur entretien où si c'est elle qui l'a prise dans la tente. L'archevêque est venu la chercher il y a quelques heures. Au pied de l'estrade, les hommes et les femmes se bousculent pour les meilleures places. Les jeunes garçons se hissent sur les toits. Les négociants se penchent aux fenêtres des maisons qui entourent la place. On attend l'éloge du roi.

Brusquement, les cloches des églises s'ébranlent toutes ensemble. Elles carillonnent avec tant de zèle qu'on se bouche les oreilles.

Deux écuyers lèvent vers le ciel leurs trompettes cuivrées. La foule s'écarte devant les chevaux. On a tressé les boucles sauvages de Marianne et on l'a revêtue d'un bliaud noir orné d'or. Elle porte la capuche de loup. Le roi chevauche à sa hauteur, lui aussi vêtu de noir. Derrière lui, tous les plus grands noms d'Angleterre ont endossé la couleur du deuil. Quatre gardes chassent les derniers fidèles de l'estrade. On acclame Richard quand il monte les marches en tenant Marianne par la main. Tuck ne peut s'empêcher de rire dans sa barbe. La belle affaire ! Le pays le haïssait, cet homme élevé en Aquitaine qui ne parle que le français, ce roi des Anglais qui de tout son règne n'a pas posé plus de six mois les pieds en Angleterre, ce guerrier qui a jeté le pays sur la paille pour sa croisade et qui a vendu la paille pour payer sa rançon. La belle affaire !

Le cœur de Marianne tambourine si fort contre ses tempes que ses battements couvrent les vivats de la foule. Le roi la guide par la main, et tout Nottingham l'ovationne. Elle n'a plus peur, de quoi aurait-elle peur, à présent ? C'est une force immense, apaisée qui la porte, une force volontaire endurcie sous les coups du destin. Elle adresse un sourire à Tuck qui le lui rend. On l'assoit dans un grand fauteuil. Elle se retient de rire en découvrant la densité de la foule qui se presse sur la place. Dans ses pires accès de défiance, Robin n'aurait jamais imaginé ce qui vient.

Le roi s'est approché du bord de l'estrade. Le silence se fait d'un seul coup. Derrière lui, l'archevêque de Cantorbéry balance son encensoir au-dessus du défunt, puis sur la tête de la foule. Richard lève une main vers le ciel puis désigne le roi des voleurs. Il récite d'une voix forte, dans un saxon approximatif :

— Voilà un jour sinistre pour les Anglais et le royaume d'Angleterre.

Les acclamations et les applaudissements couvrent les cris des choucas.

— Personne ne s'est battu pour nous avec plus de loyauté et de dévouement que Robin à la capuche. Nous lui devons tous beaucoup. C'était un homme de principes qui ne pouvait souffrir l'injustice. Alors que je combattais en Palestine pour le salut de vos âmes, rien ne l'enrageait plus que de me voir impuissant face aux couardises imaginées par Jean sans Terre pour prendre ma place sur le trône. Avec une poignée d'hommes armés de bâtons et d'un immense courage, il a pris le manoir de Clipstone et fait échouer le complot ourdi par mon frère. À la cour du roi des Français où il se terre, je vous créant que Jean se souvient encore de cette défaite cuisante.

Le roi suspend son discours, le temps que les rires cessent.

— C'est aussi Robin the Hood qui le premier a su voir le judas en William de Wendeval. À deux reprises, il a fait échouer les épousailles illégitimes de ce démon qui dissimulait sa perfidie aussi bien que sa lèpre. Et mille fois, comme vous en avez été témoins, il a repris au péril de sa vie ce que le shérif de Nottingham emblait criminellement à mes pauvres sujets, pour vous rendre justice. Jamais je n'aurais pu souhaiter de meilleur allié durant ma longue absence. Et vous me voyez ici bien peiné de devoir renoncer à son incorruptible sens du devoir. Robin à la capuche, que Dieu te bénisse.

Il tend la main vers Marianne pour l'inciter à se lever. Elle marche jusqu'au bord de l'estrade. D'agréables frissons lui effleurent le cou, les épaules et les bras quand elle voit sous elle ces têtes tendues avides de légendes. Quand elle enfile la capuche de loup, les planches vibrent sous ses pieds de la clameur du peuple.

— Je, Marianne the Hood, épouse du roi des voleurs, me tiens devant vous pour vous rapporter ses dernières paroles.

Cette voix encore. Elle doit s'arrêter tant sa voix l'émeut. Elle coule sans entrave, profonde, décidée. La foule se tait, persuadée qu'elle pleure son mari.

— Robin était fasciné par Sa Majesté Richard Cœur de Lion. Il admirait son courage, sa droiture et le souci infini qu'il montre pour son peuple. C'est sur son modèle qu'il a tant œuvré dans le comté pour préserver la justice. Rien pour lui n'était plus sacré que les lois qui régissent le royaume. Et il souffrait sincèrement de voir le shérif les bafouer. Jusque dans son dernier souffle, son unique pensée était pour Richard et pour les Anglais. Il craignait qu'il ne reste des traîtres dans sa suite qui puissent troubler son juste règne.

Elle s'arrête et regarde l'immense assemblée.

— Alors que ses derniers instants approchaient, il m'a tendu cette capuche et il m'a dit : « Tiens, Marianne, prends cette capuche. Elle est le symbole de ma lutte pour le trône d'Angleterre. Sois ma louve, Marianne, et prends soin de ma meute. Va trouver le roi et renouvelle-lui mon hommage, car Richard Cœur de Lion est généreux avec qui lui est fidèle, et nul autre que lui ne saura prendre meilleur soin de mon pays. »

Elle fait une révérence et recule, sa main dans celle du roi. Elle tourne le dos aux applaudissements et aux acclamations. Et alors qu'elle descend les marches de l'estrade, elle sent dans ses veines une immense impatience. Elle tire sur l'alliance qui lui comprime l'annulaire, la jette dans la boue de Nottingham.

Pour la première fois de sa vie, elle se sent férocement libre.

Remerciements

De nombreuses personnes ont directement ou indirectement contribué à l'existence de cet ouvrage, et j'aimerais ici les remercier.

Myriam pour ses brillantes relectures et pour toutes ses propositions qui ont rendu ce roman meilleur.

Lucie Delmer qui, la première, a su voir en moi l'écrivain et dont la fiche de lecture à Montréal a su par ricochets improbables m'ouvrir les portes de chez Plon.

Denis Bouchain pour m'avoir fait confiance et Lisa Liautaud, mon éditrice, pour avoir cru en mon histoire et avoir tant travaillé pour faire de ce roman une fierté commune.

Ma mère pour ses encouragements, Sébastien et Caroline pour cette petite résidence d'écriture improvisée en Irlande et toute ma famille pour son soutien indéfectible.

Paul Claudel et Maya Soulas de la Maison des Écritures de Lombez pour leur accueil formidable et leur combat courageux pour la culture.

Enfin, tous mes compagnons de voyage, qui, et j'espère qu'ils ne s'en vexeront pas, ne sont nullement responsables des libertés que j'ai pu prendre avec leurs fabuleuses recherches pour les besoins du récit : Jean

Favier pour son excellent livre sur les Plantagenêts, Jean Verdon et Robert Delort pour les précieux détails que fournissent leurs ouvrages sur la vie quotidienne au Moyen Âge et Michel Pastoureau pour ses recherches sur la couleur, les symboles et les bestiaires.

Pour en savoir plus
sur les Éditions Plon
(catalogue complet, auteurs, titres,
revues de presse, vidéos, actualités...),
vous pouvez consulter notre site Internet :
www.plon.fr
et nous suivre sur les réseaux sociaux :
www.facebook.com/Editions.Plon
www.twitter.com/EditionsPlon

Composition : Soft Office

Achevé d'imprimer en avril 2016
par Normandie Roto Impression s.a.s.
61250 Lonrai
N° d'impression : 1600271
Dépôt légal : avril 2016

Imprimé en France